NOITE SEM FIM

O ALÉM-MAR
LIVRO UM

ROBERTO CAMPOS PELLANDA

NOITE SEM FIM

O ALÉM-MAR
LIVRO UM

Copyright © 2021
Todos os direitos dessa edição reservados à AVEC Editora

Nenhuma parte desta publicação poderá ser reproduzida,
seja por meios mecânicos, eletrônicos ou em cópia
reprográfica, sem a autorização prévia da editora.

PUBLISHER
Artur Vecchi

REVISÃO E ILUSTRAÇÃO DE CAPA
Camila Fernandes

CAPA, PROJETO GRÁFICO E DIAGRAMAÇÃO
Inari Fraton - MEMENTO DESIGN & CRIATIVIDADE

Dados Internacionais de catalogação na Publicação (CIP)

P 385

Pellanda, Roberto Campos
Noite sem fim / Roberto Campos Pellanda. – Porto Alegre : Avec, 2021.

ISBN 978-85-5447-062-3

1. Ficção brasileira   I. Título

CDD 869.93

Índice para catálogo sistemático:

1.Ficção : Literatura brasileira 869.93

1ª edição, 2021

IMPRESSO NO BRASIL
PRINTED IN BRAZIL

AVEC EDITORA
CAIXA POSTAL 7501
CEP 90430-970
PORTO ALEGRE – RS

contato@aveceditora.com.br
www.aveceditora.com.br
Twitter: @aveceditora
Instagram: /aveceditora
Facebook: /aveceditora

*Há algo mágico: continuo comprando livros.
Não posso ler todos, mas a sua presença me ajuda...
essa gravitação silenciosa, sentir que estão ali...*

JORGE LUIS BORGES

*Sempre imaginei que o paraíso fosse
uma espécie de livraria.*

JORGE LUIS BORGES

SUMÁRIO

PARTE UM	**143**
AS COISAS QUE ACONTECERAM DEPOIS QUE O INTREPID PARTIU	10
A CADEIRA DE MADEIRA VOLTADA PARA O MAR	40
A CERCA	50
LIVROS PROIBIDOS	66
O CLUBE DE LEITURA	80
O ÚLTIMO ENCONTRO	112
O RECANTO MAIS ESCURO DA VILA	120

PARTE DOIS 143

O EXÍLIO 144

UMA NEBLINA DIFERENTE SE FORMA
E PESSOAS COMEÇAM A DESAPARECER 162

VERDADES REVELADAS PELA NEBLINA 200

OS FARÓIS SE ACENDEM 212

O FIRMAMENTO 230

A CARTA DE CRISTOVÃO DURÃO 248

O FIRMAMENTO PARTE PARA O ALÉM-MAR 258

PARTE I

CAPÍTULO I

AS COISAS QUE ACONTECERAM DEPOIS QUE O INTREPID PARTIU

Martin chegou ao seu local favorito de observação, junto ao porto da Vila. O lugar não passava de um pequeno recuo na calçada, perto de onde a rua se abria para o cais do porto; tinha apenas um banco, próximo da mureta de pedra, além de um poste de iluminação com os lampiões do mesmo tipo que podia ser encontrado em qualquer parte da Vila.

Acomodou-se no banco e inclinou o corpo para frente, de forma a apoiar o tronco na mureta e deixar a cabeça repousando sobre os braços cruzados. Aquela seria a posição ideal para observar o *Intrepid* desaparecer na escuridão do oceano.

Estava sozinho ali, mas percebeu que havia uma pequena plateia com aspecto melancólico, também assistindo à cena no cais ao lado. Decerto, eram familiares ou amigos de algum tripulante do navio; não deu bola para eles e se concentrou na silhueta do *Intrepid*, já com velas ao vento, agora a uns bons duzentos metros de distância do cais. Estava atrasado.

A lua cheia que acabara de nascer já ganhava altura, abrindo caminho no céu estrelado. O luar irrompera as sombras e agora iluminava os contornos da Vila e o mar que se espalhava adiante. O rastro do navio era um ondulado pintado de branco na luz prateada e oscilava como se acenasse em despedida. O vento soprava suave como palavras sussurradas ao pé da orelha. A temperatura era amena e agradável. Pequenas nuvens salpicavam o céu, mas não ousavam encobrir a lua, soberana daquele início de horário de descanso. Martin agradeceu a sua presença; sem ela, pouco veria da partida do *Intrepid* em meio a escuridão que sempre imperava na Vila.

Observou outra vez as pessoas que olhavam o navio partir e sentiu-se de alguma forma ligado a elas: tinha certeza de que eram familiares e amigos dos tripulantes. Não sabia ao certo como chegara àquela conclusão, mas parecia óbvio; talvez fosse pelo olhar perdido no mar, ou talvez por que, em vez de conversar uns com os outros, apenas se abraçavam e se confortavam em silêncio.

Assistir ao *Intrepid* partir, a forma orgulhosa do galeão iluminado fundindo-se lentamente com a escuridão, deixava-o mais triste do que de costume. Lembrou-se de como era bom ter uma família; fazer parte de alguma coisa e ter alguém com quem se preocupar. A cena trazia à tona, de uma só vez, o motivo pelo qual não podia contar com mais ninguém.

É claro que havia o tio Alpio, com quem agora morava, mas sabia que o tio não gostava dele. Na verdade, nem tio por completo ele era. O meio-irmão do seu pai nunca havia sido próximo deles e, afora terem sido criados juntos, Martin não conseguia apontar outra coisa que o pai e o tio tivessem em comum.

O filho único do tio Alpio era um problema à parte. Com quinze anos (um a mais que Martin) Noa tinha um temperamento oposto ao seu. Como era de se esperar, o primo não havia gostado nem um pouco que Martin tivesse tido de se mudar para a sua casa. Noa fazia questão de lembrá-lo disso sempre que podia.

De modo geral, a exemplo do pai, Martin percebia que nada tinha em comum com os dois e, como a esposa do tio falecera no parto de Noa, não havia mais ninguém para tentar melhorar a situação. O resultado era que a única coisa de que gostava no novo lar era da Ofélia, uma morfélia que cuidava da casa. Martin não conseguia evitar de achar graça: o melhor da casa era uma morfélia. Aquilo resumia tudo.

Seu pai havia desaparecido no mar há seis meses em um navio idêntico ao *Intrepid*. A cada dia que passava, sentia mais a sua ausência. Omar, seu melhor amigo, dizia que se acostumaria a viver sem ele, mas Martin não estava certo disso. Talvez, com o tempo, passasse a guardar apenas as boas lembranças da vida em família. Era possível que fosse verdade, mas agora parecia que esse tempo ainda estava muito distante.

O processo de aceitar que o pai havia mesmo desaparecido (como todos os outros que embarcavam para o Além-mar) tinha sido difícil. Logo no começo, mesmo precisando mudar de casa, mantinha a rotina como se nada tivesse acontecido; achava que o pai retornaria a qualquer momento e tudo voltaria à normalidade. Com o passar do tempo, viu que a vida na Vila seguia no mesmo ritmo sem pressa de sempre e, aos poucos, entendeu que todos já haviam se esquecido do navio que partira. Percebeu que o pai não retornaria e que o mesmo valia para todos os outros tripulantes. A Vila toda sabia e aceitava aquele fato.

A partida dos navios a cada seis meses era a batida que embalava e dava o ritmo da vida na Vila. Com a de hoje, a melodia se reiniciava e o mesmo ciclo se repetia: hoje o *Intrepid* era lágrimas, amanhã saudades e depois apenas uma lembrança. Olhando assim, pensou, a coisa toda não parecia certa.

Emergiu de seus pensamentos e percebeu que o *Intrepid* estava quase na linha do horizonte; apenas uma pequena saliência iluminada no limite do mundo. As pessoas já deixavam o cais para ir embora e aquela era sem dúvida a coisa certa a se fazer naquele momento. A partida do navio o lançara em um estado de letargia e teve vontade de ficar ali, olhando para o mar até cansar. Pensava não só no pai, mas também em tudo aquilo que os tripulantes do *Intrepid* iriam encontrar.

Um arrepio percorreu seu corpo; Martin endireitou-se e cruzou os braços para se proteger da súbita sensação de frio. A ideia de que poderiam encontrar aqueles cujo nome não se dizia provocara a reação. Perguntou-se se a jornada valia aquele risco terrível. Achava que não; nunca poderia concordar com aquilo. Se dependesse dele, nenhum outro navio jamais deixaria o porto da Vila.

Não havia mais dúvida de que a hora de ir embora já tinha passado. O *Intrepid* sumira no horizonte, o cais estava vazio e as ruas, silenciosas. Os únicos sons no ar eram das ondas batendo contra as pedras e de uma carruagem disparando ao longe. Calculou que, àquela altura, Ofélia deveria estar servindo o jantar e o tio Alpio certamente se zangaria com a sua ausência. Decidiu partir; não que estivesse com fome, mas naquele momento a última coisa que queria era brigar com alguém. Só desejava entrar debaixo das cobertas e tentar imaginar o *Intrepid* em sua primeira noite no Além-mar.

Levantou-se e caminhou arrastando os pés em direção à rua que, a partir dali, afastando-se do porto, entrava num aclive suave. Na parte sul da Vila, para onde estava indo, a rua ficava em um plano um pouco mais alto e era separada do mar por uma pequena parede rochosa. Nas outras partes da cidade, a rua ficava quase nivelada com o oceano e era separada dele por uma mureta baixa de pedra — a mesma sobre a qual se debruçara há pouco.

Dobrou à esquerda na primeira perpendicular à rua do Porto e entrou na Vila, afastando-se do mar. Andava fitando o chão, as pedras retangulares do calçamento refletindo uma luz ambígua, em parte prateada pelo luar e em parte amarelada devido à luz dos lampiões pendurados nos postes. O caminhar preguiçoso revelou sons e odores que normalmente ignoraria: o tilintar de pratos e o burburinho suave das conversas, associados ao perfume de comida recém- preparada, indicavam que famílias estavam reunidas para o jantar.

Viu-se envolto no ar de melancolia que exalava uma vizinhança residencial típica da Vila. A rua por onde passava era semelhante a qualquer outra na cidade: casas de um ou no máximo dois andares, todas feitas de pedra e algumas revestidas com um reboco branco. Exibiam telhados angulosos, pontuados por chaminés solitárias. Na Vila também havia alguns prédios, mas eram pequenos, nunca com mais do que três andares. De modo geral, as construções eram todas muito parecidas e tinham as mesmas janelas quadradas das quais emanava o brilho amarelado que Martin sempre achara que era a característica mais marcante da Vila. Não que conhecesse outras vilas — é claro que não conhecia; se é que elas existiam.

Na verdade, ninguém na Vila (com exceção daqueles que iam para o Além-mar) conhecia qualquer outro lugar. Os Anciãos, aqueles que supostamente sabiam de tudo, afirmavam com veemência que a Vila era única no universo. Eles diziam que era por isso que os navios que se afastavam muito jamais retornavam: eram engolidos pelo vazio. Também era por isso que os barcos pesqueiros, quando saíam para o mar, eram proibidos de perder de vista as luzes da Vila; se o fizessem, corriam o risco de serem tragados pelo Além-mar.

Martin sempre percebera que os Anciãos defendiam aquele ponto de vista com muito vigor, talvez até mesmo com raiva. Mais de uma vez teve vontade de questioná-los; como podiam ter tanta certeza? Eles próprios nunca haviam deixado a Vila. E por qual motivo os navios zarpavam a cada seis meses para o Além-mar? Por que haveriam de partir se não existia nada lá fora?

Martin viu-se mais uma vez perdido em devaneios. Omar costumava dizer que ele estava sempre pensando demais, maquinando alguma coisa em sua mente. Afirmava que era por isso que ficava triste; seu cérebro estava, na verdade, apenas cansado. Talvez Omar tivesse razão.

Quando chegou à casa do tio Alpio, era seu corpo que estava cansado. Queria mesmo ir direto para a cama, mas sentiu que aquela seria a receita perfeita para mais uma briga. A residência em que agora morava era de bom tamanho, com dois pisos e muito bem conservada. O tio trabalhava como assistente do senhor Victor Goering, o Zelador da Vila. Como um dos auxiliares do mandachuva, a vida do tio Alpio era boa; ele ganhava bem e podia frequentar as lojas com produtos especiais, que só eram abertas para os membros da elite.

Martin entrou na casa e atravessou em silêncio o pequeno vestíbulo que se abria para a sala de estar, onde o tio e Noa jantavam. Desejou ser invisível; queria apenas se materializar no lugar de sempre à mesa.

— Atrasado de novo, Martin? — perguntou o tio, sem levantar o olhar da comida.

– Desculpe.

– Onde você esteve?

– Estava olhando o *Intrepid* partir.

– Tinha esquecido que era hoje. Entendo que isso o lembra do seu pai – disse o tio, ainda sem tirar os olhos do prato.

Martin apenas assentiu, enquanto enchia um prato de sopa e se sentava.

– Que espécie de retardado fica olhando um navio partir sem conhecer ninguém da tripulação? – provocou Noa, olhando para o seu pai.

O tio Alpio retornou o olhar como se fosse repreendê-lo, mas mudou de ideia e continuou concentrado na sopa.

– Deve ser difícil para você entender que alguém possa querer ficar parado apenas pensando – disse Martin.

– E o que é que isso tem a ver, imbecil? – disse Noa.

– Viu? É disso que eu estou falando – respondeu Martin, enquanto provava a sopa.

Noa pensou por alguns instantes antes de responder:

– Você está me chamando de burro, seu merdinha?

– Não, Noa, só estou dizendo que você não gosta muito de pensar.

Noa ficou em pé num piscar de olhos, empurrando a cadeira para trás com o gesto; saltou por cima da mesa em direção a Martin, mas não o alcançou. O tio se levantou aborrecido e afastou o filho com o braço. Virou-se para Martin e gritou, enquanto se sentava:

– Martin, cale a boca.

Noa juntou a cadeira e voltou para o seu lugar. Depois de um longo silêncio, o tio completou:

– Comam o jantar, a sopa da Ofélia está razoável.

Seguiu-se um silêncio desconfortável e foi somente então que Martin percebeu o vulto da Ofélia parada junto à mesa.

Era um pouco difícil descrever aquelas coisas que estavam sempre presentes no cotidiano; de tão constantes, faziam com que parássemos de reparar nelas e a mente se esquecesse de registrar os detalhes importantes. Martin achava que era assim com as morfélias: sempre estiveram por perto, não faziam barulho e não incomodavam ninguém. O povo da Vila costumava se referir a elas como móveis ou utensílios de cozinha ambulantes, falantes e com livre arbítrio. Antes que isso parecesse uma observação insensível, era preciso enfatizar que as morfélias não tinham sentimentos humanos – elas eram incapazes de se zangar, de ficar tristes ou mesmo felizes. Morfélias eram sempre do sexo feminino; não tinham filhos e ninguém sabia ao certo de onde tinham vindo. Eram também conhecidas por sua lógica bem peculiar: as morfélias distinguiam o certo do errado como se separa o preto do branco, sendo incapazes de raciocínio abstrato ou de imaginação de qualquer tipo.

Fisicamente, as morfélias eram quase todas iguais e se assemelhavam um pouco com uma gorda senhora de meia-idade, embora fossem, ao mesmo tempo, bem diferentes. Tudo nelas era meio rechonchudo, passando pelo rosto redondo, os dedos em forma de salsichas e os grandes olhos esféricos que faziam com que parecesse que estavam sempre atentas às coisas ao seu redor. O aspecto mais esquisito de uma morfélia, porém, era sem dúvida a pele: era de um tom pastel fosco, como se fosse um desenho.

Desde pequeno, Martin sempre gostara das morfélias. Estavam em toda a parte, invariavelmente tinham algo lógico para dizer e nunca eram imprevisíveis, como as pessoas muitas vezes são. Quando tinha uns cinco ou seis anos, nutria o hábito de alugar a primeira morfélia que encontrasse na rua e lhe contar uma história bem comprida, só para estudar a sua reação engraçada. Na verdade, todos gostavam delas: eram boas trabalhadoras e não causavam problemas. Outro ponto que as tornava populares era que eram responsáveis por ensinar muitas coisas para as crianças da Vila, inclusive a ler e escrever.

– Vi você com o filho do senhor Marcus hoje na praça – disse o tio para Noa, quebrando o silêncio.

Noa largou a colher e fez um gesto com a mão que era um misto de desdém e triunfo.

– Seu nome é Erick e estamos nos tornando bons amigos.

O tio sorriu e abanou as mãos, excitado.

– Excelente, Noa. Essas amizades o levarão longe.

Martin sabia do que o tio estava falando; era o único assunto que parecia interessá-los. O senhor Marcus Verdun, que todos conheciam, era Armador e, portanto, uma das pessoas mais ricas da Vila. Martin não conhecia Erick, mas presumiu que devia ser seu filho.

– Acho que amanhã vou à casa dele – completou Noa.

– Muito bom – anuiu o tio mais uma vez, ampliando o sorriso. – Cultive essa relação e quem sabe no futuro o senhor Marcus não venha a ser a pessoa que irá escrever a carta de recomendação que lhe falta para ingressar na Escola.

– Sim, já pensei nisso e é por esse motivo que fiquei amigo do Erick. Tenho tudo planejado.

O tio Alpio admirou o filho em silêncio.

Eram feitos um para o outro, pensou Martin. A carta de recomendação a que o tio se referira era a condição para um aluno ser aceito na mais prestigiada escola da Vila, a Escola dos Anciãos. Para o ingresso, eram necessárias três cartas, todas escritas por membros importantes da comunidade. Martin calculou que Noa já deveria possuir duas: uma escrita pelo próprio pai e a outra pelo Zelador Victor, que era próximo do tio Alpio. Se conseguisse a do senhor Marcus, Noa teria o problema resolvido.

Martin ignorava por completo aquela possibilidade. Estudar com os Anciãos parecia uma perda de tempo e energia. O pai sempre lhe dizia que era fácil buscar o conhecimento de verdade: bastava ler qualquer livro, desde que ele não fosse indicado pelos Anciãos. Na ótica dele, era simples assim.

Como todos na Vila, havia estudado até os doze anos de idade na escola das morfélias. Ali, eram ensinadas as disciplinas básicas, tais como Matemática, Civismo, Bons Costumes e, é claro, rudimentos da Lei Anciã. Depois daquela etapa, as escolas eram pagas e não estavam ao alcance da maioria. O tio nunca abordara a possibilidade de Martin continuar a estudar.

Depois do jantar, Martin deu uma desculpa e foi direto para o quarto; tinha um só para si e precisava admitir que, mesmo não gostando da casa do tio, aquilo era uma coisa muito boa. Tirou a roupa, vestiu o pijama e enfiou-se debaixo das cobertas.

Tentou imaginar o que estariam fazendo os homens a bordo do *Intrepid* naquele exato momento. As luzes da Vila certamente já haviam desaparecido do horizonte. Estavam agora mergulhados na escuridão do Além-mar, sem nada para protegê-los. O que estariam pensando? Qual era a sua missão? Martin se questionava se todos os tripulantes sabiam do motivo da viagem ou apenas os oficiais. Achava, na verdade, que somente o capitão conhecia o propósito da jornada. Na Vila, era certo que ninguém sabia, nem mesmo o Zelador; apenas os Anciãos conheciam a verdade.

O que todos sabiam, inclusive os marinheiros que estavam no *Intrepid*, era da ameaça cujo nome hesitavam em pronunciar, mesmo que mentalmente. Viviam no Além-mar, e o povo desconfiava que eram a principal razão pela qual a maior parte dos navios que partia não retornava. A ideia provocou novamente a onda de frio; Martin encolheu o corpo para se esquentar e tentou limpar a mente daqueles pensamentos.

Pouco antes de adormecer, teve certeza de que teria aquele sonho outra vez. Vinha tendo-o quase toda as semanas, desde que o pai desaparecera. Nele, caminhava pelas ruas da Vila que conhecia tão bem; havia, porém, algo muito estranho no ar. Ao invés da escuridão habitual, interrompida aqui e ali pela luz vacilante dos postes com os lampiões, existia uma claridade absoluta, vinda de um foco único no céu. Essa fonte de luz era como a lua, mas muito, muito mais potente. A claridade era tanta que tinha feito o mundo mudar de cor e permitido que os lampiões fossem apagados. Era uma imagem bizarra até mesmo para um sonho: os lampiões desligados... Decidiu que contaria o sonho para Omar. Martin o considerava uma das pessoas mais inteligentes que conhecia e imaginava que talvez o amigo tivesse uma explicação razoável para tamanha sandice. Enfim adormeceu e mergulhou em um sono sem sonhos.

Foi acordado, não sabia quanto tempo depois, por sussurros. As vozes pareciam vir do andar de baixo, da sala de estar. Martin não soube ao certo por que, mas foi tomado por uma sensação de urgência; precisava escutar o que elas diziam. Levantou-se da cama, foi em direção à porta do quarto e a abriu com a ponta dos dedos. Não precisou se aproximar mais da escada para entender o que diziam: do local onde estava, já as distinguia claramente. A conversa era entre o tio Alpio e o Zelador Victor. Tentou imaginar que assunto teria trazido o Zelador em pessoa à casa do tio, àquela hora da madrugada. Fez uma concha com a mão junto ao ouvido e concentrou-se nas vozes:

– E o garoto? – a voz do Zelador perguntou.

– Creio que está bem – o tio respondeu. – Continua triste com o desaparecimento do pai, mas não tem agido de maneira estranha ou imprevisível.

– Isso é bom.

– Esta noite esteve no porto, assistindo à partida do *Intrepid*.

– E por que o interesse?

– Não sei. Acho que é apenas uma forma de ele se lembrar do pai. Não vejo o ocorrido com preocupação.

O Zelador Victor pensou por um instante e então disse:

– Pode ser que não, mas não podemos correr riscos com o garoto. O mais importante é que ele deve ser mantido afastado de certas pessoas.

Um novo silêncio e o Zelador acrescentou:

– Essas pessoas o conduziriam para o caminho que não queremos que ele siga.

– Entendo – concordou o tio.

– Ainda mais importante: sua excelência me afirmou pessoalmente que o garoto é motivo de preocupação. Não sei quanto a você, mas nunca tinha visto o Ancião-Mestre receoso de alguma coisa. Devemos levar tudo isso muito a sério. – disse o Zelador. – Por isso, quanto menos ele souber a respeito do pai, melhor. Aquele homem já nos deu muito trabalho.

– Nunca falamos no assunto.

Depois de uma breve pausa o Zelador prosseguiu:

– Quem são os seus amigos?

– Ele faz o tipo solitário. Creio que seu único amigo seja um garoto chamado Omar, o filho do padeiro da rua Pryn.

– Apenas ele?

– Às vezes vejo os dois acompanhados por uma garota; não sei ao certo o nome dela. Talvez seja Maya, ou algo assim. Os três têm a mesma idade.

– Não quero que você adivinhe essas coisas. Você precisa saber tudo a respeito do garoto, deve mantê-lo na palma da mão.

– Certamente. Vou descobrir todos esses detalhes amanhã mesmo.

– Lembre-se: o que estamos fazendo é muito importante e você será recompensado por seu esforço – o Zelador falou e completou: – Tenho grandes planos para você.

As duas vozes silenciaram e Martin imaginou que o Zelador estava indo embora, o que foi confirmado instantes depois pelo ranger da porta da frente. Correu na ponta dos pés de volta para o quarto, encostou a porta com todo cuidado e entrou nas cobertas.

Minutos depois, escutou a porta do quarto ser entreaberta. Estava deitado de lado, de costas para a entrada, mas sabia que os olhos do tio o estudavam desde a soleira. Pouco tempo depois, a porta foi fechada e Martin relaxou um pouco. Sabia que não dormiria mais; a cabeça estava cheia de dúvidas com tudo que acabara de ouvir. A situação era inacreditável: o Zelador, a pessoa mais importante da Vila depois dos Anciãos, vindo até a casa do tio para cochichar sobre ele! Por que haveria de ser tão importante? E qual era o interesse em seu pai? Nada fazia sentido. Não passava de um órfão. Não era ninguém.

Acabou vencido pelo cansaço e adormeceu. Sonhou mais uma vez com a claridade ofuscante; a imagem dos lampiões desligados não lhe saía da cabeça.

Quando acordou, sentia-se cansado e confuso. A sensação que tinha era a de que a sua vida estava sendo observada por alguém, e Martin não sabia nem por quem e nem por qual motivo. Levantou, vestiu-se e atravessou sorrateiramente a sala de estar; não queria encontrar o tio Alpio ou Noa. Por sorte, os dois já haviam saído; ouviu apenas a Ofélia lavando pratos na cozinha.

Partiu a passos rápidos em direção à rua Pryn, no norte da Vila. Aquela era uma de suas ruas favoritas na cidade, pois concentrava as melhores padarias, delicatéssens e confeitarias. Era lá que ficava a padaria do pai de Omar e Martin sabia que encontraria o amigo no local. Aquele era o plano: contar a Omar a respeito do sonho e – ainda não estava bem certo disso – sobre a conversa que entreouvira durante a madrugada.

O início do horário de trabalho estava nublado e fazia um pouco mais de frio do que na véspera. Como a lua já havia se posto, estava curiosamente mais escuro do que no horário de descanso anterior, quando assistira à partida do *Intrepid*. O relógio interno dos habitantes da Vila, porém, ignorava aqueles contrassensos e todos seguiam normalmente com a rotina. O importante era que se tratava de um novo turno de trabalho e as pessoas, renovadas após algumas horas de sono, saíam de casa para cuidar da vida e conduzir seus afazeres.

A melodia das ruas movimentadas enchia o ar. O som ritmado dos passos rápidos das pessoas nas calçadas; o burburinho das conversas animadas e o ranger das rodas das carroças que congestionavam o trânsito, enquanto transportavam todo tipo de mercadorias. Diante das lojas, comerciantes instalavam cartazes anunciando produtos para venda, senhoras andavam em bandos admirando vitrines de lojas de sapatos e crianças brincavam por toda parte. Era o típico início de um horário de trabalho.

Quando Martin chegou à praça mais importante da Vila, a Praça dos Anciãos, bem no centro da cidade, ouviu o Grande Relógio anunciar dez horas. Havia dormido bem mais do que planejara e agora corria o risco de não encontrar Omar na padaria, pois o amigo poderia ter saído para fazer entregas em domicílio a pedido do pai.

O Grande Relógio era tão antigo quanto a própria Vila. A enorme estrutura estava esculpida bem no alto da fachada da Casa dos Anciãos, a qual tinha, por sua vez, a entrada principal voltada para a Praça. O indicador do relógio era um disco de bronze com quase três metros de diâmetro e os ponteiros e os números das horas eram feitos de ouro maciço. Cada metade da circunferência do indicador estava pintada de uma cor diferente, sendo que de um lado havia a inscrição "Horário de Trabalho" e, do outro, "Horário de Descanso".

Quando atravessava a parte central da Praça, viu uma morfélia cercada por crianças junto da estátua do capitão Robbins. Os pequenos estavam sentados no chão de pedra contemplando a estátua feita em bronze, com cerca de dois metros de altura; escutavam atentamente a morfélia falar a respeito da figura histórica mais importante da Vila: "Segundo os Livros da Criação, o capitão Robbins veio do Além-mar e fundou a cidade há cerca de dois mil anos".

Martin viu-se criança, acompanhado pelo pai, naquele mesmo local. Podia sentir o cheiro dos pães frescos que eram vendidos em barracas montadas na Praça apenas nos fins de semana. Ouvia a voz grave, mas ao mesmo tempo suave do pai; quase podia escutar o que ele dizia. Quando era menor, vinham juntos à Praça todos os domingos no início do horário de descanso. Era o programa favorito dos dois: sentavam-se em um dos bancos, conversavam, admiravam a estátua e olhavam o ir e vir das pessoas. Normalmente, o pai falava alguma coisa a respeito da história da Vila, um dos assuntos de que mais gostava. Em algumas ocasiões, porém, Martin lembrava que o olhar do pai se desviava para a Casa dos Anciãos e, naqueles momentos, ele se fechava em seus próprios pensamentos. Durante aquele silêncio que só pertencia ao seu pai, Martin tentava imaginar o que é que tanto o absorvia; que lembranças o faziam olhar para a Casa com tanta intensidade, com os olhos semicerrados e a testa franzida.

Quatro quadras depois, dobrou à direita e entrou na rua Pryn. Muito antes de chegar, já sabia que se aproximava do destino por causa do odor que perfumava o ar. A padaria do pai de Omar ficava à esquerda e era ladeada por uma delicatéssen e por uma taberna que, àquela hora, estava fechada. A padaria tinha uma grande vitrine de vidro, na qual ficavam expostos os pães e as outras iguarias feitas no local. Havia algumas mesas para clientes na calçada e várias outras dentro do estabelecimento. O interior da loja era espaçoso e, nos fundos, estava um balcão; logo atrás dele, a cozinha com um forno à lenha.

O negócio da família de Omar tinha bastante prestígio na Vila; a padaria era muito conhecida e tinha uma longa lista de clientes importantes. O estabelecimento chegava, inclusive, a fornecer quitutes para algumas recepções oficiais na Casa dos Anciãos.

Dentro da padaria, encontrou Omar sentado em uma das mesas, devorando um pedaço de pão e bebendo chá. Atrás do balcão, estavam as duas morfélias que trabalhavam para o pai de Omar, Lucélia e Licélia. Desde que eram pequenos os dois falavam a mesma coisa para elas, como se nunca as tivessem visto antes:

– Prezado Martin, permita que eu apresente a Lucélia e a Licélia – falava Omar, com uma meia mesura.

– Bom dia! Por acaso vocês são irmãs gêmeas? – perguntava Martin.

As morfélias sempre reagiam da mesma forma, incapazes de entender que se tratava de uma brincadeira. Apenas respondiam:

– É claro que não.

Já fazia algum tempo que tinha perdido a graça, mas os dois mantinham o hábito. Brincadeiras assim lembravam Martin do dia em que conhecera Omar. Os dois tinham sete anos e frequentavam a aula de Civismo com a mesma morfélia. Durante a classe, apesar de nunca terem se falado antes, começaram a conversar e não pararam mais. Perturbaram tanto o ambiente que acabaram sendo postos de castigo juntos. Mesmo assim, seguiram tagarelando durante a punição e, depois daquela ocasião, não desgrudaram um do outro.

Martin sentou-se à mesa com Omar.

– Quer um pão com chá? – perguntou Omar.

– É claro que quero.

Omar sinalizou para as morfélias e, instantes depois, uma delas (seria Lucélia ou Licélia? Era difícil dizer...) aproximou-se com um pedaço de pão, geleia e uma xícara com chá.

– E então, o que vamos fazer hoje? – perguntou Martin, passando um pedaço grande de pão com geleia para junto de uma das bochechas.

– Estou cheio de entregas para fazer para o meu pai; você bem que poderia vir junto para ajudar.

Martin deu de ombros; não tinha nada para fazer.

– E o seu pai?

– A mesma coisa de sempre. Ele vive estressado e reclamando que os negócios vão bem, mas, à medida que a padaria tem cada vez mais clientes e dá mais lucro, os impostos que precisa pagar à Zeladoria aumentam ainda mais. Passamos a vida trabalhando para pagar impostos.

– Vocês e todo o resto da Vila.

– É, acho que sim – disse Omar com a voz fazendo eco, afundada na caneca de chá. – E você? Como vão as coisas?

Martin pensou por um instante, tomou um longo gole de chá e por fim desabafou:

– Tenho tido uns sonhos bem esquisitos.

– Me conte tudo – pediu Omar, largando a caneca e entrelaçando os dedos, como se fosse um especialista no assunto.

Martin contou em detalhes o sonho que vinha tendo, não omitindo inclusive o fato de que ele estava se repetindo à exaustão. Enquanto falava, estudou as feições do amigo em busca de algum sinal que indicasse que Omar pudesse achar que estava ficando louco.

Omar era um pouco mais baixo do que Martin, mas de compleição mais reforçada. Tinha os cabelos escuros levemente encaracolados e olhos castanhos espertos um pouco assustados, do tipo que organizava alguma travessura e depois se preocupava com a sua repercussão. Omar era curioso e vivia fazendo perguntas a respeito de tudo ou afundado nos livros.

Omar havia sido, junto com seu pai, uma das influências que o tinham levado a gostar de ler; com o passar do tempo, a leitura o tinha aproximado cada vez mais do amigo. Além disso, havia sido em uma livraria (um dos locais favoritos dos dois na Vila), que conhecera a outra grande amizade que tinha: Maya era a filha do dono da livraria e já conhecia Omar há mais tempo.

Depois que Martin terminou o relato, Omar ficou em silêncio, com o dedo indicador balançando na frente da boca fechada, como se refletindo profundamente sobre o assunto. Pelo jeito dele, parecia que a sua boca ia se abrir e produzir uma explicação detalhada sobre o que estava ocorrendo. Em vez disso, ele disse apenas:

– Não tenho a menor ideia do que está acontecendo com você.

– Isso é muito animador, Omar. Achei que você ia sugerir alguma coisa que eu pudesse fazer para me ver livre do tal sonho.

Omar deu de ombros e disse:

– Eu penso em alguma coisa no caminho. Vamos trabalhar; tenho que entregar pães e doces para metade da Vila.

Saíram para a calçada, onde uma carroça os esperava; Lucélia e Licélia já tinham carregado os pedidos embrulhados na parte de trás. Omar estava certo: estava repleta de pacotes, o que significava bastante trabalho. Martin não ficou triste; na verdade, não tinha nada para fazer e manter-se ocupado parecia uma boa ideia. Acomodaram-se na dianteira, Omar com as rédeas, comandando o cavalo a ir em frente.

Passaram a maior parte do início do horário de trabalho fazendo as entregas por toda a Vila. Conversaram sobre qualquer coisa que viesse à cabeça, desde as bobagens mais sem sentido até assuntos sérios, como a partida do *Intrepid* na véspera.

– Por que é que os navios partem? – perguntou Martin, enquanto Omar parava a carroça em uma pequena praça para o cavalo descansar.

O local era minúsculo, não devia ter mais do que cinco ou seis metros de largura e se abria para a rua em apenas um dos lados; nas demais extremidades, era delimitado por prédios de três andares. No centro, havia uma pequena fonte de pedra. A praça estava bem iluminada pelos lampiões e pela luz que vinha das residências que a cercavam a tão pouca distância.

– Ora, que tipo de pergunta é essa?

– É sério, por quê? Em primeiro lugar, nunca nos dizem qual o objetivo da viagem; em segundo, ninguém sabe por que alguns são escolhidos para a expedição e outros não; e, por último e mais importante: os navios raramente retornam. É como uma missão suicida.

– É por isso que você nunca pensou na possibilidade de o seu pai estar vivo – disse Omar, pulando da carroça para esticar as pernas.

– Quantos navios retornaram nos últimos anos?

Omar olhou para cima com a mão coçando o queixo.

– Creio que apenas um neste século.

– Acho que seria bobagem esperar que ele voltasse – disse Martin, descendo da carroça e parando junto de Omar com os braços cruzados.

– Todos conhecem a história do tal navio, o *Horizonte*. Ele deve ter retornado uns dez ou quinze anos antes de nós dois nascermos – disse Omar.

– Pelo que sei, quando retornaram, os tripulantes do *Horizonte* estavam todos malucos e foram trancafiados na masmorra da Zeladoria.

Omar pensou por um instante e disse:

– Eu concordo que é estranho, mas é assim que as coisas são. Você sabe que tudo isso é determinado pelos Anciãos; eles têm os Livros da Criação e sabem o que é certo fazer para garantir o bem-estar de todos.

– Parece uma frase decorada, daquelas que as morfélias nos fazem aprender quando estão nos ensinando a ler.

Omar deu de ombros.

– Pode ser. Você pensa demais e eu estou com fome. Estamos perto da casa da dona Anna, vamos tentar conseguir um almoço – disse Omar, subindo de volta na carroça.

Dona Anna era uma costureira que morava ali perto. Ela era esposa do senhor Alphonse, um dos assistentes do Zelador Victor, tal como o tio Alpio. O Zelador e seus assistentes eram as autoridades mais importantes da Vila, excetuando-se os Anciãos, é claro. Dona Anna tinha perdido o único filho havia muito tempo no Além-mar e desconfiavam que era por isso que ela os acolhia; sentia saudades do filho e conviver com eles, de alguma forma, lhe fazia bem.

Para não fugir da regra, ela requentou um assado e a sopa do almoço, que ambos prontamente devoraram. Como agradecimento, Omar deixou uma torta especial feita pelas morfélias.

Decidiram ir à Praça dos Anciãos, onde ficava a livraria da família de Maya. No caminho, Martin decidiu contar a Omar a respeito da conversa que ouvira na madrugada entre o tio e o Zelador Victor. Sabia que o assunto fisgaria Omar, que era louco por um mistério (ou uma fofoca). À medida que a história se desenrolava, Omar parecia cada vez mais perplexo.

– Rapaz, é uma história e tanto. Nunca gostei daquele seu tio, ele sempre me pareceu um duas caras.

– A conversa não faz sentido nenhum para mim. Vigiar os meus passos, me afastar de certas pessoas, conhecer os meus amigos... é maluquice.

– Bem, se envolve o Zelador da Vila em pessoa, posso garantir que é algo sério. Precisamos descobrir do que se trata.

– Precisamos? – perguntou Martin levantando uma sobrancelha.

– É claro! Fui citado na conversa, não fui?

– Acho que sim. Alguma sugestão do que devemos fazer? – perguntou Martin, achando graça na reação de Omar.

– Acho que você deve procurar alguma pessoa inteligente, um sábio ou algo do gênero.

– Como um Ancião?

– Se há tanto sigilo em torno da questão, a ponto de o Zelador ter ido confabular com o seu tio durante a madrugada, creio que você deve procurar uma opinião independente.

– Você quer dizer, alguém que não seja um Ancião?

Omar assentiu.

Pensou no assunto: tinha lógica. Faria perguntas, mataria a curiosidade e não chamaria atenção para si. Questão encerrada. Era por isso que gostava de contar as coisas para Omar: ele sempre tinha boas ideias.

– Alguma sugestão de sabichão?

– Não, mas aposto que a Maya deve ter.

– Não precisa dizer mais nada – disse Martin, tomando às rédeas das mãos de Omar.

A livraria da família de Maya ficava na Praça dos Anciãos, junto com várias outras lojas. No lado oposto da praça estavam a Casa dos Anciãos e o Grande Relógio. Ao chegar, perceberam que havia uma grande concentração de pessoas na Praça, mas não perderam muito tempo tentando descobrir o que era. Deixaram a carroça na rua em frente à livraria e desceram.

A livraria era uma loja maior do que a padaria do pai de Omar, mas tinha a mesma vitrine de vidro, que ali, naturalmente, exibia livros e não pães. Os livros à venda eram todos aprovados pelos Anciãos, que antes os examinavam e diziam se eram seguros ou não para a população. Martin nunca compreendera aquela censura e sempre se perguntara de que forma um livro poderia "não ser seguro" para alguém.

A porta estava aberta e a princípio os dois não viram ninguém dentro da livraria. No interior da loja, havia uma estante baixa com livros à frente e à direita e um balcão à esquerda. O ambiente estava iluminado por um lampião que pendia do teto e ainda por várias velas espalhadas aqui e ali. Atrás do balcão e em direção aos fundos, várias estantes altas, repletas de livros, se enfileiravam.

– Olá? – chamou Martin.

Por detrás do balcão surgiu a silhueta de Maya; ela estava agachada, recolhendo livros que haviam caído no chão. Martin a conhecia há vários anos, mas cada vez que a via seu corpo tinha a mesma reação que ele desistira de tentar controlar: as pernas perdiam um pouco da firmeza, os joelhos quase se dobrando; o coração pulsava fora de ritmo por uma ou duas batidas e uma onda de calor se assoprava junto das orelhas.

Na concepção de Martin, Maya era um anjo caído na terra. Ela tinha a mesma idade deles e mais ou menos a mesma altura. Seus cabelos louros eram lisos e compridos e sempre havia uma pequena mecha pendendo sobre a testa. Os olhos eram verdes e intensos e os traços do rosto, delicados e perfeitos. Maya era magra, mas não esquelética.

– Olá, meninos – disse em sua voz doce.

– Olá – responderam os dois em coro.

– Seu pai está? – perguntou Martin.

– Não, saiu. Por quê?

– Martin tem um terrível segredo para lhe contar que também diz respeito a você – exagerou Omar, abrindo um sorriso malicioso.

– Diz respeito a mim? – perguntou ela inclinando-se na direção deles, as mãos pousando no balcão.

Martin contou em detalhes a conversa do tio com o Zelador Victor e depois comentou a sugestão de Omar de que deveria procurar alguém não ligado aos Anciãos para fazer algumas perguntas. Maya escutou atentamente, inclinando-se ainda mais para frente, os olhos fixos nos seus. Quando Martin terminou o relato, ela pensou por alguns instantes e disse:

– Olha, Martin, não vou dizer que essa conversa não seja estranha, é claro que é; mas talvez também haja um pouco de paranoia sua. Talvez o seu tio só esteja preocupado com você.

Martin refletiu um pouco a respeito, mas não se convenceu. Havia alguma coisa fora de lugar. Não sabia ao certo o que era, e talvez em parte fosse paranoia mesmo, mas achava que estavam escondendo algo dele. Podia sentir isso e sabia de onde vinha parte dessa inquietude. Depois que o pai desaparecera, tinha quase que automaticamente começado a repassar detalhes da sua vida com ele. À medida que fazia isso, era tomado por uma sensação estranha: sabia menos coisas a respeito dele do que gostaria. Relembrando vários acontecimentos, dava-se conta de que a vida do pai havia sido mergulhada em segredo. Às vezes, ele saía no meio de um horário de descanso, enquanto toda a Vila dormia, para fazer algo que Martin nunca descobrira o que era. Com o sono leve, apenas escutava o pai sair e, horas mais tarde, retornar.

– Talvez você tenha razão – disse Martin, percebendo que fitara os olhos de Maya por tempo demais antes de responder.

– E como eu posso ajudar?

– Seu pai é um intelectual; uma pessoa que lê livros e sabe das coisas – disse Omar. – Você lembra de algum dos amigos dele que seja bem sabido e, principalmente, bem discreto?

– Alguém para quem Martin possa fazer perguntas sem chamar muito a atenção?

– Exato – Martin e Omar responderam em coro novamente.

Maya pensou por apenas alguns segundos e disse:

– Meu pai tem dois amigos muito esquisitos, mas que sei que são bem inteligentes. Os dois são meio malucos, bem acima da média dos outros amigos estranhos dele.

– Quem são?

– Juan Carbajal e Niels Fahr.

– Juan Carbajal, o canhoneiro? – perguntou Martin.

– Ele mesmo. Todos o conhecem, mas o que poucos sabem é que ele adora ler.

– Do outro, nunca ouvi falar – disse Omar.

– Segundo meu pai, Niels Fahr é um dos homens mais inteligentes e cultos da Vila, embora seja também bem excêntrico. Creio que é ele que você deva procurar, Martin.

– Para mim, parece bom. Onde posso encontrá-lo?

– Não faço a menor ideia – respondeu Maya contornando o balcão e parando junto deles. – Como disse, ele é muito excêntrico e paranoico, – não sei bem por que, – e ninguém sabe seu endereço, salvo os amigos mais próximos. Como vocês não devem perguntar para o meu pai, para não me meter em encrencas, sugiro que procurem o canhoneiro Carbajal. Ele deve conhecer o endereço de Niels Fahr.

– Gostei da ideia, Maya. Vou fazer isso no próximo horário de descanso.

– Depois me conte o que o canhoneiro maluco tinha para dizer – disse Maya sorrindo, e acrescentou: – E, Martin, tenha cuidado.

Ele assentiu sem jeito, enquanto as bochechas se incendiavam com a preocupação dela.

Naquele momento a atenção dos três foi capturada pelo som de pessoas correndo e gritando no lado de fora; o tumulto parecia vir da praça. Foram para junto da vitrine tentar enxergar alguma coisa, mas a multidão que se aglomerava, de costas para eles, os impedia de ver o que estava acontecendo.

Decidiram sair e entrar no meio do tumulto; abriram caminho com dificuldade e, por mais de uma vez, quase se perderam. Quando avançaram até próximo ao centro da praça, junto da estátua do capitão Robbins, avistaram o motivo do alvoroço. Atrás de um cordão de isolamento feito pelos Capacetes Escuros, a polícia da Vila, o senhor Alphonse estava afixando um cartaz em um suporte de madeira. Mesmo à distância, era possível ver que estava repleto de nomes. Todos sabiam do que se tratava: era a Lista.

A Lista era o conjunto de quarenta e cinco nomes dos que fariam parte da tripulação do próximo navio que deixaria a Vila. Era sempre divulgada um dia depois da partida da embarcação anterior – e o *Intrepid* havia partido na véspera. Esperar por ela era uma angústia muito grande para todos que tivessem homens com mais de dezesseis anos na família; qualquer um podia ser escolhido e, como todos sabiam, mas ninguém comentava abertamente, os navios quase nunca retornavam. Os nomes na Lista eram escolhidos pelos Anciãos e incluíam o capitão, os oficiais e o restante da tripulação.

A Vila contava com uma pequena frota de barcos pesqueiros, e poucos, além dos pescadores, sabiam realmente velejar. Por esse motivo, os tripulantes escolhidos na Lista deveriam deixar suas funções e usar o tempo restante até a partida para se dedicar a aprender a navegar.

Observaram os Capacetes Escuros organizarem uma fila para que as pessoas pudessem consultar a Lista ordenadamente, uma de cada vez. Nenhum dos três soube ao certo por que, mas ficaram ali, imóveis, assistindo a fila andar à medida que cada um esquadrinhava os nomes impressos em busca de alguém conhecido. As reações eram variadas; alguns comemoravam não terem sido escolhidos com um sorriso tímido, quase imperceptível; outros colocavam as mãos na cabeça e olhavam para o céu. Dos que reconheciam um nome, ouvia-se um grito abafado, um suspiro ou ainda um gemido de dor. Alguns choravam em voz alta, mas eram poucos.

Vários minutos depois, quando a fila já estava diminuindo, uma mulher de meia-idade se deteve na frente do cartaz por um tempo mais longo que o habitual. Um Capacete Escuro tentou fazer com que ela andasse e deixasse o próximo da fila tomar seu lugar. Para surpresa de todos, ela o afastou com um safanão e gritou com os punhos cerrados:

– Malditos! Eu tinha dois filhos, o primeiro vocês já mandaram para o Além-mar e ele nunca retornou. Agora o meu caçula... vocês não têm esse direito!

Num piscar de olhos, os soldados a agarraram pelos braços e a arrastaram em direção à Zeladoria, que ficava na quadra de trás, contígua aos fundos da Casa dos Anciãos. Todos sabiam para onde ela seria levada: para a masmorra da Zeladoria. O cumprimento da ordem e da Lei eram levados muito a sério pelos Anciãos, e os Capacetes Escuros não toleravam nenhum tipo de desrespeito às normas.

Depois do episódio, a multidão começou a se dispersar como se alguém tivesse soltado algum tipo de veneno na praça; logo, os três se viram quase sozinhos no local. Maya quebrou o silêncio:

– Às vezes, não entendo bem as nossas regras. Por que é que aquela mulher precisava ser presa? Ela só estava lamentando que os dois filhos tenham sido escolhidos para uma viagem sem volta.

– É estúpido – disse Martin, com o olhar perdido na direção da Casa dos Anciãos.

– Talvez você deva mesmo sair por aí fazendo perguntas, Martin – completou Omar, cabisbaixo.

Maya cruzou os braços, encolheu-se um pouco e disse:

– Eu não sei, não. Já perguntei essas coisas para o meu pai e tive a sensação de que, mesmo concordando com que eu dizia, ele fazia de conta que não. Acho que no fundo ele tem medo, como todos, de ir contra as regras e os costumes dos Anciãos.

– Lembro de quase sempre ter tido essa sensação com o meu pai – disse Martin.

– Eu não quero que você vá; esqueça tudo isso, Martin – disse Maya, segurando seu braço.

Martin olhou para ela e sorriu. Sentia-se o mais próximo de estar feliz do que já estivera nos últimos meses. Tinha seus amigos e podia contar com eles, e isso era uma coisa que valia muito. Perguntou-se se Maya não teria razão e se não deveria mesmo deixar tudo de lado; seu pai tinha desaparecido e aquilo era algo que ninguém poderia mudar. Talvez o mais sensato fosse refazer a vida e se concentrar nos amigos.

– Vamos fazer um trato – disse Martin, tomando as mãos de Maya. – Eu vou falar com o canhoneiro Carbajal hoje à noite. Se ele não me disser nada que valha a pena, o que acho provável, esqueço a coisa toda. Combinado?

– Está bem, mas tenha cuidado mesmo assim.

Maya olhou para o Grande Relógio e disse:

– Já é tarde, preciso voltar à livraria. Se o meu pai chega lá e não me encontra, ele me mata.

Despediram-se de Maya e ficaram parados na praça, sem saber o que fazer.

– Rapaz, essa menina é doida por você – disse Omar, dando-lhe um soco no ombro.

Martin cambaleou para o lado, devolveu o soco e disse:

– Omar, você é um retardado.

Ficaram parados por alguns minutos, assistindo à multidão se dispersar ainda mais. Com a praça quase vazia, Martin não teve dificuldades para reconhecer Noa caminhando na calçada, indo em direção à livraria do pai de Maya. Andava devagar, com a mesma postura de sempre: o nariz apontando para cima e os braços um pouco separados do corpo; tinha um leve gingado a cada passada, com um jeito de quem ignorava o mundo ao seu redor. Omar também percebeu a cena e disse:

– Você não sabia dessa, hein? Eu ia contar, mas como sei que você anda meio chateado e no fundo tem uma queda pela Maya, preferi esperar um pouco.

– Contar o quê? – Martin perguntou, subitamente com o coração batendo um pouco descompassado. A verdade é que ainda não levara a sério a possibilidade de ter mesmo uma queda por Maya.

– Esse seu primo convencido vive dando em cima dela. Acho que ele visita a livraria umas duas ou três vezes por dia.

– É mesmo...? – perguntou Martin com a voz se extinguindo; não sabia se queria saber de mais detalhes.

– Mas não se preocupe, acho que ela não está nem aí para ele.

Assistiram Noa entrar na livraria; instantes depois, ele já estava conversando com Maya junto ao balcão.

Martin deixou escapar um suspiro. Era só isso que lhe faltava: Noa voando em círculos ao redor de Maya.

Percebendo que o acontecido tinha arrasado ainda mais o estado de espírito de Martin, Omar decidiu arrastá-lo para longe da praça.

Como as entregas já tinham sido feitas, restava aos dois o fim do horário de trabalho para ficar na padaria, jogar conversa fora e implicar com as morfélias. Martin, porém, decidiu partir. Não sentia mais vontade de fazer nada; a mente envenenada com a visão de Noa conversando com Maya na livraria. Por mais que tentasse, a coisa toda não lhe saía da cabeça. Despediu-se de Omar e foi embora.

Chegou cedo à casa do tio Alpio para o jantar. Iria sair sorrateiramente no meio da noite, fazendo algo que era, a bem da verdade, um tanto ilegal. Por esse motivo, não queria criar atritos com ninguém e pretendia ser bem simpático durante a refeição.

Por sorte, Ofélia serviu o jantar cedo, o que lhe daria uma boa desculpa para subir para o quarto em seguida e escapar mais cedo para a aventura. Surpreendeu-se ao ver que, durante a refeição, não era só ele que se esforçava para ser amável. O tio tentava agradá-lo de todas as formas:

– Martin, você podia falar para a Ofélia o que gosta de comer. Ela pode muito bem preparar os seus pratos favoritos; ninguém é obrigado a comer esta sopa toda noite.

– Obrigado, tio Alpio. Vou pensar no assunto.

– Onde está Noa? – perguntou Martin, percebendo a ausência do primo.

– Ele vai dormir na casa de um amigo hoje.

Ou estava jantando na casa de Maya, pensou, nauseado.

– Estive pensando, Martin – prosseguiu o tio –, você poderia trabalhar lá na Zeladoria comigo, ajudando a levar documentos, servindo chá e coisas desse tipo. Ficaríamos mais próximos e, além disso, poderia ser o início de uma boa carreira para você no futuro.

Agora a bajulação tinha passado dos limites: trabalhar com ele na Zeladoria!

– Obrigado, tio, vou pensar.

Quando achou que era possível se retirar para dormir sem despertar suspeitas, deu boa noite para o tio e subiu. Entrou vestido debaixo das cobertas, mas não adormeceu. O que estava prestes a fazer era arriscado – se o tio descobrisse, sem dúvida enfrentaria sérios problemas – e Martin mal podia controlar a excitação. No silêncio do quarto, não conseguia pensar em mais nada a não ser no passar dos segundos, que eram marcados pela forte batida do seu coração.

CAPÍTULO II

A CADEIRA DE MADEIRA VOLTADA PARA O MAR

Cerca de três horas depois, com todas as velas e candelabros já apagados e a casa na escuridão havia um bom tempo, decidiu que já era seguro sair. Levantou-se e colocou um monte de almofadas debaixo das cobertas para fazer volume. Foi até a janela e a abriu com a ponta dos dedos; o quarto ficava no segundo andar e ele teria que imaginar uma maneira de pular até a calçada sem quebrar um tornozelo. No parapeito, havia uma floreira vazia que parecia frágil, mas que talvez aguentasse seu peso; podia apoiar os braços ali e depois se soltar até a rua. A queda seria menor.

Foi exatamente o que fez. O problema foi que, uma vez pendurado para o lado de fora, com as mãos segurando na floreira, não tinha mais como fechar a janela. Teria que deixá-la entreaberta, o que seria uma confissão óbvia da sua escapadela caso o tio decidisse espiar o quarto durante a madrugada. Retesou o corpo em preparação para a queda e soltou as mãos; aterrissou no piso de pedra com força e torceu o tornozelo esquerdo. Lutou contra a dor e saiu cambaleando rua abaixo.

A noite estava fria e uma camada de orvalho se depositava sobre as pedras retangulares do calçamento. Como era bem no meio das horas de descanso, as ruas estavam desertas e as luzes das casas, apagadas; a iluminação vinha apenas dos lampiões e da lua, que acabara de nascer.

Martin seguiu para o norte e depois dobrou à esquerda, em direção ao mar, percorrendo um caminho inverso ao que tinha feito quando retornara de seu local de observação no dia da partida do *Intrepid*. Chegando à rua do Porto, passou pelo cais e continuou para o norte, uma vez que o posto do canhoneiro também ficava na orla, mas no outro extremo da Vila.

Seguiu pela rua do Porto, embalado pelo som ritmado das ondas batendo na parede de pedra do píer. O ar estava mais úmido junto ao mar e o orvalho parecia mais espesso. Caminhou a passos rápidos, atento a qualquer vulto na escuridão. A última coisa que queria era encontrar um Capacete Escuro e ter que dar explicações a respeito do que estava fazendo na rua àquela hora.

Alguns minutos depois, avistou o local onde a calçada do lado do mar se alargava em um círculo que abrigava em seu centro o canhão. O armamento era feito de um metal escuro que estava oxidado pela maresia e envelhecido pelo passar do tempo; era grande, comprido e devia medir cerca de cinco metros desde a base até a ponta. Repousava apoiado em um suporte de madeira, que permitia que fosse girado de um lado para o outro. Do outro lado do canhão, uma figura encurvada estava sentada em uma cadeira com longas pernas de madeira, segurando um livro em uma mão e uma garrafa na outra: o canhoneiro Carbajal.

Antes de explicar quem era o canhoneiro, era preciso dizer por que ele e o seu canhão existiam. O motivo era o temor mais poderoso e primitivo de todos os habitantes da Vila. Desde o bebê que mal compreende o mundo até o mais valente dos homens, todos tinham a espinha dorsal de sua coragem quebrada ao meio pelo nome. Martin ainda se lembrava de uma cena, quando era pequeno, de homens feitos e até Capacetes Escuros deixarem-se vencer pelo pavor e se contorcerem no chão em posição fetal à mera menção daquela palavra.

A criatura que todos temiam tinha um nome: Knuck.

Ninguém sabia qual a sua origem, o que queriam ou por que odiavam as pessoas da Vila com tanta intensidade. Eram seres monstruosos que vinham do Além-mar e traziam morte e destruição quando apareciam. Felizmente, a última incursão dos monstros havia sido há mais de quinhentos anos. Naquela ocasião, porém, um quarto da população da Vila tinha sido morta nos combates ou sequestrada e levada para o Além-mar nos barcos dos Knucks.

A descrição física que se tinha deles vinha de livros e manuscritos feitos por sobreviventes na ocasião da última incursão. Os Knucks tinham formato humanoide, com braços muito compridos que quase encostavam no chão; a pele era branca, como se fossem albinos, e tinham grandes olhos brancos sem pálpebras. Os dentes eram pontiagudos como agulhas e tão longos que quase impediam que a boca se fechasse. Não tinham pelos ou cabelos e, no lugar das mãos e dos pés, havia patas com quatro garras afiadas como navalhas. Seriam da mesma altura de um homem adulto se não andassem sempre encurvados, como corcundas. Os monstros se comunicavam por meio de um zumbido sinistro, como o de um grande inseto, e se alimentavam da carne dos mortos.

Ninguém na Vila falava abertamente, mas, na intimidade dos seus próprios pesadelos, todos imaginavam que os Knucks, mais do que qualquer monstro marinho, eram a razão por que os navios nunca retornavam.

E aquela era a função do canhoneiro: vasculhar o negrume do mar em busca de qualquer sinal suspeito. Na dúvida, o encarregado tinha ordens para disparar o canhão e só depois olhar no que é que tinha atirado.

O posto de canhoneiro era atribuído de forma vitalícia a um habitante da Vila pelos Anciãos. Era uma tarefa importante, mas maldita, pois, como se sabia que os Knucks só apareciam nas horas de descanso, o canhoneiro passaria a vida trabalhando enquanto os outros dormiam.

Martin aproximou-se da figura sentada na cadeira de madeira. Era um homem idoso, magro e de aparência frágil. Tinha ainda uns poucos cabelos brancos espalhados na cabeça. O canhoneiro fechou o livro que estava lendo e o repousou sobre o colo. Pelo cheiro, Martin sabia que a garrafa que ele tinha na outra mão era de rum.

– Olá, garoto. Em que posso ajudá-lo?

– Olá – respondeu Martin.

Os olhos do canhoneiro estudaram Martin de cima a baixo.

– Eu conheço você; é o filho do capitão Durão. Seu nome é Martin Durão.

Martin foi pego de surpresa e não respondeu.

– Seu pai é um grande homem.

– "Era", o senhor quer dizer. Ele partiu em um navio.

– É claro, era. Eu sinto muito. Vamos conversar, meu amigo – disse o canhoneiro, descendo da cadeira e sentando-se na mureta de pedra que separava a calçada do mar.

Martin acomodou-se ao lado e perguntou:

– O senhor é canhoneiro há muito tempo?

– Desde os vinte anos de idade. Estou agora com setenta e sete.

– O senhor está aqui em todas as horas de descanso?

– É claro, estou aqui desde que fui escolhido pelos Anciãos para o posto.

– E como o senhor foi escolhido?

– Naquela ocasião, eles me deram uma escolha: embarcar em um navio ou passar a vida como canhoneiro. Optei pela segunda escolha, obviamente.

– Deve ser uma vida difícil; trabalhar enquanto os outros dormem.

– É verdade. Em função disso, nunca me casei e tive poucos amigos. Seu pai era uma exceção; ele era um bom amigo.

Martin ficou em silêncio; continuava surpreso com o fato de que o canhoneiro e seu pai se conheciam.

– Eu não sabia que vocês se conheciam.

O canhoneiro olhou rapidamente para os lados, como se tivesse escutado alguma coisa, e depois assentiu com um leve aceno da cabeça.

– Éramos muito amigos, mas vou lhe pedir um favor que é também para o seu bem: não comente isso por aí, está certo?

Martin assentiu lentamente. Decidiu mudar de tópico; não queria que as perguntas acuassem o canhoneiro.

– O senhor já disparou este canhão?

– Felizmente, nunca – disse ele em um suspiro, como se de repente tivesse se transformado no sujeito mais sortudo do mundo por aquilo.

– E o que é que ele dispara?

– Um feixe de luz de uma intensidade inacreditável, que transforma os malditos barcos Knucks em nada mais do que um vapor fedorento.

– Parece uma frase decorada.

– Você é um garoto esperto; é mesmo. Quem me disse isso foi o canhoneiro anterior, o senhor Alejandro, no dia em que me passou o posto. Na ocasião, ele tinha noventa e três anos. Morreu na semana seguinte, coitado.

– E, em todos esses anos, nunca viu nada suspeito?

O canhoneiro pensou por um instante, coçou o queixo e disse:

– Certa vez, há uns bons vinte anos, pensei ter visto um pequeno vulto no horizonte. Eu me assustei, cheguei a apontar o canhão, mas em seguida a coisa sumiu e nunca mais voltou. Creio que aquele foi meu turno de trabalho mais movimentado.

– Parece meio tedioso, na verdade.

– Você tem razão, é mesmo. Por isso os livros e, é claro, o rum.

Martin riu.

– Garoto, você está descobrindo todos os meus segredos! Não conte isso para ninguém.

Martin riu outra vez e disse:

– E os livros e o rum não podem distraí-lo da vigilância?

– Não se preocupe – disse ele abanando uma das mãos. – Estou sempre atento e, qualquer coisa, temos o farol logo ali.

Olharam para o outro lado e o avistaram. O farol ficava entre a base do canhão e a rua do Porto. Tratava-se de uma torre de madeira com cerca de seis metros de altura. No alto, havia uma espécie de ninho com material combustível embebido em uma solução química preparada pelos Anciãos que conferia à chama, uma vez acesa, um brilho avermelhado único. Era uma maneira inequívoca de chamar a atenção; uma vez avistada a chama vermelha, todos sabiam o que significava: Knucks.

Na verdade, além daquele, existiam mais três faróis na Vila, todos distribuídos na orla do mar ao longo da rua do Porto. Eles faziam parte de uma estratégia de defesa contra os Knucks que todos levavam muito a sério. Em cada rua da Vila, havia um sino montado na frente de uma casa. O morador daquela residência era responsável por tocar o seu sino em caso de alerta. Ao som do sino, outros responsáveis em ruas vizinhas também tocariam os seus e assim sucessivamente, até que toda a Vila estivesse desperta.

Em caso de alerta, todos sabiam o que fazer: mulheres e crianças seguiriam para abrigos e todos os homens com mais de dezesseis anos se posicionariam para lutar junto à rua do Porto. Uma vez por ano era realizado um exercício em que os sinos tocavam e as pessoas seguiam para as suas posições. A simulação era conduzida com muita seriedade, mas os faróis não eram acesos para que ninguém se enganasse quando visse um queimando a chama vermelha: eram Knucks; não se tratava de um teste.

Ficaram os dois pensativos, admirando a estrutura de madeira do farol que não havia sido acionado nos últimos quinhentos anos. Martin imaginou se durante o seu período de vida teria o azar de vê-lo aceso.

– Acho que você não veio até aqui numa hora dessas para jogar conversa fora com um velho.

Martin precisou esperar alguns segundos para criar coragem e então disse:

– Estou procurando um escritor chamado Niels Fahr.

O canhoneiro o estudou com os olhos semicerrados.

– Posso perguntar o que você quer com ele?

– É um assunto particular. Estou preocupado com algo que entreouvi e gostaria de falar com alguém que não chamasse muito a atenção.

– Hmmm... por isso a opção pelo meu amigo Niels; ele sem dúvida atende ao quesito "discreto".

– Como assim? Você o conhece?

– Somos amigos; aliás, éramos todos amigos do seu pai.

Outro sobressalto; as coincidências o incomodavam cada vez mais. Tentou se lembrar dos amigos do pai que conhecera: apenas dois lhe vieram à mente e tinha certeza de que não eram realmente próximos.

– Niels Fahr conhecia o meu pai? Eu não me lembro dele.

– Você não se recorda dele porque provavelmente nunca o encontrou. Niels mora isolado na periferia da Vila, em prisão domiciliar decretada pelos Anciãos, e este é o motivo pelo qual ele é discreto: é proibido de sair de casa.

– E vive nos limites da Vila.

– Você sabe das normas melhor do que eu: perto da Cerca que não devemos ultrapassar. Não é um local popular.

– E o que é que ele fez para ser impedido de sair de casa?

– Bem, estou lhe contando tudo isso porque decidi que vou deixar que você o encontre. Então, você poderá perguntar isso diretamente a ele.

Martin abriu um sorriso tímido.

– Não me agradeça. Estou fazendo isso pelo seu pai, mas devo avisá-lo: quando for visitar Niels, tenha cuidado; você não vai querer confusão com os Anciãos.

O canhoneiro descreveu em detalhes como Martin poderia encontrar a casa de Niels Fahr no limite leste da Vila. Era uma zona pouco habitada, onde as casas, ao contrário dos outros locais, estavam bem separadas umas das outras; por lá também existiam algumas poucas fábricas e prédios abandonados. No geral, a parte leste da cidade não só não era popular, como era malvista; os poucos que lá moravam eram pessoas muito humildes, excêntricas ou mesmo foras da lei.

Martin agradeceu e depois se despediu do canhoneiro, que permaneceu sentado na mureta, fitando o oceano com o olhar perdido. Enquanto se afastava, passou pela cadeira com as longas pernas de madeira; ao lado dela repousava a garrafa de rum, agora vazia. Sobre o assento estava um livro com aspecto antigo, aberto e virado para baixo. Era possível ver a capa, que dizia:

Ensaios sobre a Noite
NIELS FAHR E CRISTOVÃO DURÃO

Niels Fahr era o homem que iria procurar, e Cristovão Durão era o seu pai.

A sensação de inquietude se tornara mais intensa; não fazia ideia de que o pai havia escrito um livro, o que o levou a pensar: se desconhecia algo assim a respeito dele, o que mais ainda não sabia?

Percorreu o caminho de volta à casa do tio com a mente distante. Nem se lembrou de observar os Capacetes Escuros; estava atordoado com a situação e com as coincidências que se abriam diante dele: o folclórico canhoneiro, um escritor recluso e o seu próprio pai se conheciam. E, pior: o pai escrevera um livro com um deles. Qual era o significado de tudo aquilo? Naquele momento, materializava-se uma certeza que o atormentava: era verdade, não tinha conhecido a vida que o pai levara.

Quando chegou em casa, estava exausto. Estudou a janela do seu quarto e concluiu que, mesmo usando a floreira como apoio, era alta demais para ser escalada. Como as casas da Vila nunca ficavam trancadas, optou por entrar furtivamente pela porta da frente. No interior da casa, percorreu a sala de estar como um fantasma até as escadas. Subiu os degraus tentando tirar ao máximo o peso do corpo de cada passo. Entrou no quarto e fechou a porta, satisfeito com a performance: não tinha produzido ruído algum.

Tirou a roupa, vestiu o pijama e entrou nas cobertas. Permaneceu deitado de barriga para cima, tentando limpar a mente de qualquer pensamento; queria apenas dormir e descansar. Foi só então que percebeu:

A janela, que fora obrigado a deixar aberta no salto até a calçada, agora estava bem fechada.

CAPÍTULO III

A CERCA

Na manhã seguinte acordou cedo, mas permaneceu em silêncio no quarto até escutar o tio sair de casa. Não queria encontrá-lo e ter que dar explicações a respeito da sua escapadela durante a madrugada. Levantou-se cuidadosamente e tirou o pijama.

Em uma das paredes do quarto havia um espelho, artigo de luxo que simbolizava a posição de destaque do tio na elite da Vila. Era pequeno e estava um pouco opaco de tão antigo, mas, ainda assim, era um espelho de verdade e cumpria a função. Quando se olhou nele, Martin viu que refletia exatamente na altura do seu peito. Pouco acostumado a ver a própria imagem, teve um sobressalto quando a enxergou: a cicatriz.

O pai se recusava a discutir o assunto em detalhes, mas, pelo que sabia, tinha-a desde que era muito pequeno, ou talvez fosse até mesmo uma marca de nascença. Era formada por quatro longas linhas paralelas bem no centro do peito, que se estendiam desde a altura dos mamilos até quase o umbigo; avermelhadas, tinham um certo relevo, como o de um ferimento grave que cicatrizou mal. Sem querer, às vezes a apalpava com as mãos e, em outras ocasiões, sentia-a latejar. Era realmente horrível de se olhar.

Esperou vestido e sentado na cama e, quando teve certeza de que o tio já havia partido, desceu e tomou o chá que

Ofélia havia preparado. Aquele era um dos momentos em que lembrava por que gostava das morfélias: ela simplesmente fora incapaz de lançar um olhar de reprovação para ele. Isso, é claro, supondo que soubesse da sua pequena aventura. No fundo, desconfiava que não só Ofélia, mas que, àquela altura, muita gente sabia.

Saiu para a rua excitado com a perspectiva de procurar o excêntrico Niels Fahr. O início daquele horário de trabalho estava frio e havia uma bruma discreta tirando de foco os contornos da Vila. Pensou em passar pela padaria e contar a Omar a respeito da conversa com o canhoneiro, mas estava com pressa e queria tomar logo o caminho em direção ao extremo leste da cidade. Seguiu pela rua do tio, mas na direção oposta à que estava acostumado a ir, afastando-se do mar.

Percorreu quatro ou cinco quadras com casas idênticas à do tio. Logo depois, percebeu que as construções iam ficando mais espaçadas e eram também menores e mais simples. O movimento de pedestres e carruagens havia praticamente desaparecido; estava sozinho na rua. Chegou a uma encruzilhada no centro da qual havia uma praça malcuidada, com capim alto por toda a extensão.

Foi então que teve a sensação de estar sendo seguido; era como se a bruma, agora bem mais espessa, tivesse olhos e estivesse observando-o. Parou no meio da pequena praça e olhou ao redor, mas não avistou ninguém. Contornando a praça, a rua se dividia e tomava três direções distintas. Martin esforçou-se para lembrar das instruções do canhoneiro. Depois de refletir um pouco, decidiu seguir reto; rumaria diretamente para o fim da Vila e para a Cerca.

Logo depois da praça as construções residenciais sumiram. Passou por uma fábrica de carruagens que funcionava e por outras três abandonadas. A rua foi progressivamente perdendo o calçamento de pedra e agora era de chão batido. Os postes também rareavam e muitos tinham os lampiões apagados ou danificados, o que deixava o lugar com aspecto um tanto sinistro. Mesmo ainda se encontrando dentro dos domínios da Vila, o local onde estava era bastante ermo. O frio havia se acentuado e Martin viu-se puxando a gola do casaco para encobrir o pescoço. A bruma se intensificara ainda mais e a visibilidade se reduzira a alguns poucos metros.

Subitamente, viu-se perdido. Estava no meio da rua e não avistava, por causa da escuridão e da neblina, nenhum prédio ao redor para guiá-lo. Prosseguiu mais alguns metros e então a avistou: a Cerca. Se não soubesse o que ela significava, não teria imposto nenhum respeito; era muito diferente do que tinha imaginado.

A Cerca delimitava o perímetro externo da Vila nas demais extremidades que não o mar. Era feita de madeira e não batia nem mesmo na altura da cintura de Martin. Qualquer um, inclusive uma criança, poderia transpô-la com a maior facilidade. Sua altura tinha uma explicação: o objetivo não era impedir que nada de fora entrasse na Vila. Como todos sabiam, os Knucks vinham do Além-mar e não existiam perigos conhecidos oriundos da terra. Por outro lado, era estritamente proibido a qualquer habitante da Vila ir além dela, mesmo que por alguns poucos metros; era a Lei dos Anciãos e a sua transgressão era considerada um crime quase tão grave quanto o assassinato.

Martin admirou a Cerca por alguns instantes; nunca a vira antes, apenas ouvira falar da sua existência. Não resistiu à tentação de olhar para o outro lado. Do pouco que enxergou devido à má visibilidade, parecia não haver nada de interessante, apenas a mesma grama rala que cobria o solo também do lado de cá.

Concentrou-se nas instruções do canhoneiro; segundo elas, a casa de Niels Fahr ficava naquela direção, muito próxima da Cerca. Talvez tivesse passado por ela e não a avistado, ou talvez apenas não houvesse entendido corretamente as instruções e estivesse, na verdade, completamente perdido.

Naquele momento, ouviu o som de passos aproximando-se. Vinham em um ritmo tranquilo, sem pressa e, pelo barulho que faziam, não tinham a intenção de ocultar a sua aproximação. Os passos viraram uma silhueta, que se transformou em um homem de idade. Não sabia como, mas teve certeza de que aquele era Niels Fahr.

– Olá, Martin. Meu nome é Niels Fahr – disse o homem, estendendo a mão para Martin.

Pego de surpresa pela súbita aparição, Martin demorou a responder.

– Olá – disse finalmente, enquanto apertava a mão do estranho.

– Vi você passando da minha casa e decidi vir buscá-lo.

– Como o senhor sabia que eu vinha?

– O canhoneiro me avisou – respondeu ele. – Venha, vamos conversar lá dentro.

Martin o seguiu pela estrada escura, na direção oposta a que viera, afastando-se da Cerca. Percebeu que a casa deveria estar próxima; devia ter passado por ela e simplesmente não a avistara. No curto trajeto, estudou Niels Fahr. Calculou que ele deveria ter a mesma idade do canhoneiro – um homem velho, mas de compleição bem diferente: era alto e podia-se imaginar que fora bastante musculoso quando jovem. Praticamente calvo, tinha alguns poucos cabelos brancos aparados de cada lado da cabeça. O rosto enrugado era simpático e os olhos tranquilos lançavam um olhar que transmitia paz. Gostou dele quase que imediatamente.

Seguiram por poucos metros e então deixaram a estrada. Deram alguns passos no escuro absoluto, mas em seguida divisaram um brilho amarelado no chão, que vinha das janelas iluminadas de uma casa; logo após, Martin avistou a residência avolumando-se na escuridão.

A casa não era grande e parecia antiga e mal conservada. Niels o guiou pela varanda até a porta de entrada, que se abria para a sala de estar. O interior da residência, bem iluminado, revelava uma bagunça completa. Havia uma quantidade imensa de livros abarrotando estantes, sobre mesas e sofás e, sobretudo, espalhados pelo chão. Tirando os livros, não restava espaço para quase nada.

Martin afastou alguns volumes de um sofá e se sentou. Agradeceu por aquilo: as pernas latejavam com a caminhada. Niels acomodou-se em uma poltrona e permaneceu em silêncio.

– Como o senhor sabia o meu nome?

– Você talvez não se lembre de mim, mas eu conheço você.

– O senhor era amigo do meu pai.

Ele assentiu.

– Fomos grandes amigos e fizemos muitas coisas juntos. Creio que você não me conhece porque, quando fui condenado à prisão domiciliar, você ainda era bem pequeno.

Martin pensou na pergunta por um momento e então decidiu lançá-la no ar:

– Por que o senhor está preso?

Niels não deu sinal de se aborrecer com a questão. Apenas respondeu:

– É uma longa história.

Martin permaneceu em silêncio.

– Ouvi-la colocaria você em perigo.

– Por quê?

O homem se ajeitou na poltrona e disse:

– O que você acha das nossas Leis?

– Quer dizer, das Leis dos Anciãos?

– Isso mesmo. O que você acha delas?

– Não sei ao certo, mas na maior parte do tempo eu as acho injustas – disse Martin.

– Você achou estranho, por exemplo, que seu pai tivesse que embarcar em um navio?

Niels parecia poder ler os seus pensamentos; era como se adivinhasse o que estava fazendo lá.

– Acho estranho, sim. Não podemos nem ao menos saber o propósito da viagem – respondeu Martin. – Noutro dia eu estava na Praça quando a Lista saiu. Vi uma mulher sendo presa pelos Capacetes Escuros porque reclamou que seu segundo filho tinha sido convocado.

– Faz pouco sentido, não é mesmo? – Niels concordou e acrescentou: – E quanto à Cerca que está ali fora?

– O que é que tem?

– Supostamente não devemos atravessá-la – disse ele.

– Eu sei disso. Você já passou para o outro lado?

– Várias vezes.

Martin levantou as sobrancelhas e a boca se entreabriu contra a sua vontade.

– E nada me aconteceu – ele acrescentou sorrindo. – Quer dizer, na verdade, algo acontece, mas não é ruim, é só realmente muito estranho.

– E o que é?

– Quem sabe você não descobre por si mesmo uma hora dessas?

– Não entendo. Perguntei por que o senhor estava preso e acabamos falando sobre as Leis dos Anciãos.

– Me perdoe se fiz uma volta muito longa, mas, acredite, uma coisa está ligada à outra.

Martin deduziu o resto:

– Em algum momento o senhor desafiou as Leis.

Ele sorriu.

– Eu e o seu pai, quando éramos jovens – disse ele, inclinando-se para frente na direção de Martin.

– E é por esse motivo que o senhor está preso.

Ele concordou com um leve aceno da cabeça.

– E também é por isso que meu pai foi escolhido para ir para o Além-mar.

Niels sacudiu a cabeça, enquanto se recostava de volta no assento da poltrona.

– A parte do seu pai é bem mais complicada. Ele foi voluntário para a função de capitão, coisa que obviamente os Anciãos aceitaram de bom grado.

– Voluntário? Não faz sentido – disse Martin em voz baixa. Não podia acreditar que aquilo fosse verdade; o pai tinha *escolhido* ir embora.

– Eu sinto muito, mas não posso falar sobre o que houve com seu pai porque simplesmente não sei da história toda. Além disso, o pouco que sei já seria suficiente para colocá-lo em perigo iminente.

– Como assim?

– Os Anciãos temem que, algum dia, você retome aquilo que seu pai tentou iniciar.

– E por que é que eu haveria de me meter em confusão com os Anciãos?

– Não sei, Martin, é apenas algo que seu pai dizia. Ele afirmava que você, mesmo quando ainda era pequeno, causava grande preocupação aos Anciãos. Seu pai era um homem reservado quando o assunto era a família, e ele nunca explicou o motivo dessa preocupação que tinha com você.

Martin afundou em incertezas; a sensação de que não conhecia muitas coisas a respeito da vida do pai se aprofundava.

– E o que vocês fizeram? – perguntou Martin.

Niels Fahr suspirou profundamente; seu olhar tornou-se triste e o rosto exibia uma mistura de emoções que pareciam estar ligadas ao surgimento simultâneo de muitas lembranças que ele teria preferido deixar de lado.

– Sabe, Martin, as coisas na Vila não foram sempre assim como são agora. Houve um tempo, não muito distante, quando seu pai e eu éramos jovens, em que tudo era diferente. É claro que a Lei dos Anciãos sempre imperou; é assim desde o começo, mas, naquela época, eles ainda permitiam que outros pontos de vista fossem expressos e ouvidos. O que fizemos foi plantar ideias de liberdade na cabeça das pessoas, e elas continuam lá. Acontece que agora o povo está intimidado e com medo; muitos estão apenas esperando que alguém mude as coisas e lhes diga que é seguro sair à rua e expressar a sua opinião. Talvez chegue um dia em que, por exemplo, poderemos perguntar por que precisamos mandar os nossos filhos para o Além-mar. E é disso que os Anciãos têm medo.

– Como assim?

– Na época, havia uma série de intelectuais, cientistas e filósofos produzindo conhecimento e descobrindo coisas a respeito do nosso mundo. O que faziam, antes de mais nada, era oferecer a todos um ponto de vista alternativo ao dos Anciãos. O que seu pai e eu tentamos, em um primeiro momento, foi reunir todas aquelas ideias sob a forma de livros e, para tanto, fundamos uma editora. Era denominada Editora da Vila e aceitava todo tipo de trabalho original de qualquer cidadão. Depois, queríamos provocar uma grande discussão entre todos na cidade sobre a melhor maneira de interpretar os Livros da Criação.

– E foi aí que os Anciãos realmente não gostaram.

– Isso mesmo. Os Livros da Criação são o alicerce da Lei e do poder dos Anciãos; eles usam o seu conteúdo como uma forma de dizer a todos o que deve ser feito. Eles não aceitaram nem mesmo a sugestão da possibilidade de discutir os Livros.

– E o que eles fizeram?

– Declararam que eu e seu pai éramos baderneiros, foras da lei. Fomos presos por alguns meses e a editora, com todos os livros, foi incendiada. Creio que você estava para nascer naquela época.

Martin não fazia ideia de que o pai fora declarado um fora da lei e inclusive estivera preso. Da perspectiva de um filho, sempre o vira como um cidadão típico da Vila; era um pai dedicado e tinha um emprego que não chamava a atenção de ninguém. O pai escrevia artigos para o jornal da Vila e, até onde sabia, nunca tinha feito nada que causasse problemas.

– E depois? – perguntou Martin.

– O que você deve entender é que fomos, de certo modo, bem-sucedidos naquilo que fizemos. Mobilizamos o povo, editamos livros incríveis e fizemos as pessoas falarem sobre coisas que elas antes temiam discutir. Em troca, ganhamos também muito prestígio. Pode parecer que os Anciãos são todo-poderosos com seus Capacetes Escuros, mas não é verdade. Eles temem o povo. Por isso, não ousaram nos matar ou nos trancafiar para sempre na Zeladoria, como tenho certeza que cogitaram fazer.

– Esse é o motivo da prisão domiciliar.

Ele assentiu.

– Temos que admitir que foi um golpe de mestre: morto, eu seria um mártir; preso, seria sempre lembrado. Aqui, neste lugar próximo à Cerca, eu simplesmente fui esquecido. Como eles queriam.

– E o meu pai, como foi controlado?

– Com seu pai foi bem mais complicado; não sei ao certo o que houve, mas, de uma hora para outra, Cristovão Durão perdeu todo o interesse naquilo que fazíamos. É possível que tenha sido ameaçado; eu não sei.

Martin refletiu sobre o que ouvira. Se o pai havia sido um inimigo importante do regime, talvez aquilo explicasse o interesse nele. Sob aquela ótica, a conversa do tio com o Zelador passava a fazer pelo menos algum sentido; afinal, era óbvio que os dois estavam sempre a serviço dos Anciãos.

Martin tentava pensar em alguma pergunta inteligente, que contornasse a resistência de Niels em falar.

De repente, ouviram batidas violentas na porta. Os dois se entreolharam e já sabiam o que aquilo significava: Capacetes Escuros. Martin sem querer os trouxera até ali.

– Não se preocupe – disse o homem com a voz serena, quase resignada. – Estava para acontecer mais cedo ou mais tarde; a paciência dos Anciãos é limitada. Se eles descobriram que nos encontramos, isso sem dúvida foi a gota d'água. Mesmo assim, fico feliz que tenhamos conversado.

– E o que eu devo fazer?

Niels Fahr se levantou e disse:

– Você deve fugir.

– E você?

– Deve me esquecer agora, Martin.

– E depois? – perguntou Martin.

– Volte aqui; todas as respostas que precisa estão nestes livros – ele respondeu e acrescentou com a voz mais alta para superar as batidas na porta, que agora eram selvagens: – Mas, Martin, por favor, tenha cuidado.

Niels se dirigiu apressadamente para a cozinha e sinalizou para Martin que o seguisse; na pequena peça havia uma porta que dava para os fundos da propriedade. Espiou por uma janela e constatou que os Capacetes Escuros ainda não tinham contornado a casa. O escuridão ali era absoluta e, aliada à neblina, serviria de cobertura para a sua fuga. Ele abriu a porta e empurrou Martin para fora.

– Vá!

– E você?

– Me esqueça! Você precisa partir. É a mim que eles querem, pelo menos por enquanto.

Martin entendeu que ele não iria junto; não tinha como se salvar. Criou coragem, atravessou a porta e se lançou em direção à escuridão. Correu o mais depressa que pôde. Olhou para trás de relance e já não avistava mais a casa de Niels. Parou por um momento para tomar fôlego; sabia que ainda estava perto demais. Mesmo assim, agachou-se e procurou aguçar a audição. Escutou os sons da porta de madeira sucumbindo aos golpes e de vidros sendo quebrados; ouviu os gritos ásperos dos Capacetes Escuros cortando o ar enquanto invadiam a casa. Em seguida, passos acelerados contornaram a propriedade, indo em sua direção. Seu coração parou por um momento e entendeu o que deveria fazer: correr.

Continuou correndo, sem um rumo definido; a escuridão era absoluta, quase sólida. Depois de vários minutos de disparada frenética, percebeu que tinha despistado ou ao menos colocado uma distância segura entre ele e seus perseguidores. A partir dali, o próximo problema era tentar se localizar; estava perdido e não havia nenhum ponto de referência no negrume preenchido pela neblina. Não tinha outra coisa a fazer senão continuar em frente; a Vila não era tão grande e em algum momento teria que se deparar com uma rua ou algo assim.

Prosseguiu com passos lentos e cuidadosos, os olhos vasculhando o chão. Pouco tempo depois, enxergou uma pequena rua de terra, idêntica à que tinha percorrido para chegar à casa de Niels. Teria que escolher por qual lado deveria seguir; uma opção o levaria para a Vila e a outra iria em direção à Cerca. Se estivesse errado, tudo o que teria que fazer era dar meia-volta e percorrer o caminho inverso. Com o senso de direção debilitado, Martin decidiu dobrar à direita e caminhar pela estrada naquela direção.

Cerca de dez minutos depois, entendeu que fizera a escolha errada: estava diante da Cerca. Exausto, apenas sentou-se no chão, com as costas apoiadas em uma das estacas de madeira.

Estava confuso e perplexo com tudo que ouvira. Seu pai havia tomado parte em um movimento importante por mais liberdade na Vila; tinha sido um homem conhecido e respeitado. Por um lado, sentia-se orgulhoso; por outro, não podia entender a razão pela qual ele teria optado por embarcar em um navio. Tinha feito exatamente o que os Anciãos queriam que fizesse.

Sentiu-se mais sozinho do que nunca. Acabara de descobrir em Niels Fahr um elo com o pai, mas agora não sabia o que aconteceria com ele. Aos poucos, foi tomado por uma revolta que nunca antes havia experimentado. Tinha raiva dos Anciãos e das suas regras arbitrárias.

Ficou em pé e, quando deu por si, já estava do outro lado da Cerca. Olhou para o chão e para o próprio corpo, como se esperando que algo de estranho acontecesse. Mas nada ocorreu. Seguindo o mesmo ímpeto que o levara até ali, decidiu continuar caminhando para longe da Vila.

Poucos metros depois, já não via mais a Cerca. De alguma forma, a cada passo que dava, a escuridão e a neblina pareciam se acentuar ainda mais. Ou seriam seus olhos que estavam enganando-o? De repente, ficou tonto e uma dor de cabeça teve início. O mundo começou a girar e Martin perdeu o equilíbrio, caindo de lado no chão úmido. Envolto pelo breu, estirado no chão, assistiu ao mundo girar. Foi então que a viu: a lua.

Não fazia sentido, pensou. Não tinha como ter passado muito mais que a metade do horário de trabalho entre o percurso até a casa de Niels, a conversa com ele e depois a fuga. Deveria ser, no máximo, pouco depois do almoço. No entanto, estava vendo a lua já alta no horizonte. Como a lua cheia havia aparecido apenas poucos dias atrás, significava que ela estava nascendo tarde, ou seja, em pleno horário de descanso.

Com o luar atenuando a escuridão e a neblina dissipando-se rapidamente, Martin pôde ver onde estava: era um descampado, não havia nada ali. Ao longe, agora avistava as luzes da Vila. Decidiu retornar, ainda perplexo com o ocorrido. Pouco tempo depois, já livre da tontura e da dor de cabeça, atravessou de volta a Cerca e rumou em direção às luzes e à civilização.

Quando se aproximou da casa do tio, suas suspeitas se confirmaram: as ruas estavam desertas e as casas, às escuras. A Vila estava mergulhada no silêncio do horário de descanso. De alguma forma, caminhar alguns metros depois da Cerca enganara a sua mente e fizera com que o tempo tivesse passado muito mais depressa, com se segundos tomassem o lugar das horas. Ou teria sido real e não apenas um truque?

Entrou na casa e viu a silhueta carrancuda do tio iluminada por um candelabro; estava sentado à mesa de jantar, com os braços cruzados. O rosto do tio era daqueles que raramente exibia um sorriso; ali, à meia-luz, porém, parecia muito mais severo e ameaçador do que o normal. Obviamente não havia ido dormir, esperando por Martin.

– Sente-se, rapazinho – disse ele.

Martin sentou-se à mesa, certo de que a sua aventura já chegara aos ouvidos do tio.

– Alguma coisa tem faltado a você nesta casa?

Martin sacudiu a cabeça.

– Eu entendo que a sua relação com Noa não é das melhores, mas você tem que dar um tempo a ele.

Martin permaneceu em silêncio.

– Então, alguma coisa tem faltado a você?

– Não.

O tio esmurrou a mesa com toda a força, o candelabro deu um salto e quase caiu.

– Então, por que diabos você tem que visitar um fora da lei?!

Martin congelou, incapaz de responder.

– Tenho uma reputação a manter lá na Zeladoria. Fico numa situação muito complicada quando, no meio do horário de trabalho, o chefe dos Capacetes Escuros vem me dizer que o meu sobrinho está na companhia de um desajustado na periferia da Vila. Para piorar, ele acrescenta que, antes disso, na madrugada anterior, você fugiu de casa para conversar com o canhoneiro, um reconhecido bêbado e contador de histórias.

Martin ponderou que o óbvio se confirmava: sua conversa com o canhoneiro havia sido descoberta. Naquele início de horário de trabalho, quando fora procurar Niels Fahr, já estava sendo seguido.

– E onde diabos você esteve todo esse tempo?

– Estive perdido – improvisou Martin.

O tio expirou ruidosamente.

– É claro que sim! Perambulando naquela parte da Vila, o que você esperava?

Martin permaneceu em silêncio; antes de mais nada, estava exausto.

– Vá dormir. Amanhã vamos repensar sua vida.

Naquele instante, teve vontade de também esmurrar a mesa e gritar de volta para o tio que Niels Fahr não era um criminoso; era um escritor respeitado, uma pessoa íntegra. Mas as palavras acabaram se perdendo em um nó que se formou em sua garganta e Martin permaneceu em silencio.

Esgotado e entendendo que a conversa tinha terminado, Martin ficou em pé e foi até as escadas. Virou-se e perguntou:

– E quanto a Niels Fahr, o que acontecerá com ele?

– O que você acha? – respondeu o tio com a voz áspera, os olhos fixos nos seus. – É um criminoso e foi levado para o lugar de onde nunca devia ter saído: a masmorra da Zeladoria.

Martin baixou a cabeça e subiu as escadas com dificuldade; as pernas estavam pesadas com o cansaço. Quando se deitou, adormeceu quase que imediatamente. Teve um sono agitado e sem sonhos.

CAPÍTULO IV

LIVROS PROIBIDOS

Na manhã seguinte, acordou com o corpo doído e os olhos pesados, como se tivesse levado uma surra. Mesmo quando a situação estava difícil, costumava pular da cama logo que acordava e tentava seguir a vida da melhor maneira que pudesse. O sentimento que o impedia de iniciar o dia como normalmente fazia era difícil de descrever. Por um lado, estava acuado com a atitude do tio, que com certeza os afastaria ainda mais e tornaria a sua vida um inferno. Por outro, sentia-se com o ânimo renovado. Estava feliz por ter tomado conhecimento das coisas que Niels contara e esperava aos poucos poder preencher as lacunas que existiam no seu conhecimento da vida do pai.

Com o ânimo renovado, também veio a certeza de qual deveria ser seu próximo passo: voltar à casa do escritor e salvar tantos livros quanto pudesse. Sabia que era provável que os Capacetes Escuros voltassem à casa e a queimassem, para destruir os livros. Isso, se já não o tinham feito. Martin pensou que conhecia a pessoa perfeita para a missão, alguém que adorava livros mais do que qualquer outra coisa: Omar, é claro.

Caminhou apressadamente até a rua Pryn e entrou na padaria do pai de Omar. Encontrou o amigo sentado na mesma mesa de sempre, com um livro aberto diante de si.

– Martin! Onde você esteve? – disse ele, empurrando o livro para um canto da mesa.

– É uma longa história. Onde estão as morfélias? – perguntou Martin, percebendo a ausência de Lucélia e Licélia.

– Nos fundos, na cozinha. Por quê?

Martin olhou em volta e sentou-se junto a Omar.

– Ótimo, então vou contar tudo a você agora mesmo.

Martin fez um relato detalhado da sua excursão até o extremo leste da Vila, incluindo a conversa com Niels, a chegada dos Capacetes Escuros e a fuga alucinada. Não poupou nem mesmo o pequeno detalhe que tinha atravessado a Cerca; também descreveu os estranhos eventos que ocorreram do outro lado.

– Você fez o quê? – berrou Omar, tapando a boca com as mãos.

– Fale baixo. Atravessei a Cerca – respondeu Martin em um sussurro, enquanto olhava para os lados outra vez.

– Você ficou doido! E se os Capacetes Escuros o pegam? Você já era, ia passar o resto da vida na masmorra da Zeladoria.

– Fiz sem pensar, mas não estou arrependido. Afinal, nada me aconteceu.

– A não ser o fato de que você perdeu uma tarde – corrigiu Omar.

– É verdade. Rapaz, aquilo foi realmente esquisito.

– E qual o seu plano agora?

– Quero voltar à casa de Niels Fahr.

– Para quê?

Martin contou a respeito da editora que Niels e seu pai haviam fundado, incluindo a série de livros que agora eram proibidos.

– Você falou "livros proibidos"? – perguntou Omar, os olhos abrindo-se amplamente, alucinados de curiosidade.

Martin assentiu; sabia que não precisava dizer mais nada para fisgar o amigo.

– Martin, precisamos ir até lá e esconder aqueles livros!

– Esse é o meu plano – disse Martin –, mas, antes, precisamos de duas coisas: da carroça do seu pai e da Maya.

– Por que a Maya?

– Você é um leitor voraz, mas ela passa o dia na livraria guardando, arquivando e vendendo todo tipo de livros. A casa de Niels está abarrotada de livros e a Maya é a pessoa ideal para nos dizer o que é um livro proibido de verdade e o que é lugar-comum e está a venda em qualquer lugar.

– Nossa, você pensou em tudo.

– Pensei. Agora, vamos! O tio Alpio está no meu pé e não sei até quando vou poder andar por aí sem ter que dar satisfações a ele.

Omar saltou da cadeira entusiasmado em direção à rua, com Martin seguindo-o logo atrás. Por sorte, não havia entregas para serem feitas naquele momento e a carroça estava vazia, esperando por eles.

Quando já estavam na calçada, cruzaram com o pai de Omar, que chegava à padaria. Martin o conhecia há muito tempo. O senhor Tsvi era um homem simpático e brincalhão, traços que evidentemente havia transmitido ao filho. Naquela hora, porém, tinha o semblante tenso e mal cumprimentou os dois, desaparecendo apressado dentro do estabelecimento.

– Seu pai parece preocupado.

– Nem fale, ele está insuportável.

– O que houve?

– Acho que estamos encrencados.

– Como assim? – perguntou Martin, subindo na carroça.

Omar desamarrou o cavalo e saltou para o lado de Martin.

– Olha, Martin, a padaria é um dos negócios mais lucrativos da Vila e o Zelador Victor e a turma dele estão de olho nela.

– Eles querem tirar a padaria do seu pai?

– Você sabe como esse pessoal é: não vão chegar e confiscar o negócio. Seria meio escandaloso. Em vez disso, estão pressionando meu pai a vender uma boa participação para eles.

– Isso é um absurdo.

– É claro que é, mas eles estão encurralando o meu pai com impostos que só ele paga, fiscalizações absurdas e coisas do gênero.

– No fundo, eles só querem dinheiro – disse Martin.

– Me conta uma novidade – disse Omar sacudindo a cabeça.

Quando perceberam, já tinham chegado à Praça dos Anciãos. Tiveram sorte de encontrar Maya na livraria junto com o pai e a mãe. Se ela estivesse sozinha, não teria desculpas para deixar a livraria abandonada; com os pais presentes, poderia dizer que ia passear com os amigos que eles conheciam havia tanto tempo. Esperaram por alguns minutos e, pouco tempo depois, Maya saiu apressada de dentro da loja.

– Eles me deixaram sair, mas não posso demorar. Aonde vamos?

– Sobe aí! – disse Omar, enquanto os dois se apertavam e abriam espaço para ela sentar.

Maya acomodou-se ao lado de Martin e Omar conduziu a carroça para longe da praça. Durante o trajeto até a parte leste da Vila, Martin contou a Maya do que se tratava.

– Então, você encontrou mesmo com Niels Fahr. É uma história e tanto. Meu pai sempre disse que ele era um dos melhores escritores da Vila e que adorava seus livros antes de serem proibidos.

– Você vai ver a casa, Maya, está entupida de livros. Não vamos poder salvar todos e precisamos da sua ajuda para identificar quais são realmente diferentes.

– Estou enganada ou estamos prestes a fazer algo, digamos, ligeiramente ilegal?

– Ora, Maya, não se preocupe. Não é nada perto do que o seu queridinho Martin fez ontem.

– O que é que você aprontou, Martin?

– Obrigado, Omar.

– Pode me contar a história toda, Martin. Se vou participar desta maluquice, quero saber de todos os detalhes.

Martin se viu obrigado a contar a respeito da invasão da casa de Niels e, já que tinha ido até ali, incluiu o relato da sua fuga e da experiência bizarra do outro lado da Cerca.

Maya ficou atônita; por fim, disse apenas:

– Martin, você está maluco. Sabia que por muito menos que atravessar a Cerca você já poderia ter sido preso?

– Eu sei, Maya, mas não vou desistir agora. Não posso fazer de conta que não ouvi tudo aquilo que Niels falou. Preciso saber o que houve com o meu pai e por que ele decidiu por conta própria embarcar em um navio.

– E você acha que as respostas estão naqueles livros? – perguntou Maya.

Martin piscou um olho para ela.

– Tenho certeza de que estão.

Quando começaram a se afastar da parte central da Vila, os três ficaram em silêncio. Martin percebeu que, mesmo sem a neblina da véspera, não se via muita coisa do lugar; era muito escuro e os lampiões estavam muito espaçados. Contornou a pequena praça e passou pelas mesmas fábricas abandonadas. As pedras do calçamento se extinguiram e cederam lugar a uma estrada de terra. Vários minutos depois, avistaram a casa de Niels Fahr.

Martin entendeu por que não a havia visto antes: a casa ficava recuada em relação à rua e, afastada da iluminação pública, jazia imersa na escuridão absoluta. Deixaram a carroça junto ao pátio e desceram. O lugar estava em silêncio e não havia nenhum sinal de vida no interior da casa. No chão do pátio, já era possível ver os sinais da visita nada amistosa dos Capacetes Escuros: alguns livros rasgados, garrafas partidas e pedaços de mobília acarpetavam o solo. As janelas estavam quebradas e a porta da frente encontrava-se aos pedaços, mas ainda presa ao batente.

Omar, precavido, trouxera alguns lampiões para que pudessem vasculhar o interior da residência de Niels. Dentro da casa, a impressão que se tinha era de que ali havia passado alguma espécie de furacão; sofás e cadeiras estavam virados e uma grande quantidade de livros fora espalhada por toda parte. O lugar tinha um cheiro estranho de umidade e comida estragada. Os três avançaram com cautela, seus passos embalados pelo estalar dos cacos de vidro no chão.

– Minha nossa – disse Maya, colocando as mãos na cabeça. – São todos livros proibidos? Meu pai iria enlouquecer aqui.

– Acho que sim, Maya. Creio que a maior parte são títulos proibidos – respondeu Martin agachado ao lado dela, revirando livros ao acaso.

– Eu não acredito... livros proibidos – balbuciou Omar, enquanto andava de um lado para o outro, sem saber ao certo qual livro pegar primeiro.

Subitamente ele parou de caminhar, como se tivesse se dado conta de alguma coisa e disse com a voz trêmula:

– Pessoal... acho que devemos ir embora. Isso tudo é muito perigoso.

Maya sorriu para ele.

– Não seja medroso, Omar. Agora que vim até aqui, não vou desistir.

– Pelo menos vamos andar rápido – disse Omar, ainda desconfiado.

– Não faço ideia de por onde começar – disse Maya.

Martin vasculhou com atenção todo o ambiente e disse:

– Não temos outra escolha: precisamos olhar os livros um a um.

O trabalho foi tedioso: primeiro, juntaram todos os livros em enormes pilhas. Depois, Omar pegou um por um e leu o título e o autor para Martin e Maya, que haviam sentado no chão. Maya indicava se conhecia ou não o autor. Autores conhecidos dela significavam livros à venda na livraria e, portanto, permitidos pelos Anciãos; aqueles não eram do seu interesse. Separaram para levar os livros cujos autores desconheciam ou cujo título lhes interessava.

Durante a triagem, perceberam um grande número de livros com mais de um exemplar. Martin imaginou que boa parte deles devia ter vindo da editora que pertencera a Cristovão Durão e Niels Fahr. Talvez tivessem sido salvos no passado de maneira muito semelhante ao que estava acontecendo agora.

O trabalho levou quase duas horas. No final, separaram três pilhas grandes de livros, vários com mais de um exemplar, para carregar até a carroça. Quando terminaram, decidiram partir rapidamente, pois haviam passado mais tempo do que imaginavam escolhendo os livros que deveriam levar. Martin cobriu as obras que estavam na traseira com uma lona para não chamar a atenção. Martin e Maya tomaram seus lugares e Omar conduziu a carroça a toda velocidade para longe da casa do escritor.

No trajeto, os três se deram conta do problema que tinham ao mesmo tempo:

– Martin, o que você pretende fazer com o carregamento de livros proibidos que temos aí atrás? – perguntou Omar em meio a um sorriso nervoso.

Maya riu e disse:

– Aposto que você não pensou nisso, Martin.

Na verdade, nenhum deles tinha pensado. Apenas haviam se concentrado em salvar os livros; não tinham ideia do que fazer com eles ou mesmo de como escondê-los. Agora, também percebiam o risco que corriam: se fossem apanhados com aquele material, enfrentariam problemas sérios com os Capacetes Escuros.

Martin pediu a Omar que parasse a carroça por um instante, enquanto pensava. Uma solução improvável surgiu em sua mente: a casa na rua Lis. Poderiam guardar os livros lá; tinha certeza de que o lugar estava abandonado.

– Omar, vamos para a minha antiga casa na rua Lis. Você sabe onde fica.

– Você está maluco? Quer guardar os livros na casa que era do seu pai?

– E por que não? Ela está vazia e tenho certeza de que ninguém entra lá. Além disso, seria um movimento inesperado; eles não pensariam em procurar os livros justo lá.

– E como você sabe que a casa está vazia? – perguntou Maya.

Martin titubeou e então respondeu em voz baixa:

– Às vezes eu passo pela rua e espio a casa da calçada.

Maya colocou uma mão em seu ombro.

– Eu sinto muito, Martin – disse ela.

A rua Lis era paralela à rua Pryn e ficava a poucas quadras ao norte dela. Era cheia de casas e pequenos edifícios simples, todos residenciais; não havia lojas ou comércio no local. Os moradores eram pessoas humildes e o lugar, a princípio, não chamava a atenção de quem passava.

Pararam na frente da casa que tinha sido o lar de Martin desde o nascimento até seis meses atrás, quando o pai rumou para o Além-mar. Desde as lembranças mais remotas, como a do pai contando histórias para ele dormir, até as mais recentes, como os almoços de domingo, tinha, em sua maior parte, apenas recordações felizes do lugar. Depois da partida do pai, a coisa mais difícil que enfrentara tinha sido deixar a casa e as suas coisas para morar com o tio Alpio.

Nos piores momentos dos últimos meses, naquelas horas em que estava realmente triste, cedera à tentação e fora até lá. Acontecera algumas vezes e tinha ficado apenas parado na calçada observando a casa, tentando se lembrar de algum dia feliz qualquer que passara ali. Normalmente funcionava, e saía dali mais calmo ou, ao menos, mais resignado.

Uma das coisas que lembrava com frequência quando ia à rua Lis era o momento da partida do *Tierra Firme*, o navio que levara seu pai para o Além-mar. Era um início de horário de descanso muito parecido com o da recente partida do *Intrepid*, com um vento tranquilo e uma temperatura amena; até mesmo o luar intenso era igual. Estava no cais, segurando as lágrimas que rolavam pelo rosto. Antes de embarcar, o pai o abraçara e tentara explicar alguma coisa, mas Martin não estava escutando. Ou melhor, ouvia as palavras, mas não processava o seu sentido. Lembrava do pai tentando dizer que a viagem era inevitável, que, se não fosse naquele momento, seria no próximo navio dali a seis meses. Era um caminho sem volta, teria que embarcar, havia dito.

Omar e Maya já estavam junto à porta; Martin se deteve e ficou para trás. Agora não havia volta, pensou. Teria que entrar na casa; era o único local mais ou menos seguro para os livros. Percebendo a hesitação do amigo, Omar tomou a dianteira e abriu a porta de entrada. A pequena sala de estar, que era contígua à cozinha, estava às escuras. Martin conhecia o local como a palma da mão e logo encontrou algumas velas e um lampião. Quando os acendeu e as formas angulosas da mobília criaram vida, teve vontade de chorar; ali dentro, as lembranças eram muito mais intensas do que do lado de fora.

Ficou paralisado enquanto Omar descarregava os livros o mais rápido que podia, sempre atento ao movimento da rua e a algum olhar curioso. Maya ficou dentro da casa, organizando os livros em pilhas distintas por tópico e autor. Quando terminaram, a sala de estar tinha ficado com uma quantidade razoável de livros, mas muito melhor organizados, graças à sistemática de Maya, do que haviam estado na casa de Niels Fahr.

– Missão cumprida – anunciou Omar. – O que fazemos agora?

– Ora, Omar, não parece óbvio? – disse Maya. – Vamos lê-los, é claro.

– Eu proponho que iniciemos um clube de leitura, só nós três – disse Martin.

– Adorei a ideia, Martin. Nós nos reuniremos aqui sempre que possível e escolheremos um livro para ler – disse ela.

– Vocês estão doidos. Uma reunião secreta para ler livros proibidos. Se o meu pai descobre, estou morto.

– Fique tranquilo, Omar – disse Maya. – Olhe para este lugar: é perfeito, ninguém vai pensar em vir até aqui.

– Tudo o que temos que fazer é ter cuidado para chegar – disse Martin.

Os três concordaram e decidiram marcar a primeira sessão de leitura para aquela madrugada. Escapariam sorrateiramente de suas camas e fariam o trajeto até a rua Lis. Se alguém achasse que tinha sido seguido, retornaria para casa para não revelar o esconderijo do clube de leitura.

Concordaram que era o momento partir, pois já estavam "desaparecidos" havia muito tempo. Omar precisava devolver a carroça ao pai, Maya tinha que retornar à livraria e Martin precisava encontrar o tio na Zeladoria para prestar contas do que fizera durante as horas de trabalho. Decidiram que se separariam, para chamar menos a atenção; Omar seguiria sozinho na carroça e Martin e Maya iriam a pé até a Praça dos Anciãos.

Despediram-se de Omar e caminharam em direção à Praça.

– Me diga um coisa, Martin: o que você pretende com essa história dos livros?

Martin diminuiu o passo um pouco, como se para pensar melhor, e entendeu que a resposta aos poucos se tornava clara.

– Sabe, Maya, uma das coisas mais difíceis nesses últimos meses é que agora percebo que não conhecia tanto o meu pai quanto imaginava. Hoje, vejo que muitas coisas da vida dele não faziam sentido. Na época, éramos próximos e para mim isso era tudo que importava, então eu não dava bola.

– Coisas que você acha que têm a ver com a conversa que você ouviu entre o seu tio e o Zelador Victor?

Martin assentiu.

– Acho que ele vivia uma outra vida que escondia de mim.

– Se for mesmo verdade, tenho certeza de que foi para o seu bem.

– Pode ser, mas não é só isso. Tem toda essa história de Niels e o meu pai fundando uma editora para livros proibidos, contestando as leis dos Anciãos e tentando dar mais liberdade às pessoas. Fico com a impressão de que estamos tomando parte em algo muito maior.

– Como assim?

– Não faço ideia, mas sei o que quero fazer – disse Martin.

– Você nunca se perguntou a respeito do nosso mundo, Maya?

– Como, por exemplo? – perguntou ela.

– De onde viemos? O que há no Além-mar? E quanto ao que me aconteceu do lado de fora da Cerca, qual a explicação para aquilo? Isso sem falar nos Anciãos. Quem deu o poder de decisão a eles?

– Essa parte você conhece de cor: supostamente o capitão Robbins, quando fundou a Vila, apontou um Ancião para ser o administrador da lei e da ordem. É claro que essa é a versão oficial, contada por eles mesmos – disse Maya. – Você disse que sabe o que fazer. O que é?

– Primeiro, vamos ler aqueles livros. Depois, vamos procurar os autores e ver se querem retomar o seu trabalho.

– Você está maluco! Quer ressuscitar a editora do seu pai? Eu não quero ser desmancha-prazeres, mas você tem quatorze anos, não pode abrir um negócio e, muito mais importante, vai ser preso bem antes de começar qualquer coisa.

– É por isso que temos que ter cuidado. Se ficar perigoso, quero que você pare de ir aos encontros.

Maya parou de caminhar, cruzou os braços e falou:

– Agora que participei do roubo dos livros, não vou desistir.

Martin fitou fixamente seus olhos verdes e percebeu que era verdade: não podia admitir colocá-la em perigo. Naquele momento, deu-se conta de algo óbvio, como se fosse alguma lei de que todos sabem há séculos, mas que de repente alguém escreve em um papel, tornando-a oficial. Era apaixonado por Maya e, na verdade, sempre havia sido.

– Maya, se ficar perigoso eu vou prosseguir sozinho. Não vou deixar que nada aconteça a você.

Martin sabia que ela tinha uma personalidade forte e não ia desistir da discussão tão facilmente. Algo no que dissera, porém, deixou-a satisfeita. Ela apenas pegou a mão dele e os dois seguiram em silêncio.

Martin deixou Maya na livraria e depois atravessou a praça em direção à Casa dos Anciãos. Contornou a imensa construção por uma rua lateral para chegar ao prédio da Zeladoria.

A Zeladoria era a segunda maior construção da Vila, depois apenas da Casa dos Anciãos; tratava-se de um prédio retangular comprido, com dois andares e uma fachada sem graça. O pai de Martin costumava se referir àquele lugar como o "lar dos burocratas" ou o "local em que ocorriam longas reuniões para decidir nada a respeito de coisa nenhuma".

Entrou no prédio e foi até o escritório do tio. Encontrou-o atrás de uma mesa e de mau humor, pois estava atrasado para o almoço. Seguiram para uma pequena taberna próxima, onde o tio sempre almoçava; Martin teve um mau pressentimento do encontro, algo que se confirmaria durante a refeição.

Durante o almoço, o tio Alpio contou que havia arranjado um emprego para ele na Zeladoria. Tratava-se de um trabalho em turno integral como assistente administrativo. Martin teria que passar o dia na Zeladoria, tomando notas em reuniões, levando mensagens para lá e para cá ou fazendo outras coisas do gênero. O tio enfatizou que era uma grande oportunidade e que, além disso, significava que trabalhariam muito próximos um do outro.

Martin sabia que a ideia era exatamente aquela: ficaria entupido de trabalho o dia inteiro na própria Zeladoria onde o tio (e sabe-se lá mais quem) poderia vigiá-lo com toda a facilidade. Imaginou que com essa rotina maçante seria difícil manter qualquer outra atividade, incluindo o clube de leitura. Ficou acertado que começaria já no horário de trabalho seguinte.

O tio se animou quando contou que Noa havia conseguido a carta de recomendação do senhor Marcus e, portanto, tinha sido aceito na Escola dos Anciãos. A Escola era uma espécie de internato para jovens da elite da Vila e funcionava no próprio prédio da Casa dos Anciãos. A instituição tinha por objetivo ensinar a doutrina Anciã para aqueles que, no futuro, estariam aptos a ocupar cargos importantes na Zeladoria.

Mais importante ainda, somente os egressos da Escola eram elegíveis para o Conclave.

O Conclave era uma reunião especial que ocorria cada vez que um dos cinco Anciãos morria. Nela, os quatro sábios restantes escolhiam um dentre os membros proeminentes da comunidade para ocupar o lugar vago. Ter estudado na Escola era um pré-requisito para ser escolhido.

Martin também achou a notícia boa, pois significava que Noa iria dormir em casa apenas nos fins de semana.

Depois do almoço, despediu-se do tio e voltou à Praça dos Anciãos. Conferiu o horário no Grande Relógio e percebeu que tinham almoçado tarde e que restavam poucas horas do horário de trabalho. Martin ficou parado na praça, olhando para lugar nenhum, enquanto pensava no que faria a seguir. Sentia-se encurralado pela jogada do tio de assoberbá-lo com um trabalho tedioso; receava que, em breve, estaria sem tempo e cansado demais para levar adiante seus planos.

Planos? Pensando bem, não tinha bem certeza do que pretendia. A explicação que havia dado a Maya era boa, mas, naquele momento, a ideia de retomar os passos do pai parecia um delírio, algo distante, pouco real e, obviamente, muito perigoso.

Decidiu ir para casa. Chegaria cedo, antes do tio, e assim causaria uma boa impressão. Tentaria passar a ideia de que a perspectiva do emprego o entusiasmava. Se conseguisse diminuir ao máximo a atenção para si próprio, poderia manter com mais liberdade as atividades do clube de leitura.

O tio chegou tarde em casa e encontrou Martin sentado à mesa, pronto para o jantar, conversando com Ofélia. Durante a refeição, conversaram sobre algumas amenidades, mas passaram a maior parte do tempo em silêncio.

CAPÍTULO V

O CLUBE
DE LEITURA

Mais tarde, quando a casa já estava mergulhada na escuridão silenciosa das horas de descanso e tinha certeza de que o tio e Ofélia dormiam, Martin preparou-se para repetir a rotina de pular a janela e escapar rua abaixo. Daquela vez, teve mais cuidado ao se soltar da floreira e aterrissou com maior suavidade na calçada; também lembrou-se de fechar a janela antes de estar imobilizado, pendurado na floreira.

Como na outra madrugada, as ruas estavam desertas e silenciosas. As casas tinham as janelas escuras, com algumas raras exceções aqui e ali; poucos ainda estavam acordados àquela hora. O ar estava úmido e Martin sentiu um pouco de frio; a lua já despontava alta no céu, lançando um manto prateado na Vila adormecida. Seguiu em direção à rua Lis, evitando as vias principais e a Praça dos Anciãos. Por sorte, não encontrou nenhum Capacete Escuro fazendo patrulha no trajeto.

Quando chegou à antiga casa na rua Lis, percebeu que o esconderijo era perfeito; não havia sinal de vida na pequena rua exclusivamente residencial e as casas vizinhas estavam às escuras. Martin entrou, fechou as cortinas da sala e acendeu um lampião. Viu-se sozinho no ambiente; tinha sido o primeiro a chegar.

Quando deu por si, estava fitando o retrato dos pais que ficava em cima de uma cômoda. Sempre gostara muito daquele desenho; era a única lembrança, pelo menos que soubesse, que o pai guardara da mãe. O retrato era uma gravura em preto e branco feita pelo retratista da Vila quando os pais ainda eram jovens, muitos anos antes de Martin nascer. O papel já estava amarelado pela passagem do tempo e agora, mais do que nunca, tinha um aspecto antigo, como se tivesse sido feito milênios atrás. Quando era menor, costumava admirá-lo secretamente; detinha-se nos traços delicados e nos longos cabelos da mãe. Tentava imaginar como ela realmente tinha se parecido.

Martin não se lembrava dela; tinha desaparecido quando ele era apenas um bebê. Na verdade, muito pouco sabia a respeito da mãe. Tinha uma vaga ideia da sua presença física, mas achava que eram memórias fabricadas pela sua imaginação, pela necessidade que tinha de ter algo de que se lembrar. O pai nunca falava nela e o retrato era a única lembrança visível da mãe que era permitida na casa.

Na realidade, não falar sobre o sumiço da mãe não era um problema exclusivo do seu pai. Os desaparecimentos eram um dos tópicos sobre os quais não se falava na Vila, embora todos soubessem a respeito do assunto. O pouco que Martin conseguira arrancar das pessoas ou das morfélias tinha sido ao longo dos anos e com muito esforço. Sabia que, com uma frequência imprevisível, uma neblina de um tipo diferente, mais espessa e envolvente, cobria a cidade. Então, pessoas simplesmente começavam a sumir. Não havia qualquer tipo de padrão, nem se identificavam causas ou qualquer sinal dos perpetradores. Apenas pessoas – homens, mulheres e crianças – sumiam e não deixavam pistas. Às vezes, eram uma ou duas; outras vezes, as pessoas desapareciam aos montes. Quando aquela neblina vinha, não havia como evitar.

Martin sobressaltou-se com o rangido suave da porta da frente se abrindo. Era Maya. Minutos depois, Omar chegou carregando uma grande sacola com pães e doces que surrupiara da padaria. Ele também tinha trazido uma boa quantidade de óleo para lampião para estocar no esconderijo. Sentaram-se no chão, em volta de uma toalha; sobre ela, espalharam os pães e tortas da padaria.

– O primeiro encontro do clube de leitura – disse Martin.

– E então, Maya, o que você separou para a nossa primeira sessão? – perguntou Omar.

Ela se levantou e parou ao lado de uma pequena pilha de livros, que destoava das outras por ser muito menor.

– Estes são os livros que mais me chamaram a atenção. Creio que são leitura obrigatória e devem ser os primeiros a serem lidos. Depois pensamos no resto – disse ela, apontando para as outras pilhas. – O livro desta noite é intitulado *Ciência Moderna*, de Johannes Bohr.

Martin e Omar fizeram uma careta.

– Eu sinto muito, meninos. Sei que vocês queriam um romance ou algo assim, mas acho que devemos começar roendo o osso; por isso, nada melhor que um livro técnico.

Eles assentiram e Maya sentou-se novamente, com o livro já aberto à sua frente.

Os capítulos que Maya selecionou foram ao mesmo tempo bastante tediosos e muito interessantes. Como se tratava de um livro de ciências, a leitura tinha um ritmo chato. As coisas sobre as quais Johannes Bohr falava, contudo, eram fascinantes e totalmente desconhecidas dos três.

O cientista descrevia, por exemplo, um tipo de energia que podia ser gerada de diversas formas, tais como por meio de reações químicas. Aquela energia era muito poderosa e poderia ser usada em um dispositivo que criava luz com uma intensidade muito superior à dos lampiões. Também podia ser empregada para fazer funcionar uma série de outras engenhocas com propósitos variados.

Outra invenção que chamou a atenção era do campo militar. O autor descrevia o conceito de uma arma que consistia em um longo cano de metal; em seu interior, eram depositados, nessa ordem, uma substância química explosiva e um projétil de metal. O material combustível explodia e provocava a expulsão do projétil em grande velocidade.

Martin ficou maravilhado, tentando imaginar a incrível eficiência que tal armamento teria. Mas o que realmente o deixou estupefato foi o simples fato de o cientista ter se referido à arma. Como todos sabiam, a Lei Anciã proibia que qualquer cidadão, com exceção dos Capacetes Escuros, portasse armas, mesmo que fosse algo simples como uma faca ou um cutelo. Por isso, imaginou que havia sido muita ousadia do autor mencionar aquela arma e sem dúvida aquele deveria ter sido o motivo pelo qual o livro fora proibido. Além disso, Martin já ouvira rumores a respeito de armas mais poderosas do que espadas e cutelos, mas não passavam de boatos, conversas de bêbados em tabernas, que afirmavam que tais dispositivos até existiam, mas se achavam nas mãos de alguns poucos indivíduos excêntricos e, é claro, foras da lei.

A última parte do livro era dedicada à astrofísica e os três tiveram bastante dificuldade para compreender alguns dos conceitos abordados pelo autor. Pelo que entenderam, Johannes Bohr defendia o ponto de vista de que o mundo era plano e o universo, finito. Chegara àquela teoria depois de muito estudar as estrelas no céu da Vila e a embasava com páginas e mais páginas de equações ininteligíveis. Ele também afirmava que o espaço estava curvado sobre si próprio e que o universo, mesmo sem um contato direto, situava-se na periferia de algo muito maior.

No fim da leitura, estavam cansados, mas impressionados com o que tinham ouvido. Seria mesmo possível que a ciência os levasse tão longe? Por mais que aquele livro pudesse se parecer com ficção científica, não compreendiam por que havia sido proibido.

Terminado o encontro, despediram-se e cada um seguiu para sua casa. Concordaram que a reunião tinha sido muito interessante e combinaram de se reencontrar na madrugada seguinte.

★ ★ ★

Pela manhã, Martin foi acordado cedo pelo tio Alpio para o seu primeiro dia de trabalho. Engoliram o desjejum preparado por Ofélia e depois seguiram juntos até o prédio da Zeladoria. Chegando lá, o tio o deixou aos cuidados de um sujeito chamado Ramon.

Ramon era um funcionário antigo do lugar e tinha por responsabilidade, entre outras coisas, organizar o trabalho dos jovens ajudantes administrativos. Era um homem de meia-idade, obeso e com um aspecto desleixado. Tinha um rosto redondo, com enormes olheiras e lábios inchados, como se estivesse sofrendo de alguma reação alérgica. Exalava um odor de rum misturado com suor acumulado. Martin não gostou dele desde o momento em que apertaram as mãos.

Ramon levou Martin em uma visita guiada pela Zeladoria, explicando, no trajeto, quais seriam as suas atribuições. O passeio foi rápido, apesar do tamanho do prédio, e a descrição do trabalho, igualmente displicente.

Foi no decorrer da primeira jornada de trabalho que Martin começou a entender o que faria exatamente. Passou a maior parte do tempo servindo água ou chá em reuniões intermináveis, nas quais nunca se discutia nada de útil. Na primeira, por exemplo, um grupo de conselheiros e o Zelador Victor debateram por quase três horas de quanto em quanto tempo deveria ser trocado o óleo dos lampiões dos postes de iluminação pública. Duas correntes defenderam, em uma discussão acalorada, ideias distintas sobre o assunto: uma vez por dia ou uma vez a cada dois dias. Martin quase morreu de tédio.

Quando não estava em uma reunião, Martin levava recados e documentos entre os diversos escritórios dos burocratas que despachavam na Zeladoria. E, quando não estava fazendo nem uma coisa nem outra, o asqueroso Ramon dava um jeito de encontrá-lo e mandava que passasse a limpo as transcrições das reuniões realizadas durante o expediente. Era a parte ainda mais inútil do trabalho; sabia que ninguém jamais consultaria o texto da reunião sobre os lampiões, por exemplo.

O resultado foi que, quando terminou a jornada de trabalho, estava exausto. Pensava apenas em ir para casa e cair na cama. Tentaria descansar um pouco e mais tarde seguiria para a reunião do clube de leitura. Enquanto atravessava a Praça dos Anciãos, com a mente entorpecida pelo cansaço, percebeu um movimento incomum de pessoas saindo da praça e seguindo em direção ao porto. Parou por um instante para estudar a multidão que andava em silêncio em direção ao mar.

Como não sabia do que se tratava, decidiu ir até a livraria, que ficava logo em frente, para tentar descobrir algo com Maya. Terminou de cruzar a praça e logo a avistou na calçada, sentada em um pequeno banco, de frente para uma tela montada num suporte de madeira. Um poste com lampiões, que estava próximo, servia de iluminação. No chão, ao alcance das mãos, havia um pequeno balde com tintas e pincéis. Um pouco ao lado do quadro que Maya pintava, um casal muito idoso posava para ela, em meio a um abraço apertado e afetuoso.

Martin sabia que pintar não era apenas o passatempo favorito de Maya, mas sim uma das coisas de que ela mais gostava. Em mais de uma ocasião, ela havia comentado que gostaria de aprender a pintar profissionalmente e um dia, quem sabe, se candidatar ao posto de retratista da Vila. Para tanto, sempre que podia, Maya passava algum tempo com o senhor Vincent, o simpático octogenário que detinha o atual posto de retratista.

Aproximou-se a passos lentos e cuidadosos para não atrapalhar a cena. Concentrada, Maya nem percebeu a sua chegada. Martin parou ao lado dela e um sorriso involuntário abriu-se em seu rosto ao ver que Maya também sorria para si mesma, enquanto desenhava. Ela achava-se mergulhada de tal forma no trabalho que tinha diante de si, que era como se o mundo para ela se resumisse àquilo. Trocava os pincéis, mudava as cores e aplicava a tinta sobre o quadro de diversas maneiras diferentes; às vezes, as cerdas do pincel acariciavam o papel e, em outras, Maya pintava com tanta força que parecia que o pincel se fundiria com a tela. A cada investida, Maya se inclinava para frente e para trás no banco. Ela enfim distraiu-se por uma fração de segundo, deixando o mundo exterior penetrar no seu universo particular.

– Martin... – sussurrou ela, sorrindo.

Martin fitou o desenho e depois lançou o olhar para o casal que posava ao lado. Os dois ainda se abraçavam, imóveis. Eram muito idosos e bem baixinhos; estavam bem vestidos, ela com um vestido longo e ele com um sobretudo e um chapéu. Talvez tivessem se vestido especialmente para o retrato. Martin percebeu o interesse de Maya no casal: a imagem dos dois abraçados e a intensidade da troca de olhares que ocorria entre eles carregava algo de mágico. Era evidente que estavam juntos há décadas, mas ali, parados naquela calçada, parecia que haviam se conhecido na véspera.

Um amor que durara uma vida inteira; Martin tentou imaginar algo tão forte.

Maya levantou-se e endireitou as costas. Sorriu para o casal e sinalizou para que contornassem a tela e vissem o resultado. Martin fez o mesmo; o retrato que Maya desenhara exibia uma riqueza de detalhes impressionante.

O casal admirou o retrato por um longo tempo, e então o velho disse com o semblante iluminado:

– Menina, nunca vi nada mais bonito em toda a minha vida. Excetuando-se, é claro, a minha senhora aqui – completou ele rapidamente.

Maya sorriu e retirou o desenho do suporte. Fez menção de entregá-lo, mas foi interrompida pela senhora.

– Não, minha filha, fique com ele. Não teríamos dinheiro para pagar.

– É um presente – disse Maya. – Faço questão de que vocês fiquem com ele.

– Mas você não nos conhece... – argumentou o velho. – Estávamos apenas passando pela calçada outro dia e elogiamos o seu trabalho...

Maya empertigou-se e estendeu a mão para o casal.

– Maya Le Fleur. É um prazer conhecê-los...

Os olhos do velho se umedeceram, enquanto ele apresentava a si próprio e à esposa.

– Sou Romeu Weber e esta é a minha esposa Mona.

– Agora já nos conhecemos – disse Maya sorrindo, enquanto entregava o retrato.

O casal segurou o desenho com se fosse uma relíquia.

– Muito obrigado, senhorita Maya. Desejamos todo o sucesso para você – disse Romeu.

O casal se despediu, mas, enquanto se afastava, Romeu tocou no ombro de Martin e sussurrou em seu ouvido, com a testa franzida:

– Essa menina é especial. Prometa que vai cuidar bem dela.

Martin corou, torcendo para que Maya não tivesse escutado. Por fim, apenas assentiu sem jeito e o casal se afastou, ainda segurando o retrato diante de si.

Martin aproximou-se de Maya, que guardava os apetrechos de pintura.

– Aquilo foi fantástico, Maya.

Maya respondeu, enquanto acompanhava com o olhar o casal que se afastava:

– Talvez seja isso que esteja faltando na Vila.

– O quê?

– Que as pessoas se ajudem, Martin. Enquanto ainda pudermos fazer um ato de bondade para com estranhos, tudo terá solução.

Martin a admirou por um momento, em silêncio. Maya ficou séria e disse:

– Tudo bem? Você parece cansado.

– Você nem imagina. O trabalho na Zeladoria é bem pior do que eu esperava. E esse movimento todo, do que se trata?

– Não faço ideia. Vamos descobrir?

Maya guardou o material de pintura na livraria e retornou à calçada em menos de um minuto.

Caminharam até a orla, seguindo o fluxo das pessoas que iam naquela direção. Ao chegarem à rua do Porto, encontraram-na tomada por curiosos; espremeram-se por entre a multidão até o ponto de observação favorito de Martin, que tinha uma boa visão do cais e não estava tão abarrotado de gente.

No cais ao lado, um homem com as mãos amarradas, cercado por Capacetes Escuros, estava sendo acomodado no convés de uma pequena embarcação. O barco era singelo, com uma única vela triangular com listras brancas e vermelhas se alternando; o leme estava imobilizado por cabos amarrados de ambos os lados. Martin reconheceu o homem imediatamente.

– Maya, aquele é Niels Fahr. Você sabe do que se trata, não sabe?

Ela apenas assentiu, desolada.

Todos os que assistiam à cena sabiam muito bem do que se tratava; era o maior castigo que a justiça Anciã aplicava. Conhecida apenas como O Navegador Solitário, a punição era reservada aos perpetradores dos crimes considerados mais graves, tais como o assassinato e a blasfêmia. Consistia em amarrar o indivíduo condenado em uma pequena embarcação, travar o leme e deixá-la navegar até o Além-mar. Embora não houvesse pena de morte na Vila, O Navegador Solitário era obviamente equivalente a ela. Não havia esperança de que o condenado, imobilizado e com os olhos vendados, pudesse sobreviver no Além-mar.

Já a bordo do pequeno barco, Niels, de alguma forma, localizou Martin na multidão e seus olhares se entrecruzaram. Viu um misto de serenidade e resignação em seu semblante; por fim, ele sorriu, como se dissesse: "Não é culpa sua; aconteceria mais cedo ou mais tarde." Segundos depois, um capuz escuro foi colocado sobre a cabeça do condenado e os cabos que prendiam o barco foram soltos. Impulsionada pelo vento suave que vinha da terra, a pequena vela triangular se retesou e impulsionou o barco para longe. O público, que permanecera em silêncio durante toda a cerimônia, agora se dispersava; poucos queriam ver a embarcação se afastar.

Martin, porém, permaneceu onde estava, com Maya ao seu lado. Foi invadido por uma sensação arrasadora de tristeza ao assistir o barco se perder na escuridão do mar. Desde que o conhecera, havia fantasiado a respeito de Niels e seu pai; imaginava as coisas que haviam feito e as conversas que tinham tido juntos. Sentia que ganhara uma nova vinculação com o pai, apenas para perdê-la pouco tempo depois. Além disso, nunca tinha visto O Navegador Solitário ser aplicado e a covardia daquele castigo lhe parecia inaceitável.

O sentimento, porém, o encheu com algo novo. Tinha que seguir em frente; devia aquilo ao pai e a Niels. Sentia-se imbuído de um propósito com o clube de leitura. O livro que tinham lido na madrugada anterior era incrível e mal podia esperar para ver o que viria a seguir.

Confirmou o encontro do clube de leitura para aquela madrugada e despediu-se de Maya. Manteria o mesmo plano: chegaria cedo à casa do tio, tentaria parecer entusiasmado durante o jantar e subiria para dormir assim que possível. Tudo para não chamar a atenção.

Mais tarde, durante o jantar, Martin fez um esforço sobre-humano para tentar descrever com excitação a primeira jornada de trabalho. Tentou lembrar-se de todos os detalhes tediosos e os contou como se fossem algo muito interessante.

O tio Alpio ficou muito satisfeito e tomou como perfeitamente normal o pedido de Martin para se recolher logo após o jantar. Afinal, tinha todos os motivos para estar cansado.

Na mesma hora de sempre, seguro de que a casa jazia adormecida, Martin repetiu o procedimento de pular a janela e seguir por um caminho pouco movimentado até a rua Lis. Daquela vez, foi o último a chegar; Maya e Omar já o esperavam. Conversaram a respeito da punição a Niels e de como aquilo significava que deviam ter muito cuidado com as atividades do clube de leitura. Também comentaram sobre a punição em si: mandar alguém amarrado e vendado para o Além-mar era, antes de mais nada, uma desumanidade. Ficaram em silêncio e não puderam evitar o pensamento de como o condenado encontraria seu fim. Morreria de frio ou de sede, ou pior: seria abordado por Knucks? Estremeceram ao considerar aquela possibilidade. Cada um deles sabia que os outros pensavam a mesma coisa.

– E então, Maya, o que temos para hoje? – perguntou Martin, sentando-se no chão junto aos outros.

– O livro é intitulado *A Verdadeira História do Capitão Robbins*, de Alicia Paz.

– Ah, não – protestou Omar. – Já lemos esse livro uma dezena de vezes.

Maya sacudiu a cabeça.

– Como são leituras recomendadas pelos Anciãos, as biografias do capitão são os livros que mais vendem na livraria. Por isso, conheço todas elas e posso garantir que nunca vi uma versão escrita por essa tal de Alicia Paz.

– Para mim, é o suficiente. Pode começar, Maya – disse Martin.

Omar deu de ombros e Maywa iniciou a leitura.

A história do capitão Robbins era repetida à exaustão para todos os habitantes da Vila. Desde bem pequenas, as crianças a escutavam das morfélias que as educavam e, mais tarde, as biografias eram leitura obrigatória para qualquer cidadão respeitável. Era comum, por exemplo, que membros da elite da Vila se gabassem de ter lido o texto escrito por uma dúzia de autores diferentes.

Como eram todos livros autorizados pelos Anciãos, porém, o conteúdo das várias versões era praticamente idêntico. A história tradicional dizia que o capitão aportara no pedaço de terra onde hoje ficava a Vila havia cerca de dois mil anos. Tratava-se de uma frota de seis navios, comandada pelo galeão *Altavista*, a nave do capitão Robbins. Os navios estavam repletos de sobreviventes moribundos de alguma catástrofe, cujo detalhamento nunca era encontrado nas narrativas. Os livros diziam apenas que a liderança do capitão guiara a frota em segurança pelo Além-mar até o pequeno território da Vila.

Uma vez em terra firme, a construção de um novo mundo tivera início. Foram tempos difíceis. Os pioneiros estavam fracos e doentes, muitos deles gravemente feridos. Houve mortes pela fome, por doenças e pela violência entre os próprios homens. Nos meses subsequentes, por várias vezes a situação beirou o caos, em decorrência das dificuldades enfrentadas na fundação da Vila. Segundo os autores, aquilo ocorrera porque o capitão, embora valente e bom navegador, não era um bom administrador. A sua gestão estava sendo incapaz de alimentar as pessoas e de garantir o cumprimento da lei e da ordem. Naquele momento difícil, o capitão Robbins tinha tido a ideia magnânima de nomear um sábio para tomar as decisões do dia a dia da Vila. O homem escolhido se chamava Dom Laurêncio e se tornou o primeiro Ancião da história. Depois daquilo, a construção da cidade foi acelerada, a fazenda no extremo nordeste da Vila começou a produzir alimentos e a ordem foi restaurada.

As décadas que se seguiram foram de paz e bonança para o povo da Vila. Cerca de duzentos anos após a Fundação, porém, a prosperidade havia enfraquecido a vontade dos habitantes de seguir a Lei e obedecer ao Ancião encarregado. Foi um período de divisão e conflitos internos, que quase culminaram em uma guerra civil. Naquela mesma época, contudo, um evento mudou radicalmente o curso dos acontecimentos: a primeira incursão dos Knucks. Estimou-se que, pega inteiramente de surpresa, metade da população da Vila pereceu ou foi levada para o Além-mar pelos monstros. Depois da tragédia, o povo mais uma vez se uniu em torno da lei simbolizada pelo Ancião. A partir daquela data, foi decidido que seriam escolhidos outros quatro Anciãos, perfazendo um conselho administrativo de cinco sábios para conduzir as decisões da Vila. Aquele modelo nunca mais foi alterado e permanecia até os dias atuais.

Os Anciãos organizaram os procedimentos de defesa contra os Knucks, que incluíam a adaptação de um canhão especial que estava no *Altavista* na orla do mar. Foi instituído o cargo vitalício de canhoneiro e foram erguidos os quatro faróis. Uma classe especial de cidadãos foi nomeada e deu início ao mais lucrativo negócio da Vila: o dos Armadores. Em pouco tempo, os construtores de navios alcançaram a condição de elite econômica da Vila. Do estaleiro que administravam, deveria sair um galeão a cada seis meses, impreterivelmente. Tal exigência não havia se modificado em cerca de dois mil anos e havia ajudado a consolidar os Armadores como um dos grupos mais poderosos da Vila.

Apesar da riqueza, os Armadores jamais tinham tido acesso a todo o conhecimento necessário para produzir os navios ou os dispositivos que os equipavam. Os canhões, por exemplo, pareciam pura bruxaria aos olhos do povo; ninguém fazia ideia de como tal armamento funcionava. Toda a informação vinha das versões originais dos Livros da Criação que os Anciãos mantinham guardados em sigilo absoluto na Biblioteca da Casa dos Anciãos. Os equipamentos mais sofisticados eram produzidos em laboratórios secretos na Casa e levados para o navio já construído e quase pronto para zarpar.

Por conhecerem a história de cor, os trechos do livro que Maya selecionou para leitura causaram surpresa imediata aos três. O livro de Alicia Paz contava uma versão que diferia bastante daquela que todos conheciam. Segundo ela, nos meses seguintes à chegada dos pioneiros na Vila, durante o difícil período da Fundação, um pequeno grupo de pessoas começou a causar problemas e a arruinar o espírito de união que até então imperava. Eram pessoas egoístas e autocentradas, que almejavam privilégios e não aceitavam participar dos esforços de construção. Os dissidentes eram liderados por um homem arrogante e ambicioso, chamado Dom Laurêncio, que, por meio de uma campanha de difamação e mentira, minou a liderança do capitão Robbins. De acordo com o livro, ele acabou por tomar o poder do capitão e instalou o embrião do que seria o regime de leis e regras que eram usadas até o presente.

– Nossa, não me admira que tenha sido proibido – exclamou Maya, fechando o livro.

– Essa história é para lá de escabrosa – concordou Omar.

Martin permaneceu em silêncio, pensando no significado daquela história, caso ela fosse mesmo verdadeira. Antes mesmo de Maya concluir a leitura, já sabia o que queria fazer.

– Vamos procurar essa autora.

– Você está doido. Isso tudo está indo longe demais – disse Omar, preocupado.

– Eu também gostaria muito de conversar com ela. Se é que ainda está viva – completou Maya.

– Vocês dois estão malucos; vão ser presos com certeza. Maya, você não pode deixar os seus pais sem a única filha – disse Omar, levantando-se.

– Não seja tão dramático, Omar. Acho que o Martin tem razão, poderíamos procurá-la, fazer algumas perguntas a respeito do livro e, então, paramos por aí. Ninguém está planejando um golpe de estado.

Martin sabia que Omar tinha alguma razão.

– O conteúdo desse livro pode ser considerado uma blasfêmia. Omar está certo: se vamos mesmo procurar Alicia Paz, temos que fazê-lo com cuidado redobrado.

Omar se sentou novamente no chão, mas continuava tenso.

– Eu acho que meus pais desconfiam de alguma coisa. Creio que eles sabem que eu escapuli da cama no meio das horas de descanso.

– Você tem certeza? – perguntou Maya.

– Não, é apenas uma desconfiança, mas acho que fui seguido.

– Temos que ter mais cuidado. Se for verdade, basta alguém seguir Omar até aqui e seremos descobertos – disse Martin.

– E os livros, confiscados – completou Maya.

Martin assentiu e disse:

– Sugiro que façamos uma pausa nos encontros, para diminuir essa possível vigilância sobre Omar. Enquanto isso, durante o próximo fim de semana, eu e Maya tentaremos localizar Alicia Paz.

– Mas eu quero ir junto! – protestou Omar.

– Temos que ser mais discretos e deixar você fora disso por alguns dias é uma boa maneira de fazer isso. Eu sinto muito. Depois, contamos tudo para você – disse Martin.

– Está bem – concordou Omar, resignado.

Decidiram partir, um de cada vez, separados por um intervalo de pelo menos dez minutos. A Vila repousava em um silêncio ainda mais profundo do que antes e agora não se percebiam mais habitantes acordados até tarde; as luzes das casas estavam todas apagadas. A noite havia se tornado fria e úmida. Uma camada de orvalho se depositava sobre as pedras retangulares do calçamento, fazendo-o brilhar à luz tímida dos lampiões. Ao longe, uma coruja piava soberana em um mundo onde era sempre escuro.

Apesar de exausto, Martin decidiu fazer um caminho de volta diferente e mais comprido; afastar-se-ia do trajeto original, indo até a rua do Porto. Da orla do mar, seguiria para o sul da Vila em direção à casa do tio Alpio. Era um caminho bem mais longo, mas que daria tempo para que pensasse um pouco nos últimos acontecimentos. Também ponderou que talvez assim tivesse mais chance de despistar alguém que pudesse estar seguindo seus movimentos. Olhou para trás e aguçou a audição; sabia que as ruas estavam desertas e a Vila, adormecida.

Na escuridão das ruas vazias, Martin descobriu-se com medo. Pensou no que estavam fazendo e em como tinham subestimado o conteúdo dos livros proibidos de Niels Fahr. Os tópicos abordados no recém-instalado clube de leitura eram de arrepiar; todos já tinham ouvido falar a respeito de severas punições aplicadas a cidadãos que haviam dito muito menos do que aqueles livros sugeriam. Agora, não era difícil compreender a razão pela qual Niels fora sentenciado ao Navegador Solitário: ele era uma ameaça inaceitável ao regime Ancião. Sua prisão domiciliar por tantos anos fora apenas paliativa; era certo que os Anciãos há muito desejavam ver-se livres dele.

Martin não conseguia parar de pensar no pai. Se ele estava metido com Niels, era óbvio que tinha tido os mesmos problemas com a Lei. Não compreendia por que ele tinha optado por partir em um navio. A não ser, é claro, que aquela tivesse sido a sua sentença.

Já na rua do Porto, relaxou ao escutar o som ritmado das ondas quebrando contra as pedras. O barulho era reconfortante e, junto com o cheiro da maresia, conferia ao lugar um aspecto único na Vila. Percebeu que, por mais estranho que parecesse, gostava do mar. Era um sentimento esquisito, já que todos sabiam que o oceano não simbolizava nada de bom; ele engolia os navios e trazia os monstros. Martin pensava, porém, que a imensidão escura do mar também podia guardar a promessa de um lugar diferente, um novo mundo, com outras regras e pessoas. E por que não?

Desde as suas lembranças mais remotas, aquele fascínio pelo mar o acompanhava, e uma das histórias de que Martin mais gostava a respeito da sua infância era uma prova disso. Segundo o pai havia lhe contado, quando tinha apenas quatro anos, Martin conseguira, de alguma forma, fugir da morfélia que cuidava dele. O sumiço da criança tão pequena provocou um alvoroço na Vila e prontamente o pai mobilizou amigos e vizinhos na busca por Martin. Depois de várias horas de desespero, com a Vila vasculhada de cima a baixo e ainda sem sinal do garoto, seu pai decidiu dar voz à razão. Pensou no local que exercia uma estranha atração sobre seu filho, como se fosse algum tipo de magia. Minutos depois, não ficou inteiramente surpreso ao encontrar Martin sozinho na rua do Porto, sentado na mureta, com os pés para o lado de fora, admirando o oceano. Tinha um sorriso no rosto e, pela maneira como estava imerso no que fazia, não havia caído no mar por detalhe.

Ao escutar o episódio ser contado inúmeras vezes quando já era maior, Martin passou a achar que a reação do pai era a parte mais curiosa da história. O pai não havia se zangado com a travessura. Na verdade, relembrar a aventura parecia apenas reforçar o conceito que ele tinha do filho: Martin tinha uma mente inquieta e um apetite por descobrir coisas novas. Era um explorador nato. Além disso, por algum motivo, seu pai parecia considerar a paixão que ele tinha pelo oceano como algo muito natural, quase como se fosse esperado.

Depois daquela ocasião, nos anos seguintes, Martin sempre retornaria à rua do Porto e se sentaria na mureta para admirar o oceano. Era o seu refúgio do mundo; o local onde sentia-se bem. Imaginava que, por piores que as coisas pudessem ficar, enquanto não tirassem dele a oportunidade de ver o mar, tudo teria solução.

Naquele momento, porém, sentia-se inquieto com alguma coisa. Havia algo no ar, elusivo como a incerteza de uma palavra não dita; não sabia ao certo o que era. Uma brisa começou a soprar de repente, substituindo o vento calmo. Martin atravessou a rua e passou a andar na calçada junto ao mar.

Foi quando escutou o barulho: uma batida ritmada, embalada pelas ondas, mas de um timbre diferente; parecia-se com algo duro colidindo contra as pedras, logo abaixo.

Parou de caminhar e decidiu espiar, debruçando-se por sobre a mureta que separava a calçada do oceano. A princípio, sem nenhuma iluminação direta, viu apenas a espuma branca das ondas que sucumbiam contra as rochas cerca de dois ou três metros abaixo. Naquele ponto da orla, o mar não estava quase no plano da rua, como no cais do porto, mas também não ficava bem abaixo, como no sul da Vila, onde havia um penhasco escarpado.

Martin escutava o barulho claramente; uma batida firme e seca contra as rochas. Pendurou-se um pouco mais, os olhos já adaptados à escuridão completa, e foi então que divisou a origem do ruído: um bote de madeira, vazio. Como estava diretamente abaixo, não teve dificuldade para ler na lateral do casco, na altura da proa:

Tierra Firme

O coração de Martin parou. Sua respiração tornou-se rápida e superficial como a de um moribundo. O corpo tremia de cima a baixo e subitamente teve dificuldade em permanecer em pé. Apoiou-se na mureta e deslizou para a calçada.

Tierra Firme era o nome do navio do seu pai.

Ele tinha retornado para buscá-lo.

Recobrou as forças e ficou em pé outra vez; pendurou-se novamente por sobre a mureta, pairando acima da água quase ao ponto de perder o equilíbrio. Precisava examinar o bote com calma. Estudou-o com cuidado: não tinha mais do que quatro ou cinco metros de comprimento; ainda boiava, mas estava aprisionado entre duas rochas que não permitiam que se soltasse. A cada investida das ondas, a proa batia contra o muro de pedra. Apesar disso, o casco parecia intacto. O pequeno convés estava uma bagunça, com uma lona clara amontoada na popa, além de cabos e outros apetrechos náuticos espalhados por toda parte. Havia dois remos colocados lado a lado: alguém remara até a Vila.

Martin tentou recuperar a razão; precisava pensar. Voltou a sentar-se na mureta, respirou fundo algumas vezes e sentiu o ritmo cardíaco arrefecer. Aquilo que estava testemunhando era incrível e nunca tinha ocorrido antes na história da Vila, pelo menos que soubesse. Um bote de um navio retornando à cidade era um acontecimento extraordinário e as repercussões seriam sem dúvida imprevisíveis.

Precisava considerar o que aquilo significaria. Tudo que tinha feito nos últimos dias era tentar não chamar atenção para si próprio e para as coisas que vinha fazendo com Maya e Omar. Se soasse o alarme, além de causar um grande tumulto, traria para a cena hordas de Capacetes Escuros. Tornar-se-ia o centro das atenções e seria fuzilado por perguntas de todo tipo. Exatamente o que não queria. Além disso, se fosse mesmo seu pai que tinha vindo naquele bote, ele o encontraria mais cedo ou mais tarde.

Sabia o que deveria fazer: tinha que sumir dali o mais rápido possível, antes que o barulho atraísse mais alguém. Martin olhou outra vez por sobre a mureta e teve uma última visão do bote abandonado. Depois virou em direção à rua e saiu em disparada. Abandonou a rua do Porto na primeira perpendicular e rumou para a casa do tio.

Mais tarde, já acomodado debaixo das cobertas, não conseguia dormir. A mente estava à beira de um colapso, computando todos os possíveis significados da descoberta. Não conseguia controlar a fantasia de que o pai tinha voltado para encontrá-lo e iria bater na porta da frente da casa do tio a qualquer momento. E se não fosse ele? Se aquele bote havia retornado, significava pelo menos que existiam sobreviventes na tripulação do *Tierra Firme*.

Passou o fim das horas de descanso sem pregar os olhos; depois de algum tempo, sentia-se excitado demais até mesmo para ficar deitado. Quando, finalmente, foi vencido pela exaustão e adormeceu, teve um sono atormentado por pesadelos que se continuavam onde o anterior terminava. Em um deles, viu o pai sendo sentenciado ao Navegador Solitário no bote do *Tierra Firme*. Tentou gritar para ele, mas a sua voz não saía e, de alguma forma, o pai também não parecia capaz de escutá-lo.

Acordou em um sobressalto pelo som de batidas firmes na porta do quarto. Seu pijama estava ensopado de suor e o coração disparava sem controle. Antes que pudesse se levantar ou mesmo abrir os olhos por completo, a porta foi escancarada com violência, revelando a silhueta de um Capacete Escuro. Era um homem jovem, de pele escura e com um rosto ameaçador. Os cabelos e boa parte da testa estavam ocultos pelo característico elmo negro comprido. Ele se deteve em Martin por apenas alguns segundos, depois seus olhos esquadrinharam o restante do quarto e, por fim fechou a porta com a mesma violência com que a abrira.

Martin saltou da cama e enfiou a primeira peça de roupa que viu pela frente. Enquanto descia as escadas, escutou a porta da frente sendo fechada. Na sala, Ofélia estava junto da porta, com a postura indiferente característica das morfélias.

– Que diabos foi tudo isso? – perguntou Martin.

– A Vila foi posta em estado de alerta pelos Anciãos.

– E por quê? – perguntou, já sabendo a resposta. A rua do Porto era movimentada e, como previra, haviam encontrado o bote nas primeiras horas do horário de trabalho.

– Um bote do navio do seu pai foi encontrado nas pedras, junto da rua do Porto. Os Anciãos acham que se trata de um desertor. Por esse motivo, cada casa da Vila será vasculhada à procura do criminoso.

– Sei...

Os olhos redondos permaneceram imóveis, observando--o. Se não fosse uma morfélia, Martin juraria que ela esperava uma reposta mais elaborada. Em vez disso, porém, Ofélia perguntou apenas:

– Você não precisa trabalhar?

Martin percebeu que era tarde e que estava muito atrasado para o trabalho na Zeladoria. Partiu apressado para a rua, ignorando Ofélia, que lhe oferecia algo para comer.

A rua do tio era tranquila, mas, quando dobrou à esquerda, em direção à Praça dos Anciãos, e entrou em uma via mais movimentada, percebeu que a Vila estava virada de pernas para o ar. Pessoas assustadas corriam de um lado para o outro, como se estivessem com medo da própria sombra. Capacetes Escuros em grande número, com um ar ainda mais ameaçador do que o normal, percorriam as ruas e entravam e saíam de casas e prédios. Carruagens em alta velocidade, como se conduzidas por loucos, passavam raspando, entrecortando o som das conversas nas calçadas.

Quando chegou à Zeladoria, com mais de uma hora de atraso, Martin foi repreendido por Ramon. Estavam precisando de todos os auxiliares, pois o lugar estava um caos e os funcionários e assessores haviam sido convocados para diversas reuniões de emergência. Todos entretidos em discussões que não decidiam nada; sabiam que as instruções viriam mesmo era do prédio ao lado, a Casa dos Anciãos. Mesmo assim, os assessores do Zelador Victor mantinham as aparências, cada um tentando mostrar que era menos inútil do que o outro.

Foi apenas no fim do horário de trabalho, depois de uma jornada exaustiva, que Martin conseguiu algum sossego. Percebeu que os ânimos haviam se acalmado um pouco tanto na Zeladoria quanto na rua em frente; as pessoas aos poucos tentavam recuperar a normalidade roubada pela inesperada aparição do bote do *Tierra Firme*.

Martin pretendia ficar até um pouco mais tarde, pois ainda tinha uma tarefa a fazer. Queria ir em busca da escritora Alicia Paz e, para tanto, precisava descobrir o seu endereço. Para alguém que trabalhava na Zeladoria, porém, aquilo não seria difícil; no local havia registros precisos – e, a bem da verdade secretos – dos nomes e endereços de todos os habitantes da Vila.

Já havia visto Ramon manipular o fichário na sala de arquivos e também registrara o local onde ele havia escondido a chave. Para justificar sua permanência até mais tarde, disse a Ramon que assim poderia compensar o atraso; o homem pareceu satisfeito e foi embora sem se despedir. Ainda teve que aguardar mais meia hora até que o prédio ficasse vazio e pudesse ir até o arquivo em segurança.

A sala do arquivo estava repleta de estantes com papéis velhos e mofados, a maior parte dos quais eram transcrições inúteis de reuniões, que nunca seriam consultadas por ninguém. Havia ainda alguns armários com estantes, que serviam de arquivo. O maior deles ficava no fundo da sala e era o que guardava os endereços; também era o único que tinha as portas chaveadas. Martin o arredou alguns centímetros e localizou a pequena chave dourada no chão, embaixo do móvel. Tinha visto o desleixado Ramon fazer aquilo várias vezes durante o expediente, por isso sabia onde ela estava. Imaginou que Ramon havia consultado o arquivo repetidas vezes, à medida que conferia nomes e endereços para os Capacetes Escuros, enquanto eles revistavam a Vila.

Examinou os arquivos organizados nas estantes e percebeu que seria fácil localizar o nome de Alicia Paz e o seu respectivo endereço. Supondo-se que o nome da escritora fosse verdadeiro, é claro. O armário estava abarrotado de pastas, todas organizadas em ordem alfabética pelo sobrenome, de cima para baixo e da esquerda para a direita. Identificou aquela que incluía o sobrenome Paz e a retirou cuidadosamente. Em seu interior, havia fichas de papel amareladas, escritas à mão, com informações sumárias; diziam apenas o nome, o endereço e quem mais morava na mesma casa. Finalmente, localizou Alicia Paz e anotou o endereço, uma rua próxima ao mar. Percebeu que, ao lado do nome, havia uma letra S em tinta vermelha, circulada várias vezes. Não tinha ideia do que significava.

Percebendo a oportunidade que se abria diante de si, guardou a pasta de Alicia Paz e procurou a do pai, Cristovão Durão. Não demorou a encontrar a ficha que dava como endereço a casa deles, na rua Lis. Abaixo do nome do pai estava o seu e, entre parênteses, dizia apenas "dependente"; ao lado, estava o mesmo S em tinta vermelha. Guardou a pasta e procurou a de Johannes Bohr; ele tinha dois endereços listados, um mais antigo e o outro atual. Surpreendeu-se quando viu que o endereço antigo do cientista ficava na mesma rua de Alicia Paz, a apenas algumas casas de distância. Naquele instante, a coincidência ficou clara: Alicia Paz e Johannes Bohr tinham morado na mesma rua, que era, por sua vez, uma continuação da rua Lis, onde morara com o pai. Martin conhecia bem a vizinhança; a rua Lis, depois de uma pequena rotatória ao redor de uma fonte, mudava de nome e seguia em direção ao mar. Tratava-se, contudo, da mesma via. A conclusão era óbvia: todos haviam sido vizinhos.

Decidiu fechar o arquivo e trancar a porta; até ali tinha tido sorte, mas era bom não abusar, pois a Zeladoria estava mais movimentada do que o normal devido aos recentes acontecimentos. Martin guardou os endereços que tinha anotado e partiu. Não queria perder o jantar com o tio para não criar problemas e, além disso, estava com fome. Aquelas horas de trabalho tinham levado uma eternidade para terminar.

Martin não parava de pensar no bote encalhado nas pedras. A ideia de que o pai havia retornado, porém, ia aos poucos perdendo força. Se fosse mesmo ele, já teria arranjado uma maneira de fazer contato. Alguma coisa lhe dizia que Cristovão Durão não estivera naquele bote e que a identidade do tripulante não seria fácil de determinar. Não sabia ao certo por que razão passara a pensar assim, mas aquele era o sentimento que agora predominava. Afinal, o pai era o capitão do *Tierra Firme* e, se alguém deveria ser enviado em uma missão de volta à Vila, não fazia sentido que fosse o oficial mais graduado. A não ser, é claro, que aquele fosse o único sobrevivente do navio. Uma parte menos racional de si mesmo ainda imaginava secretamente que Cristovão Durão estava de volta à Vila e procuraria o filho na primeira oportunidade.

Durante o jantar, o tio Alpio não parou de tagarelar por um minuto sequer; estava excitado com os acontecimentos e com as consequentes oportunidades que poderiam se abrir para sua carreira. No decorrer do expediente, segundo contara, havia tomado várias iniciativas perspicazes e arrancado alguns elogios do Zelador Victor. O tio só parou de falar quando percebeu que Noa estava em casa, depois do primeiro dia na Escola dos Anciãos.

Noa fez um longo e tedioso relato em que descrevia o que tinha feito em cada segundo que passou na Escola. O clímax do dia havia sido a aula magna proferida pelo Ancião-Mestre.

Ao ouvir a respeito do Ancião-Mestre, por quem nutria grande admiração, o tio se emocionou e iniciou um longo monólogo sobre como era formidável a doutrina Anciã. Martin teve a nítida impressão de que o tio estava bem mais entusiasmado com a Escola do que Noa; só parou de falar quando ficou um pouco sem ar.

Ele fez uma breve pausa e enfim mudou de assunto:

– E então, Noa, como vai a sua namoradinha?

Martin interrompeu uma garfada no ar.

– Tudo bem. Vou jantar na casa dela amanhã – respondeu Noa, abrindo um sorriso quase imperceptível no canto da boca.

– Acorde, Noa, nem por uma catástrofe da natureza alguém como Maya ficaria com alguém como você – disse Martin, brandindo o garfo no ar.

Assim que terminou a frase, sentiu-se inseguro: e se estivesse errado? E se Maya estivesse interessada em Noa? Tinha que admitir que era difícil explicar o convite para jantar na casa dela.

– Veremos, seu retardado.

– Já chega! – disse o tio.

Quando o jantar terminou, Martin subiu para o quarto. Estava cansado devido às poucas horas de sono que tivera durante a semana e excitado com as coisas que estavam acontecendo. Ficou andando em círculos no pequeno ambiente, irritado com o primo; era só o que lhe faltava, pensou, Noa indo atrás de Maya. Naquele estado, nem cogitou tentar dormir.

Mais tarde, já no meio do horário de descanso e com a cidade adormecida, rumou para a rua Lis, para mais um encontro do clube de leitura. Quando chegou à sua antiga casa, Maya já o esperava, sentada no chão ao lado da pilha de livros que selecionara.

– Tudo bem, Martin? Você parece cansado.

Martin sentou-se no chão, afastado de Maya.

– Estou bem. Podemos começar; conforme combinamos, Omar não vem.

Ficaram os dois em silêncio.

– Você escutou o boato que circulou na Vila hoje? – perguntou ela.

Martin assentiu de forma quase imperceptível.

– Fui eu que achei.

– O quê? – disse Maya, levando as mãos à boca.

– Encontrei o bote ontem, quando estava retornando do nosso encontro.

Maya pensou por um instante e concluiu:

– E você achou que era melhor que outra pessoa soasse o alarme.

Martin concordou novamente.

– Que loucura isso tudo, Martin. Um bote do navio do seu pai de volta à Vila. O que você acha que significa? Quem pode ter retornado, seu pai?

– Alimentei essa ideia por algumas horas, depois me convenci de que não deve ser ele.

– E por que não?

– Meu pai era o capitão do *Tierra Firme*. Se alguém retornou à Vila, fez isso com algum propósito, talvez em uma missão especial. Se for verdade, não faz sentido que o capitão do navio tenha tomado essa incumbência para si.

– A não ser que...

– Também pensei nisso. A não ser que ele seja o único sobrevivente da tripulação – completou Martin. – Tenho poucas esperanças de que seja ele; creio que, se fosse, ele já teria arrumado um meio de me encontrar.

– Isso tudo é uma loucura – repetia Maya para si mesma.

Martin suspirou e passou a mão nos cabelos, como se tentasse afastar pelo menos parte das incertezas que o incomodavam. Por fim, perguntou:

– O que temos para hoje?

– Vamos ver... – disse Maya, virando-se para examinar a pilha de livros. Enquanto estudava o volume no topo da pilha, seu semblante se modificou, as sobrancelhas juntando-se em espanto.

– O que foi?

Ela não respondeu por um segundo, como se repassasse o que iria dizer.

– Martin... este livro... este livro não estava aqui ontem – disse ela, apanhando o volume e mostrando a capa.

– Maya, você deve estar enganada. Salvamos dezenas de títulos da casa de Niels; talvez você apenas não lembre desse.

– Impossível. Eu organizei um por um, lembra? Não há a menor chance de eu ter esquecido de um título. E estou afirmando: este não estava aqui ontem. Eu não estou louca, Martin.

– Não faz sentido. Por que motivo alguém entraria aqui e deixaria um livro na pilha de obras que vamos ler e, ainda por cima, sem mexer em mais nada?

– E quem faria isso?

Martin pensou no assunto, mas não chegou a nenhuma conclusão. Não havia a menor lógica em entrar na casa e deixar um livro para ser lido sem tocar naqueles outros títulos raros.

– Do que se trata? – perguntou Martin.

– *Philosophia*, escrito por alguém conhecido apenas como Maelcum – respondeu Maya, entregando o livro a Martin.

Martin examinou-o: parecia mais antigo que os demais, embora também tivesse sido publicado pela Editora da Vila.

– Nunca ouvi falar desse sujeito, Martin. Se é que Maelcum é um nome e não um pseudônimo.

– Vamos lê-lo. Se é mesmo verdade que alguém se deu ao trabalho de entrar aqui e deixar este livro para nós, então mal posso esperar para saber do que se trata.

Maya assentiu. Pegou o livro de volta, manuseando-o como se fosse um espécime raro, e só então começou a leitura.

A impressão que ambos tiveram dos primeiros trechos que Maya selecionou era a de que o tal de Maelcum escrevera o livro em um estado de completo delírio; não do tipo de delírio de um bêbado, mas algo ainda mais desconectado da realidade, talvez como um homem totalmente demente. Era difícil saber do que se tratava. Maelcum alternava trechos em prosa com outros em poesia, sem nenhuma lógica ou aviso.

Em um primeiro momento, descreveu a cena de uma cidade iluminada por um poderoso foco de luz no céu. A luminosidade era tanta, que as coisas cotidianas, tais como casas, pessoas e objetos em geral, ganhavam um colorido diferente. Não havia iluminação pública e os habitantes da localidade não conheciam a escuridão.

Martin comentou com Maya a respeito da semelhança da descrição de Maelcum com o sonho recorrente que vinha tendo. Imaginaram se o autor tivera um sonho semelhante e o colocara no papel. Nenhum dos dois tinha a menor ideia do significado daquilo, se é que havia algum.

A segunda parte da leitura, embora também bastante sem sentido, atiçou mais a curiosidade deles. O autor, em meio a um longo e contínuo fluxo de ideias, se referia diversas vezes a algo que prendeu a atenção dos dois. Tratava-se de uma expressão usada de diversas formas e repetida várias vezes ao longo do texto. As variações mais comuns eram: "O Grande Segredo Ancião"; "A Grande Mentira dos Anciãos"; "...tudo se baseia na Grande Mentira"; "...é por meio da Grande Mentira que a lei Anciã sobrevive."

Logo após, uma passagem fixou-se na mente de Martin: "Não é difícil saber do que se trata a Grande Mentira; basta despojar-se de todas as suas ideias preconcebidas e estudar cuidadosamente a história da Vila".

Maya fechou o livro e exclamou:

– Esse sujeito é maluco.

– É verdade. Não entendi nada do que ele disse.

– E quanto a esse "Grande Segredo Ancião"? O que você acha que significa, Martin?

– Não tenho a menor ideia. Ao que parece, Maelcum dedica a maior parte do livro a uma espécie de crítica à nossa sociedade. A linguagem dele, porém, é muito difícil de acompanhar.

– Vou levar o livro para casa. Quem sabe lendo de novo com calma eu não chegue a alguma conclusão – disse Maya.

Um longo silêncio se seguiu.

Martin tentou segurar a pergunta que tinha atravessada na garganta o máximo de tempo que pôde, o que acabou sendo cerca de cinco segundos.

– Maya, qual é a história com o meu primo?

Ela franziu a testa, como se a pergunta a ofendesse.

– Eu sabia que cedo ou tarde você ia perguntar isso.

– Então, estou perguntando. O que há entre vocês?

– Nada, Martin!

– Eu o vi indo à livraria outro dia e hoje ele contou que vai jantar na sua casa amanhã. Isso é nada?

– Seu primo é convencido e arrogante que nem o pai. Ninguém na Vila gosta deles. Ele é muito insistente e vai à livraria quase todos os dias. Não sei mais o que fazer; meus pais dizem que tenho que ser gentil com ele.

Maya ficou tensa. Endireitou o corpo, mas não se levantou.

– Como assim?

– Olhe, Martin, não é o que você está pensando. Eu sinto muito, mas não posso falar a respeito.

– E por que não?

– É por causa dos meus pais. Estamos com problemas sérios e eu simplesmente não posso entrar em detalhes.

O olhar que Maya lhe lançou o deixou confuso, pois transmitia uma mistura de emoções. Martin teve quase certeza de que, por trás de tudo, havia sobretudo medo.

– Eu sinto muito – disse Martin.

– Por favor, não fique brabo comigo – disse Maya, aproximando-se e buscando a sua mão.

– Está bem – murmurou Martin, tomando a mão dela por apenas uma fração de segundo antes de solta-lá por completo.

Viram-se mergulhados em um silêncio desconfortável. Martin desejou que terminassem o encontro naquele instante; estava confuso e não sabia o que fazer com o ciúme que sentia. Não estava preparado para escutar de Maya que ela não podia lhe contar algo, ainda mais se era tão importante. Nunca havia acontecido antes; até então, os dois não tinham segredos. Pelo menos, não que soubesse.

– Preciso ir – disse Maya levantando-se, mas ainda fitando o chão.

Despediram-se e saíram separados da casa. Daquela vez, Martin tomou o caminho mais curto de volta; estava cansado demais para ser autor de outra descoberta fantástica na Vila.

Durante o trajeto, enquanto percorria as ruas vazias, estava um pouco mais alerta do que havia estado no caminho de ida. Com os sentidos aguçados pelo silêncio e pela escuridão, teve mais uma vez a sensação de estar sendo observado. Martin parou, olhou em volta e tentou escutar algum ruído estranho, mas não percebeu nada além do ranger suave de um lampião balançando ao vento e das ondas do mar quebrando a distância. Decidiu seguir em frente e logo estava na casa do tio; atirou-se na cama e adormeceu assim que a cabeça tocou o travesseiro.

CAPÍTULO VI

O ÚLTIMO ENCONTRO

Martin acordou tarde e desceu para tomar chá; Noa e o tio já tinham saído. Decidiu aproveitar o momento de sossego e fez o desjejum com toda a calma, enquanto tentava puxar conversa com Ofélia. A expressão "puxar conversa" é sempre muito apropriada quando se tenta conversar com uma morfélia; elas invariavelmente respondem ao que se pergunta com respostas lógicas e monossilábicas e, se não entendem, simplesmente não dizem nada.

Mais tarde, já perto do horário do almoço, Martin saiu em direção à Praça dos Anciãos. O tempo se tornara mais quente, quase abafado, e a brisa tinha parado por completo. O sábado estava mais escuro do que de costume, com o céu encoberto e sem o luar para colorir o breu.

As ruas da Vila ganhavam um movimento especial nos fins de semana; as pessoas saíam de casa, levavam as crianças para passear ou se reuniam nas praças para conversar. O local preferido de todos era a Praça dos Anciãos, onde havia uma feira na qual eram montadas barracas de madeira que representavam cada padaria, delicatessen e taberna da cidade. Na feira era possível encontrar todo tipo de comida e bebida feitos na Vila, embora fosse verdade que nem todas as iguarias estavam ao alcance do bolso do cidadão comum.

Martin sabia que encontraria Omar na Praça, ajudando seu pai na barraca da padaria. Esperava poder conversar com calma com o amigo, mas sabia que as feiras eram movimentadas. De fato, quando localizou a barraca, no local de sempre, viu que estava apinhada de clientes e acabou sendo escalado para ajudar. Os três passaram bastante tempo trabalhando e conseguiram apenas um breve intervalo para improvisar um almoço. Martin gostou de ter ficado boa parte do sábado ali; Omar e o pai eram boa companhia e a conversa era sempre divertida. Também achou bom ocupar o corpo e a mente com algo mais leve (e menos perigoso) do que as coisas que vinha fazendo.

No fim do horário de trabalho, o movimento de gente na praça começou a diminuir e Martin ajudou a desmontar a barraca e a carregar as sobras na carroça. Omar e o pai se despediram e foram embora. Naquele instante, Maya surgiu no contrafluxo das pessoas que voltavam para casa.

A boca de Maya se entreabriu para cumprimentá-lo, mas as palavras acabaram virando apenas um sorriso.

– Olá, Maya.

– Você perguntou ao Omar se ele esteve na casa da rua Lis e deixou aquele livro lá? – perguntou ela.

– Não tivemos muito tempo para falar a sós, mas cheguei a fazer essa pergunta a ele e Omar jura que não esteve lá.

– Fizemos bem em nos encontrarmos a sós ontem – disse Maya.

Martin sentiu as bochechas esquentarem um pouco; não sabia ao certo como responder. Fez uma longa pausa e disse apenas:

– Bem, então você tem um jantar especial hoje.

– É por isso que vim até aqui – disse ela sorrindo. – Você tem planos?

Martin fez uma cara de quem não entendeu e ela completou:

– Não vou ao jantar. Sei que você vai até a rua Lis ler um livro sozinho e não posso deixar que isso aconteça, por isso vou com você. Como é sábado, podemos inclusive nos encontrar um pouco mais cedo.

– Você não precisa fazer isso.

– Não pedi a sua opinião – disse ela ampliando o sorriso. – Nós nos encontramos lá, conversamos e depois lemos um livro. Tenho uma coisa importante para contar; decidi que não quero esconder nada de você.

– Acho que você deve ir ao jantar, Maya. Noa é impulsivo e não sei como vai reagir se for desprezado.

Maya deu de ombros.

– Está decidido. Preciso voltar à livraria; o final da feira é o único momento da semana em que ainda vendemos alguma coisa – disse ela, já afastando-se.

Martin a observou caminhar na direção da livraria, que ficava do outro lado da praça. Sentiu um frio na barriga; à medida que o tempo passava, tinha a estranha sensação de que queria ficar cada vez mais perto dela. Naquele momento, porém, foi tomado por um sentimento ruim que não sabia precisar ao certo o que era. Estava desconfortável com a decisão dela de não aparecer no jantar na sua própria casa. Como se pontuando a inquietude que sentia, de uma hora para outra, começou a chover.

Apesar de ensopado, ainda tinha mais uma tarefa para fazer na rua, antes de retornar para a casa do tio: procurar Alicia Paz. Tirou o pedaço de papel do bolso e leu o endereço; conhecia bem o local, teria apenas que localizar o número do prédio da escritora.

O endereço de Alicia Paz era uma travessa perpendicular à rua do Porto; ficava na parte norte da orla, não muito distante do posto do canhoneiro. Naquele ponto, as construções eram todas idênticas: pequenos prédios de três andares, com apartamentos apertados e mal ventilados. Na Vila, as vizinhanças mais humildes ficavam nos extremos, junto ao mar, ou no extremo leste, próximo à Cerca.

O prédio de Alicia Paz ficava bem na esquina com a rua do Porto e Martin calculou que, dependendo da orientação, alguns apartamentos teriam vista para o negrume do mar. Tal fato era considerado uma característica terrível e tornava irrisório o valor de um imóvel ali situado.

Martin se aproximou do prédio pela travessa, aos poucos vislumbrando mais e mais da rua do Porto e da escuridão do mar além da mureta. A chuva diminuíra um pouco, mas o tempo continuava abafado. Quando estava quase na esquina, próximo da porta do prédio, sentiu braços envolverem-no e puxarem-no para trás, forçando-o a dar uma meia-volta involuntária.

Viu-se mergulhado no fedor de roupas sujas e suor, caminhando no sentido contrário. Estava envolto no cobertor de um mendigo. Era um homem alto, barbudo e muito sujo, o que tornava impossível calcular a sua idade. Foi forçado pelo abraço de urso a caminhar para longe da rua do Porto. Quando chegaram à altura da primeira perpendicular, o homem o empurrou para longe da rua de Alicia Paz. Martin perdeu o equilíbrio e quase caiu no chão.

— Cuidado com esta vizinhança, garoto — disse o mendigo em um sussurro e, logo após, sumiu rua abaixo.

Martin se recuperou do susto e, como que por instinto, escondeu-se no prédio da esquina. Com o olhar engatinhando ao redor da parede que lhe ocultava a visão, espiou a rua de Alicia Paz, em direção ao mar. Foi só então que percebeu: um Capacete Escuro fazia patrulha na rua do Porto, em frente ao prédio da escritora. Se tivesse prosseguido, teria sido abordado pelo soldado. O mendigo o salvara.

Olhou para o outro lado, procurando a figura maltrapilha, mas não viu nada, apenas a calçada vazia, com o piso de pedra molhado cintilando à luz dos lampiões. Perplexo e assustado, decidiu voltar para a casa do tio.

Mais tarde, durante o jantar, ainda não tinha se recuperado inteiramente do susto; estava intrigado com o personagem misterioso que o salvara de problemas sérios com os Capacetes Escuros. Se tivesse continuado, era provável que fosse levado à Zeladoria para responder a todo tipo de perguntas. O tio Alpio ficaria furioso.

Mais cedo, vira Noa colocar a sua melhor roupa e partir em direção à casa de Maya para o jantar. Após a refeição, o tio saiu dizendo que iria a uma taberna com os amigos; Martin percebeu que, sozinho em casa, teria a oportunidade de ir ao clube de leitura mais cedo, como Maya havia sugerido. Subiu até o quarto, trocou as roupas molhadas e vestiu uma capa de chuva. Depois de esperar por duas horas, deixou a casa em direção à rua Lis.

Percorreu o caminho mais comprido até o clube de leitura, satisfeito porque a chuva havia afugentado as pessoas e as deixado trancadas em casa. Apesar de não ser muito tarde, as ruas estavam vazias. À medida que se aproximava do destino, ficava mais vigilante e atento a qualquer movimentação estranha. Deteve-se quando chegou à altura da esquina da rua Lis; estava oculto por uma casa, no centro de um halo de escuridão gerado por um único poste com os lampiões queimados. Vasculhou a rua com os olhos habituados à penumbra e foi então que percebeu uma silhueta parada na chuva, na esquina seguinte, um pouco depois da sua antiga casa. Martin seria capaz de reconhecê-la a quilômetros de distância: era Noa.

Martin agachou-se e retraiu o corpo um pouco mais para permanecer escondido. Estudou, atônito, a figura imóvel do primo; o que poderia ter acontecido? Imaginou que Noa, em um dos encontros anteriores, tivesse seguido um deles e descoberto o esconderijo do clube de leitura. Para piorar a situação, Martin percebeu uma movimentação anormal mais adiante, duas quadras abaixo. Eram Capacetes Escuros. Sabia que Noa os havia chamado.

Esfregou os olhos com as mãos como se para afugentar aquilo que eles lhe revelavam. Tentou pensar no que deveria fazer; era cedo, podia retornar e avisar...

O coração de Martin se incendiou.

– Maya! – exclamou para si mesmo.

Como se por um terrível capricho do destino, naquele exato instante Maya surgiu, caminhando pela rua de onde ele tinha vindo. Ela o veria na esquina e então chamaria por ele; instantes depois, os Capacetes Escuros estariam em cima deles. Não tinha como avisá-la sem chamar a atenção; não havia maneira de fazê-lo sem denunciar a sua presença.

Maya o avistou, sorriu e apertou o passo, indiferente ao perigo. De onde ela estava, não tinha como saber o que os esperava, virando a esquina. Martin tentou gesticular, balbuciou algumas palavras, mas ela não compreendeu e continuou avançando.

Certo de que só havia uma coisa a fazer, Martin tomou a decisão com a serenidade dos que não têm escolha. Parou bem no meio da esquina e olhou para Maya, a troca de olhares transmitindo uma mensagem que ninguém mais no universo poderia entender, além deles:

Sinto muito... Agora, fuja!

Imediatamente, Martin virou-se e correu para a casa da rua Lis. O gesto inesperado alertou Maya, que se deteve. Noa gritou e foi de encontro a Martin, que já estava quase na casa.

– Ei, seu imbecil – trovejou Noa.

Martin não respondeu; Noa se aproximou um pouco mais e, pegando-o totalmente de surpresa, desferiu um soco bem no seu maxilar.

Martin caiu no chão, atordoado com o golpe. Segundos depois, já via os vultos dos Capacetes Escuros aglomerando-se ao seu redor; as formas ainda mais ameaçadoras vistas de baixo para cima. Escutou a porta da casa ser feita em pedaços. Ouviu passos correndo ao longe. Sorriu. Maya estava salva.

CAPÍTULO VII

O RECANTO MAIS ESCURO DA VILA

Poucas horas depois, Martin estava em uma cela escura na masmorra da Zeladoria. Deitou-se no chão, cansado, com frio e com o rosto ainda dolorido do soco que levara de Noa. O local era pequeno, úmido e mal ventilado. O chão estava parcialmente coberto por palha e feno molhados que fediam a urina. Apesar da escuridão, podia ver que a masmorra se situava em um plano abaixo do da rua; havia uma pequena janela gradeada bem no alto, quase na altura do teto, que dava para a calçada. Era daquela abertura que vinha a pouca luz que entrava no ambiente, e por onde também escorria a água da chuva que se acumulava na calçada acima. Ao longe, escutou os sons que presumiu serem dos outros detentos; roncos, soluços e gemidos de miséria.

Encolheu-se no chão para se esquentar, lutando para não perder todas as esperanças; não fazia ideia do que aconteceria a seguir. Seria condenado a uma pena longa? Libertado no dia seguinte? Era certo que arranjara confusão suficiente para ser despejado da casa do tio Alpio. Antes de ser levado pelos Capacetes Escuros, tinha-os visto entrarem na casa e confiscarem os livros do clube de leitura. Seus planos estavam arruinados; ao menos, sabia que Maya ficaria bem.

Mal seus olhos tinham se acostumado à escuridão absoluta, quando foi ofuscado por um lampião que era carregado por alguém cujo rosto se achava oculto atrás da luz intensa. A figura colocou o lampião no chão e Martin pôde finalmente vê-lo: em meio a um sobressalto, reconheceu o Zelador Victor.

– Como vai, Martin? – perguntou ele, agachando-se no chão junto dele.

Martin estava atordoado demais para responder.

– Livros proibidos... – disse o Zelador para si mesmo. – Você não faz ideia da encrenca em que se meteu. Sei que você não estava sozinho nisso e desconfio que uma das pessoas que o ajudou foi Omar, o filho do padeiro da rua Pryn.

Martin se encolheu no chão ainda mais; não sabia o que responder à pergunta feita tão de supetão.

– Vim até aqui para lhe oferecer ajuda, mas preciso que você faça uma coisa para mim – disse o Zelador, aproximando-se um pouco mais. – Se você contar que o filho do padeiro era o dono dos livros, eu posso tentar intervir junto aos Anciãos por uma pena mais branda para você.

A frase fez com que Martin acordasse como se tivesse levado uma bofetada; fixou o olhar no rosto anguloso do Zelador, que bruxuleava à luz do lampião.

– Não me olhe assim – disse ele, juntando as sobrancelhas. – É cada um por si e você tem que pensar no seu futuro.

Sabia do que se tratava; era bastante simples. Se entregasse Omar, colocaria o pai dele em uma situação difícil: nenhum cidadão respeitável poderia possuir um negócio rentável tendo um filho fora da lei. Era a desculpa que o Zelador queria para assumir os negócios da família de Omar.

Mesmo naquela situação, longe de toda a esperança que podia existir no mundo e sem saber o que aconteceria a seguir, tinha a resposta na ponta da língua.

– Não.

Martin deitou-se no chão e virou as costas para o Zelador. Estava simplesmente cansado demais.

– Você vai passar o resto da vida nesta masmorra, seu vermezinho – disse o Zelador, afastando-se e devolvendo Martin à escuridão.

Passou as horas seguintes alternando curtos cochilos com períodos em que ficava um pouco mais alerta. Em determinado ponto, imaginou que adormecera mais profundamente. Sabia disso porque a próxima cena que registrou foram as sacudidas violentas de um Capacete Escuro tentando acordá-lo. Martin mal tinha se levantado, quando outros soldados entraram na cela e começaram a lavá-lo com um balde de água gelada. Foi forçado a engolir uma sopa quente e malcheirosa e depois a vestir roupas de detento, que pelo menos estavam secas.

Depois de pronto, foi conduzido para fora da cela e teve o primeiro vislumbre da masmorra da Zeladoria. O lugar era um complexo de galerias interligadas, escuras e com o chão coberto pela mesma palha que havia na cela onde ficara. O ar era úmido e as paredes de pedra estavam cobertas de limo. Percebeu que a maior parte das celas era gradeada como a sua, mas ainda existiam algumas outras em que a porta fora substituída por uma parede de pedra. Já tinha ouvido falar nelas: celas solitárias destinadas a criminosos perigosos. Boa parte da masmorra não tinha portas ou grades, sendo formada apenas por corredores que se comunicavam uns com os outros. A maioria dos presos estava nas celas, mas havia outros soltos, vagando nas galerias, sem ter para onde ir.

Subiram um longo lance de escadas e atravessaram uma porta gradeada guardada por dois Capacetes Escuros. Era a saída da masmorra e dava para um corredor no primeiro andar da Zeladoria; Martin reconheceu o local. Do outro lado, os soldados o entregaram aos cuidados de um outro Capacete Escuro. Martin reparou que, embora usasse o mesmo elmo negro comprido, seu uniforme era diferente do traje dos demais soldados que já havia encontrado. Deteve-se na figura: era um homem alto, forte e relativamente jovem; talvez com trinta e cinco ou trinta e seis anos de idade.

O homem o estudou com um olhar diferente do olhar de desprezo dos seus colegas. Por fim, disse apenas:

– Meu nome é Heitor Muniz, sou o chefe dos Capacetes Escuros – disse ele; depois acrescentou, quase para si mesmo:
– Não gosto de ver alguém da sua idade preso, não me parece correto; mas não me cabe decidir isso. Vamos lá, garoto.

Heitor o conduziu sozinho para longe da masmorra. Serpentearam por alguns corredores até chegarem a uma grande porta de metal, que Martin nunca tinha visto dentro da Zeladoria. Aguardaram alguns minutos, enquanto Heitor obtinha permissão para abri-la.

Quando finalmente a atravessaram, penetraram em um mundo diferente. Martin sabia onde se encontrava, embora nunca houvesse estado ali: era o pátio interno da Casa dos Anciãos. A área central era um grande espaço aberto, com caminhos de pedra clara de um tipo diferente do que era usado nas calçadas da Vila; delimitavam pequenos canteiros ornamentados com flores, pontuados por esculturas e obras de arte de uma perfeição que nunca antes vira. Havia ali uma iluminação de uma qualidade distinta da do restante da cidade; os postes eram mais altos e os lampiões pendurados neles, muito maiores e potentes. O resultado era que o ambiente tinha um colorido diferente e um aspecto acolhedor. Espalhadas pelo pátio, pessoas bem vestidas andavam e conversavam despreocupadas; em meio a elas, havia também algumas crianças e adolescentes, que presumiu serem alunos da Escola dos Anciãos.

O pátio central tinha um formato retangular e era cercado pelo prédio propriamente dito. A estrutura tinha três andares e abrigava, entre outras coisas, as residências oficiais dos Anciãos e a Escola. Cruzaram em silêncio respeitoso o espaço aberto do pátio, em direção ao lado oposto, onde Martin calculava que se situava a extremidade do prédio que dava para a Praça dos Anciãos.

Martin imaginou que, em algum lugar daquele amplo complexo, estava a lendária Biblioteca Anciã. Quando era menor, o pai havia lhe falado muitas vezes sobre ela. A Biblioteca era o local mais sagrado e de acesso mais restrito da Vila; somente os cinco Anciãos e alguns poucos eleitos podiam entrar em suas dependências. Segundo o folclore da Vila, a Biblioteca estava localizada, juntamente com os laboratórios secretos dos Anciãos, em um imenso conjunto de salas e túneis situados no subterrâneo, sob a Casa dos Anciãos. Segundo o pai lhe contara, não havia como ter certeza de que tal estrutura subterrânea realmente existia; o que era certo, porém, era que na Biblioteca havia um acervo de livros cujo conteúdo ia muito além da imaginação de qualquer um. Os títulos lá reunidos eram mantidos pelas sucessivas gerações de Anciãos e sua origem datava da época da Fundação.

O título mais importante da Biblioteca era a versão original dos Livros da Criação, os quais, segundo dizia a tradição, haviam sido trazidos diretamente do Além-mar a bordo do navio do capitão Robbins. Nas páginas dos Livros da Criação estavam escondidos os maiores segredos do regime Ancião, sobre os quais toda a sociedade da Vila se baseava, tais como o conhecimento técnico necessário para a construção dos navios.

A Biblioteca era guardada por um único encarregado que era concebido, criado e treinado durante toda a vida para a tarefa; vivia como um ermitão e morava dentro da própria Biblioteca. A função existia desde o início dos tempos e o homem, que era conhecido apenas como Bibliotecário, nunca vira nem uma única rua da Vila. Proibido de sair, era um prisioneiro dos livros de que cuidava.

O pai de Martin também havia lhe contado a respeito da outra tarefa que cabia ao Bibliotecário e que deveria ser realizada a cada seis meses: a confecção do Opérculo. Horas antes de um navio partir para o Além-mar, o Bibliotecário deveria fazer uma cópia de uma única página dos Livros da Criação e colocá-la dentro de um recipiente de vidro que seria depois fechado de tal forma que seu conteúdo somente poderia ser acessado quebrando-se o vidro. Na página copiada, existiam instruções precisas de como o capitão do navio deveria agir e que rumo teria que tomar na desorientação provocada pelo Além-mar.

O recipiente era conhecido como Opérculo e seu conteúdo só deveria ser visto pelo capitão, já em pleno Além-mar. Segundo os Anciãos, sem o Opérculo, a embarcação fatalmente se perderia na imensidão do oceano.

Tentando imaginar onde ficava a Biblioteca, Martin se distraiu e, quando deu por si, já se encontrava no interior da Casa dos Anciãos. A parte interna era ainda mais opulenta do que o pátio que haviam deixado para trás. Primeiro, entraram em um amplo *hall* que tinha as paredes e o chão revestidos em mármore. Em cada canto do ambiente, grossas colunas ornamentadas com desenhos em relevo sustentavam o teto, que ficava distante em função do pé direito muito alto. Martin sabia o que era mármore, mas nunca tinha visto o material ser usado em nenhum outro local da Vila. Na verdade, antes de mais nada, ponderou que não fazia ideia de onde ele vinha.

O ambiente contíguo era um salão cuja entrada estava guardada por pelo menos quatro Capacetes Escuros. Antes de entrar, um dos soldados disse a Martin:

– Comporte-se agora, garoto.

O salão, embora apinhado de gente, estava imerso em um silêncio absoluto. No centro da peça, havia um tapete vermelho que se estendia até o lado oposto do ambiente; de cada lado, uma multidão o examinava com os olhos e um semblante reprovador. Foi só então que teve certeza: era considerado um criminoso e aquele era o seu julgamento. No meio da plateia, identificou o tio Alpio na companhia de Noa, do senhor Marcus e de um garoto corpulento, que presumiu ser Erick. Encontrou o olhar ensandecido de raiva do tio Alpio; ele deu um passo à frente e murmurou:

– Você me envergonhou perante a todos. O Zelador Victor tinha grandes planos para mim.

O tapete vermelho terminava junto de um púlpito, sobre o qual havia cinco poltronas douradas com grossos forros vermelhos. Em cada uma delas estavam sentados cinco homens idosos vestidos com batas brancas; tinham a expressão impassível e um olhar de superioridade, como se se considerassem semideuses. Os cinco Anciãos.

Martin foi posicionado em pé, bem na frente deles. O Ancião que estava na poltrona do centro falou para Heitor:

– Chefe Heitor, este é o criminoso?

– Sim, senhor, excelentíssimo – respondeu Heitor e depois fez uma mesura discreta.

O homem que havia falado voltou-se para Martin.

– Martin Durão – disse e, apenas após uma longa pausa, acrescentou: – Você sabe quem eu sou?

Martin assentiu levemente.

– Sou Dom Cypriano, o Ancião-Mestre. Você sabe do que se trata tudo isso?

Martin sacudiu a cabeça.

– Este é o seu julgamento. Você foi apanhado em posse de uma vasta coleção de livros subversivos, os quais, acredito, eram propriedade de um criminoso perigoso chamado Niels Fahr. Apesar da pouca idade, tenho certeza de que você tem noção da gravidade do crime que cometeu – disse o Ancião e fez outra longa pausa. – As nossas Leis e tradições parecem sandice para você?

Martin permaneceu em silêncio.

– Talvez as nossas tradições possam parecer bobagem para alguém jovem e inconsequente como você. O que você precisa compreender, o que na verdade todos precisam entender, é que as Leis não foram inventadas por nós. Elas existem há séculos e têm um único objetivo: assegurar a sobrevivência do nosso modo de vida em um mundo hostil. Temos as Leis para garantir que vamos perseverar contra os monstros que vêm do Além-mar, mesmo dispondo de recursos naturais tão limitados. Devo lembrá-lo de que é somente por meio do imenso sacrifício e da dedicação de cada habitante da Vila que conseguimos vencer a meta de construir um navio a cada seis meses, como nos ordena a Lei. E é por isso que não posso permitir que ninguém, e isso inclui até mesmo um garoto como você, a desrespeite.

Depois de uma curta pausa, Dom Cypriano prosseguiu:

– Quero saber quem são seus cúmplices.

– Fiz tudo sozinho – respondeu Martin na voz mais alta que conseguiu reunir, o que acabou sendo apenas um sussurro.

– É mesmo? Tem certeza? – perguntou o Ancião-Mestre, franzindo a testa.

Martin fez que sim com um aceno de cabeça.

Um longo silêncio se seguiu. Dom Cypriano parecia pensativo, como se debatendo consigo mesmo que sentença deveria proferir. Martin reparou que em nenhum momento ele havia consultado os demais Anciãos.

O Ancião-Mestre se levantou. Parecia ainda mais velho em pé, encurvado como um corcunda. Por fim, fixou o olhar em Martin e anunciou:

– Martin Durão, filho de Cristovão Durão, você não me deixa outra escolha. Eu o declaro um fora da lei. Chefe Heitor, conduza o criminoso à masmorra da Zeladoria.

Quando ouviu a sentença, Martin sentiu as pernas perderem as forças e a visão escurecer. Pensou em gritar ou correr, mas ficou em silêncio, enquanto era arrastado para fora do salão.

★ ★ ★

Na masmorra da Zeladoria, o tempo passava de uma maneira diferente. Depois que ouvira a sentença, fora trazido de volta à prisão e colocado na mesma cela. Não sabia ao certo quanto tempo já estava ali; um mês, dois? Não fazia ideia. E, àquela altura, pouco lhe importava.

Uma das primeiras coisas que percebeu foi que nem todos ficavam presos nas celas; alguns detentos eram deixados soltos, perambulando pelas galerias. Martin logo se deu conta de que aqueles eram os encarregados de distribuir a comida entre as celas e fazer a limpeza do local; os Capacetes Escuros simplesmente não se davam ao trabalho de descer até ali. Os condenados não costumavam falar entre si e normalmente apenas vagavam pelos corredores escuros, como se fossem zumbis.

Nas primeiras semanas, acabou por se acostumar à escuridão, ao frio e até mesmo à umidade da masmorra. Seu problema maior era com a comida: a pasta malcheirosa que serviam uma vez por dia era intragável. No começo, tinha se forçado a comê-la apenas para, horas mais tarde, ser acometido por uma crise de cólica, seguida por uma diarreia profusa. Desde então, bebia um pouco de água, mas raramente comia. Estava emagrecendo e sentia com as mãos o contorno cada vez mais saliente das costelas.

Martin percebera que também havia uma sopa com um aspecto um pouco melhor e que era servida em intervalos irregulares. Quase nunca, porém, ela era colocada na sua cela.

Dias depois, no meio de um horário de descanso, Martin foi acordado por um sussurro. O som vinha de uma das pequenas janelas gradeadas no alto; alguém na calçada o chamava. Primeiro, achou que estava delirando; depois, concentrou-se na figura emoldurada na janela e teve um sobressalto. Era o mesmo mendigo que o havia impedido de ser preso na frente do prédio de Alicia Paz.

– Pegue aqui, Martin – disse ele, passando através das grades da janela dois embrulhos enrolados em panos de prato.

Martin ficou na ponta dos pés e apanhou os embrulhos. Foi entorpecido pelo cheiro que exalavam; poderia farejar aquilo a quilômetros de distância: pães e doces da padaria do pai de Omar.

– Presente do seu amigo Omar – disse o mendigo.

– Mas quem... – Martin virou-se para janela, mas ele já havia sumido.

Martin olhou ao redor alarmado; se alguém o visse com aquele tesouro, podia muito bem matá-lo. Seguro de que todos dormiam, abriu o primeiro embrulho e abocanhou um grande pedaço; ainda estava quente e se desmanchou na boca, liberando o recheio, que era de geleia de morango. O perfume penetrou nas narinas com força; fechou os olhos e, por uma fração de segundo, teve a estranha sensação de estar em um lugar melhor.

Aturdido com a reclusão, a mente trabalhava com mais dificuldade do que o normal. Omar? Sim, tinha um amigo chamado Omar. Sentiu vontade de chorar ao pensar no bonachão Omar; seu semblante sardento sempre pronto para sorrir. O amigo era simples e sincero; não havia nada complicando a sua vida: ele era seu amigo e o seria até o fim, fosse ele qual fosse.

– Vá com calma, Martin – soou uma voz na escuridão da masmorra.

O coração de Martin quase parou. Ficou em pé, retesou o corpo e se preparou para defender a comida.

– Fique tranquilo, não vou roubar o seu presente – disse a voz, que pertencia a um homem idoso, com cabelos brancos ralos e espetados. Ele tinha um olhar sereno e um semblante amistoso. Era muito magro, mais do que o próprio Martin.

– Posso me sentar enquanto você come?

Martin assentiu, desconfiado.

– Permita que eu me apresente – disse o homem, sentando-se junto da grade pelo lado de fora. – Meu nome é Johannes Bohr.

Martin parou de mastigar e estudou a figura sentada ao lado.

– Pela sua reação, presumo que você já ouviu falar de mim.

– *Ciência Moderna* – disse Martin, surpreso ao ouvir a própria voz, que não escutava havia várias semanas.

Johannes Bohr sorriu e disse:

– Você é muito inteligente. Como o pai.

Martin perdeu parte do interesse na comida; encontrar Johannes Bohr e poder conversar com alguém (ainda mais a respeito do pai) era um presente quase equivalente às iguarias que tinha ganho.

– Você conheceu meu pai?

– É claro que sim. Éramos grandes amigos e devo muito a ele.

– Como vocês se conheceram? – perguntou Martin, ainda atônito com a coincidência; não podia acreditar que estava conversando com o cientista Johannes Bohr, ali naquela caverna escura esquecida por todos.

– Seu pai era jovem e eu, nem tanto. Frequentávamos o mesmo clube de leitura. Naquela época, você provavelmente não sabe, os clubes eram permitidos e perfeitamente legais.

– E por que foram proibidos?

Johannes suspirou e disse:

– Bem, a proibição teve duas razões principais. A primeira foi a ascensão ao posto de Ancião-Mestre do homem hoje conhecido como Dom Cypriano. Ele é considerado o Ancião mais conservador e reacionário dos últimos séculos. Em segundo lugar, o nosso clube de leitura era... bem, como vou dizer... bastante ousado.

– Ousado?

– Olhe, Martin, a verdade é que éramos mesmo bem malucos. Formávamos uma coleção de intelectuais, cientistas e estudiosos das mais diversas áreas e, quando nos reuníamos, ideias bem diferentes surgiam. Foram o seu pai e outro membro do grupo, Niels Fahr, que nos estimularam a escrever as nossas ideias e a publicá-las. Foi assim que foi fundada a editora deles. Nos anos seguintes, cada um de nós produziu e publicou sua obra.

– Deixe-me adivinhar: tinha também uma tal de Alicia Paz no grupo.

– É claro que tinha – respondeu Johannes em meio a um sorriso triste. – Ela está agora em prisão domiciliar, semelhante à que foi imposta por tanto tempo a Niels Fahr.

Martin imaginou que aquilo explicava o Capacete Escuro de guarda em frente ao prédio da escritora.

– E o que aconteceu ao clube de leitura?

– A publicação da primeira leva de livros da editora atingiu a Vila como um temporal. Imediatamente os Anciãos declararam os livros como proibidos e rotularam os autores como subversivos. Talvez você não saiba, mas existe um arquivo secreto na Zeladoria com os nomes e endereços de todos na Vila; ao lado dos nossos, eles colocam um S em tinta vermelha, o que significa que somos considerados subversivos e perigosos.

Martin sabia perfeitamente disso e lembrou-se de ver aquele sinal nos arquivos, mas preferiu não dizer nada.

– E quanto ao meu pai?

– Nos meses seguintes, fomos tratados de maneiras diferentes de acordo com o grau de periculosidade que os Anciãos atribuíram a cada um. Alguns foram presos, outros condenados à prisão domiciliar e ainda outros mantidos em liberdade vigiada. Seu pai era um homem influente e respeitado na Vila e os Anciãos sabiam que não podiam mandar trancafiá-lo, pois isso causaria uma revolta na população mais esclarecida. Por isso, Dom Cypriano bolou algum estratagema, que nunca soubemos qual foi, para dominar o espírito do seu pai.

– Fosse lá o que fosse, funcionou, já que, anos mais tarde, ele inclusive iria ser voluntário como capitão em um navio – disse Martin.

Johannes concordou com um aceno de cabeça.

– Além disso, no intervalo de tempo antes de embarcar, ele trabalhou como redator do jornal da Vila, escrevendo artigos que não tinham nada a ver com ele. A verdade é que não sabemos ao certo o que houve com seu pai no período entre o fechamento da editora e seu embarque no *Tierra Firme*. Creio que os Anciãos, de alguma maneira, conseguiram controlá-lo; talvez por meio de chantagem ou algo assim. Honestamente, não fazemos ideia do que houve.

– O senhor sempre fala no plural.

– É verdade. Ainda somos um grupo, Martin. Um grupo clandestino de pessoas que querem ver todos os livros liberados na Vila e que gostariam de discutir a Lei Anciã. Ainda existem pessoas como seu pai lá fora.

– Alguém como o mendigo?

– O mendigo é um amigo; você pode confiar nele, mas não posso revelar a sua identidade – pelo menos não ainda.

– E o senhor está preso desde aquela época?

– Nossa, claro que não! – disse Johannes, acenando com uma das mãos, como se afastando a ideia. – Na época do fechamento da editora, fui considerado o menos perigoso de todos os subversivos. Afinal, eu não passava de um inventor maluco; na visão deles, eu não oferecia perigo imediato à sociedade.

– E o que está fazendo aqui então?

– Durante esse tempo todo, mantive o meu laboratório e as minhas experiências. No ano passado, em um experimento desastrado, provoquei uma pequena explosão e fui condenado a um ano de reclusão por perturbar a ordem. Não foi nada de mais e acabou sendo uma tremenda sorte.

– Uma tremenda sorte? – perguntou Martin em meio a uma careta.

– É claro. Se eu não estivesse preso, não o teria encontrado e não poderia ajudá-lo.

Martin o observou, confuso.

– Amanhã acaba a minha sentença e vou para casa. Enquanto eu saio pela porta da frente, você vai sair por aquela janela gradeada que há tempos está frouxa. Para tanto, é claro, você contará com a ajuda do mendigo. Peço desculpas se o privamos de comida durante todo esse tempo, mas precisávamos nos assegurar de que estaria magro o suficiente para passar pela abertura. Sei que você passou fome, por isso pedi os pães e doces; agora não importa mais, dentro de algumas horas seremos dois homens livres e você vai morar comigo. Amanhã, meu caro, comeremos uma refeição de verdade!

Martin trancou a respiração e achou que fosse vomitar de tão nervoso que estava. Não podia acreditar que fosse verdade: dentro de algumas horas, estaria livre. Ficou em silêncio, experimentando a ideia de ter apenas o céu sobre a cabeça outra vez.

Depois de um longo silêncio em que foi observado por Johannes, Martin decidiu continuar a conversa. Sentia-se feliz por ter alguém com quem conversar.

– Achei as coisas que o senhor descreve no livro fascinantes, mas, para ser honesto, não imagino como muitas delas seriam possíveis.

– Eu compreendo o que quer dizer. Achamos tais avanços inacreditáveis apenas porque não nos dedicamos à ciência; não creio que existam limites para o que pode ser feito por meio dela. Não se trata de bruxaria, apenas conhecimento.

– De onde o senhor tirou as ideias para aquelas invenções? Tenho quase certeza de que não existem outros cientistas na Vila com quem pudesse ter aprendido.

– É verdade, Martin. Descobri e desenvolvi a maior parte daquelas invenções sozinho. As ideias começaram a pipocar na minha mente, assim como na cabeça de muito companheiros, depois da viagem.

– Viagem?

– Eu fui tripulante do *Horizonte*, há muitos anos.

– O navio que retornou – disse Martin, estupefato.

– Sim, o único navio a retornar em mais de dois séculos. Você ainda não era nascido.

– Sempre ouvi falar que os membros da tripulação haviam enlouquecido.

– Não é uma mentira completa. A verdade é que algo acontece com a mente humana quando nos aventuramos no Além-mar; alguns de nós veem ou sonham com coisas estranhas, que parecem saídas de outro mundo, enquanto outros perdem mesmo a razão.

– Então o senhor teve visões a respeito das coisas que descreve no livro?

– Sim, e elas foram o esboço, o ponto a partir do qual iniciei as minhas pesquisas.

– E qual é a explicação para essas visões? – perguntou Martin e, quando deu por si, mesmo antes de ouvir a explicação, já estava descrevendo em detalhes o seu sonho bizarro, no qual a Vila aparecia iluminada por um foco de luz poderoso que vinha do céu.

– O sonho que você descreve é um exemplo típico de uma dessas visões. Eu não sei o seu significado, nem de onde vêm. Sei que muitas pessoas na Vila as têm e que se acentuam muito no Além-mar. A intensidade das visões, contudo, varia de pessoa para pessoa. Ninguém jamais as teve de forma mais intensa do que o meu colega de tripulação do *Horizonte*, que agora está aí ao lado, condenado à cela solitária para o resto da vida. Não é mesmo, Maelcum? – disse Johannes, dando batidas na parede da cela solitária que ficava ao lado da de Martin.

Maelcum, o escritor maluco? Martin não podia acreditar no que ouvia; a conversa estava ficando cada vez mais estranha.

Por um momento, não se ouviu nenhuma resposta. No instante seguinte, porém, uma voz cavernosa surgiu do outro lado da parede, como se vinda do centro da terra:

– Calem a boca, eu quero dormir.

– Maelcum, meu caro, estou aqui com Martin Durão, filho do capitão Durão.

Um longo silêncio se seguiu. Martin achou que a voz do outro lado da parede de pedra tivesse adormecido e não fosse responder; tencionou falar, mas Johannes o interrompeu com um gesto. Permaneceram quietos e, por fim, o silêncio foi quebrado por um som estranho, como o gorgolejar de saliva na garganta de um maluco.

– Martin? – balbuciou a voz.

Johannes sinalizou mais uma vez para que Martin não falasse.

– Martin... – sussurrou Maelcum novamente. – Eu e você somos iguais... – fez outra pausa e então completou com uma voz muito diferente, firme e intensa: – Quando tudo estiver perdido, lembre-se: siga pelo rumo magnético, cento e sete graus.

Martin trocou um olhar de perplexidade com Johannes.

– Repita! – berrou Maelcum através da parede.

Johannes tinha razão: fosse lá quem fosse que estava enclausurado naquela cela, tinha perdido por completo a razão.

– Rumo magnético, cento e sete graus – disse Martin, dando de ombros.

– Agora calem a boca que eu quero dormir! – berrou Maelcum outra vez.

– Ele não fala coisa com coisa; está totalmente doido – disse Johannes em um sussurro.

– E é por isso que foi condenado à prisão perpétua?

Johannes assentiu e completou:

– Por isso e por alardear aos quatro ventos a respeito do tal "Grande Segredo Ancião".

– E do se que trata?

– Ninguém sabe ao certo, mas é algo que os Anciãos consideram tão ameaçador que decidiram que era melhor trancafiar o coitado na solitária pelo resto da vida. Não tiveram coragem nem mesmo de levá-lo até o porto para condená-lo ao Navegador Solitário.

– E o senhor não sabe o que é esse segredo?

– Ninguém faz a menor ideia do que seja – ele respondeu e acrescentou, levantando-se: – Agora, chega de conversa, meu amigo. Termine de comer e trate de dormir. Amanhã será o nosso grande momento e você precisa estar descansado.

Martin viu-se sozinho e percebeu que não tinha mais fome. Depois de semanas sem ter o que fazer, com quem conversar ou mesmo o que pensar, agora estava assoberbado com tudo que acabara de acontecer. Já fazia ideia que o pai tomara parte em algo importante, mas não tinha noção de que fora tão grandioso. Imaginou uma glamorosa reunião de intelectuais e escritores em alguma taberna da Vila, todos animados discutindo algum assunto importante; falavam em voz alta e sem medo, pois seu encontro ainda não era considerado uma transgressão. Martin quase podia escutar o burburinho das vozes falando ao mesmo tempo, interrompidas aqui e ali por aplausos e pelo brindar de copos de cristal.

Cristovão Durão havia sido um ícone na Vila e era natural que os Anciãos olhassem com desconfiança para o seu filho. Também era essa a explicação, pelo menos em parte, do interesse do Zelador Victor em Martin. Agora, entendia que ser apanhado com os livros proibidos do clube de leitura havia sido um presente aos Anciãos: era a desculpa que precisavam para tirá-lo de cena. Mesmo sendo apenas um garoto, eles queriam evitar a qualquer custo que seguisse os passos do pai.

Como se não bastasse tudo aquilo ocupando a sua mente, Martin começou a sonhar com a liberdade; o vento em seu rosto, o cheiro das ruas e do mar, o som das pessoas conversando. Eram coisas triviais, para as quais nunca dera importância, mas que agora representavam muito. Significavam que estava vivo. Pensou em Omar e em como o mendigo teria conseguido os pães com ele na padaria. Seria a figura misteriosa alguém que conhecia? Desejou que Omar estivesse bem; torcia para que ele não tivesse sido implicado no clube de leitura. Ao pensar o mesmo de Maya, a imagem dela se cristalizou com toda a força; passou a enxergá-la bem ali, nas trevas da masmorra. Os cabelos longos, seu olhar de esperança e o sorriso alegre que podia iluminar qualquer escuridão, até mesmo aquela onde se encontrava.

Naquele ritmo, o tão aguardado momento demorou a chegar. Foi somente no fim do horário de trabalho seguinte que um Capacete Escuro entrou na masmorra, localizou Johannes e anunciou que o velho cientista estava livre; havia cumprido a sua pena. Martin não o viu partir; estava escondido, determinado a não chamar atenção. Permaneceu no mesmo local, fitando a pequena janela retangular, atento a qualquer ruído vindo da rua.

Martin quase cochilava, vencido pelo cansaço, quando algo diferente enfim aconteceu. Na rua acima, ouviu o ranger das rodas de uma carroça interromper o silêncio. O ruído logo se extinguiu: um veículo acabara de parar na calçada. Um segundo depois, escutou passos sobre o piso de pedra; estavam se aproximando. Sobressaltou-se quando a pequena abertura da janela mais uma vez emoldurou o mendigo; ele tinha a mesma barba comprida e o aspecto imundo das outras vezes que o vira.

Sem nenhum esforço, o mendigo retirou pelo lado de fora a armação de ferro da janela, que incluía as grades. Mesmo sem a moldura, a passagem parecia mínima; Martin sentiu um aperto na garganta e teve a voz roubada por um acesso de pânico: e se não passasse pela abertura?

– Vamos, Martin, chegou a hora – disse ele com a voz serena, como se o que estivessem prestes a fazer não fosse nada.

Longos braços se insinuaram pela abertura, como se fossem duas cobras; Martin ficou na ponta dos pés e se enroscou com força nas mãos e no antebraço do mendigo. Ficou surpreso com a força daqueles braços: mesmo naquele ângulo desfavorável, eles o puxaram para cima sem nenhuma dificuldade.

Martin soltou todo o ar dos pulmões para reduzir a circunferência do tórax e atravessou a janela. Arranhou-se todo na travessia, mas, quando percebeu, já estava do lado de fora.

Teve um vislumbre rápido do local onde havia emergido das trevas da masmorra: era uma rua lateral ao prédio da Zeladoria e estava vazia. Só agora dava-se conta de que era um horário de descanso; tinha mesmo perdido a noção da passagem do tempo. O mendigo colocou a moldura de ferro da janela de volta no lugar e o conduziu à parte de trás da carroça; ele indicou que se encolhesse e o cobriu com uma lona. A última cena que Martin registrou foi o mendigo correndo rua abaixo. Logo após, a carroça começou a se movimentar; outra pessoa a conduzia.

Mesmo encolhido, sem poder ver nada e dolorido dos arranhões que ganhara atravessando a janela, Martin sentiu o corpo relaxar. O cheiro de orvalho do mundo exterior penetrou em suas narinas; escutou, muito ao longe, o quebrar das ondas do mar nas pedras. Tinha saudades do mar.

O percurso que se seguiu não foi tão longo quanto tinha imaginado. Sem nenhuma noção de para onde estava indo, a única opção que tinha era esperar. À medida que o tempo passava, o ruído das ondas ia diminuindo e, minutos depois, já não podia mais escutar o mar. Presumiu que avançavam em direção ao leste da Vila. Algum tempo depois, sentiu a carroça encostar e a lona foi retirada.

Martin viu-se no pátio de uma residência antiga e às escuras. O local era remoto e isolado; as casas mais próximas estavam a certa distância, avistando-se apenas as formas das janelas iluminadas perdidas na escuridão. Enfileirados ao longe, os postes com os lampiões marcavam o trajeto da rua mais próxima. Embora não fosse a mesma residência, tudo nela remetia à casa de Niels Fahr, até mesmo o tipo de breu e a névoa que pairava no ar. Sabia que estava no leste da Vila, próximo à Cerca.

Depois de estudar o local, Martin voltou-se para a pessoa que o havia conduzido até ali. Era uma senhora de idade, com cabelos grisalhos e um sorriso triste.

– Olá, Martin. É uma pena que seja sob essas circunstâncias, mas, de qualquer modo, é um prazer conhecê-lo. Meu nome é Alicia Paz – disse ela, estendendo a mão.

Martin apertou a mão da escritora, surpreso; em pouco tempo, parecia que todos os escritores do seu falecido clube de leitura haviam criado vida.

– Noto que você está surpreso em me ver – disse ela, sorrindo.

– Achei que você estava em prisão domiciliar.

– E estou! – respondeu ela, parecendo divertir-se com o comentário. – Acontece que tenho permissão para sair uma vez por dia para comprar mantimentos e, se o assunto for importante, posso arranjar um jeito de dar uma escapulida adicional. Há tempos que aqueles Capacetes Escuros na frente da minha casa perderam o interesse em mim. Além disso, eles são muito distraídos; é fácil despistá-los.

Martin devolveu um sorriso tímido. Sentia as pernas e braços sem força, depois de tanto tempo sem comer ou dormir direito.

– Vamos logo, você precisa entrar e se esconder, enquanto eu devo retornar à minha prisão. Fique tranquilo: ainda teremos a oportunidade de conversar, creio eu – disse Alicia Paz, já dando a volta com a carroça.

No interior da casa, Johannes Bohr o aguardava; tinha preparado uma refeição improvisada e separado roupas limpas para Martin. Comeram em silêncio, ambos exaustos demais para falar. Martin conseguiu apenas indagar onde estavam e escutou de Johannes que a casa ficava em um local afastado e seguro. Mesmo assim, depois de comerem, o cientista indicou a Martin o porão onde iria dormir. Era uma medida de precaução, explicou; nos próximos dias, iriam dar falta dele na masmorra e era bem possível que revistassem a casa.

Martin atravessou uma porta escondida atrás de um armário e desceu as escadas até o porão. O local não passava de um depósito empoeirado, repleto de quinquilharias. Avistou um colchão no chão e não teve dúvidas; desabou sobre ele, adormecendo na mesma hora. Dormiria ininterruptamente pelas próximas vinte e quatro horas.

Sem coragem, você nunca fará nada neste mundo.
JAMES ALLEN

Aceite as coisas que o destino lhe traz, ame as pessoas às quais ele o une e o faça com todo o coração.
MARCUS AURELIUS

PARTE II

CAPÍTULO VIII

O EXÍLIO

Mesmo passados quase dois anos, Martin ainda se lembrava em detalhes dos primeiros dias depois da sua chegada na casa de Johannes. Havia sido um período difícil e de medo constante. A fuga logo tinha sido detectada e causara um alvoroço na Vila. Os Capacetes Escuros haviam varrido a cidade de cima a baixo à sua procura. Ficara recluso no porão por semanas, medida que de fato o salvou, pois por duas vezes a casa foi revistada. Na segunda ocasião, os Capacetes Escuros estavam furiosos e fizeram em pedaços o laboratório de Johannes.

Foi apenas quando a situação se acalmou, várias semanas depois, que Martin pôde sair do porão e examinar a casa. A residência de Johannes era uma bagunça completa, na medida em que móveis e utensílios domésticos se mesclavam com complicados instrumentos de laboratório. Naquele ambiente caótico estavam espalhados recipientes com substâncias químicas de toda espécie, e Martin temia que o cientista as misturasse inadvertidamente com a comida ao preparar uma refeição. Acabou por se acostumar com o conceito maluco de que a casa era o laboratório e vice-versa.

Nos primeiros meses, combinaram que Martin não sairia de casa; ainda consideravam isso arriscado demais. Depois, foi liberado apenas para ir até o quintal. Examinando a vizinhança a partir do pátio da casa, Martin confirmou a sua suspeita de que a residência ficava mesmo em algum ponto do extremo leste da Vila. Nos momentos em que a visibilidade melhorava, com a ajuda do luar e sem a névoa que era frequente naquela área, era possível avistar ao longe os contornos da fazenda que abastecia a cidade. Ainda mais ao longe, com muito esforço, podia adivinhar o vulto das árvores enfileiradas no horizonte; era o amplo bosque que ficava contíguo à face norte da fazenda e de onde era retirada a matéria-prima para a construção dos navios. Aquelas observações permitiam uma localização precisa de onde estava, pois Martin sabia que, na parte nordeste da Vila, o perímetro da Cerca se ampliava bastante, englobando a fazenda e o bosque. A casa de Johanes, portanto, tinha que estar no limite nordeste da Vila.

Aquele foi um período tedioso, em que Martin passou o tempo ajudando Johannes em seus experimentos, lendo os livros que ele guardava em casa ou simplesmente pensando. Havia aprendido muitas coisas novas – o ofício de ajudante do cientista era incrível –, mas nada superava o tédio que sentia. Estava isolado do mundo exterior e sabia de notícias da Vila por meio das visitas de Johannes à cidade.

Com o tempo passando e com a procura pelo fugitivo perdendo força e já quase esquecida, Johannes concordou em deixá-lo visitar os únicos vizinhos que tinham nas proximidades, um casal de idosos chamados Franz e Greta. Os dois moravam em uma casa humilde que ficava a uns bons cem metros de distância da residência do cientista. Como o casal perdera o único filho no Além-mar havia muitos anos, ambos imediatamente simpatizaram com a condição de órfão e fugitivo de Martin. Sempre que podia, escapulia para a casa deles para comer uma refeição de verdade – já que Johannes era um tanto desastrado na cozinha – ou mesmo apenas para conversar.

Naquele sábado, tinha ido à casa dos vizinhos bem antes do horário do almoço. Alguns dias antes, Franz havia prometido que fariam uma aula de esgrima naquela manhã; Martin gostara da ideia de poder quebrar a rotina e gastar energia em alguma atividade física diferente, para variar.

Durante as lições, ficou surpreso com a agilidade que Franz exibia, apesar da idade. Ele também conhecia alguns truques com a espada que aguçaram a curiosidade de Martin, pois, até onde sabia, Franz havia sido um pescador durante a maior parte da vida. Depois da aula, sentaram-se na pequena varanda, ambos exaustos e pingando suor.

– Você sabe de alguns truques bem impressionantes; não imagino nada assim fazendo parte da vida de um pescador – disse Martin, limpando o suor do rosto com o dorso da mão.

Franz abriu um sorriso desajeitado e disse:

– Todos temos os nossos segredos e acho que o meu, perto do de outras pessoas, não é nada.

Martin levantou as sobrancelhas.

– Sabe, Martin, quando tinha a sua idade eu não era um rapaz inteligente como você. Eu não sabia ao certo o que fazer da vida e, em meio a uma crise de tédio, me alistei como um Capacete Escuro.

– Eu nunca teria imaginado – disse Martin.

– Olhando para trás, nem eu – disse Franz, sem jeito. – Passei menos de um ano em treinamento com eles e vi que não tinha nada a ver com aqueles fanáticos. Pedi para sair e, por sorte, logo em seguida surgiu a vaga de ajudante em um barco pesqueiro.

– Não acho que você deva se envergonhar.

Ele sorriu e disse:

– Eu sei. Além disso, a vida como pescador foi bem mais excitante.

– Suas histórias de pescador são as minhas favoritas, mesmo sabendo que a maior parte não é verdadeira – disse Martin rindo.

– Alto lá, rapaz. É tudo a mais pura verdade.

Martin deu uma gargalhada.

– Menos aquela ocasião em que o barco se afastou demais, perdeu a Vila de vista e você viu o que mesmo?

– Aquilo também é verdade. Já que você gosta tanto da história, vou contar de novo – disse Franz. – Como você sabe, os barcos não devem jamais perder a Vila de vista enquanto pescam. Se o fizerem, além de desobedecer à Lei, correm o risco de se perder no Além-mar. Naquele dia, uns bons vinte anos atrás, estávamos pescando quando fomos surpreendidos por uma tempestade violenta que vinha do continente. Apesar de todos os nossos esforços, o vento que soprava da Vila nos empurrava para longe. Lutamos por horas, navegando em um ziguezague em que não só não saíamos do lugar, como éramos empurrados a cada bordo mais para longe da terra. Para nosso desespero, acabamos perdendo a Vila de vista por alguns instantes.

– E o que aconteceu?

– Foi tudo muito rápido. Uma névoa se formou e fomos todos acometidos por uma dor de cabeça bem estranha; não era muito intensa, mas era bem diferente de tudo que já senti.

Martin lembrou-se do desconforto que experimentara quando tinha atravessado a Cerca e imaginou se seria a mesma sensação.

– Foi então que você viu...

– Sim. Na verdade, eu primeiro escutei. Estávamos meio atordoados e muito assustados, mas, no meio da confusão, ouvimos algo que só posso descrever como um canto agudo; era muito bonito e nos acalmou um pouco. Logo depois, avistei um vulto no céu; era uma criatura com longas abas no lugar dos braços e que pairava majestosamente no ar ao sabor do vento. Creio que fosse algum tipo de animal.

– E o que aconteceu depois? – perguntou Martin, dando-se conta de que realmente gostava daquela história.

Franz suspirou aliviado, como se por pouco tivesse escapado de alguma encrenca muito séria.

– Por sorte, logo depois a pior parte da tempestade passou e conseguimos voltar à Vila.

– Não dê atenção às histórias deste velho, Martin. Aposto que ele não contou que costumavam levar um bom estoque de rum no barco para as horas de folga – disse Greta, que estivera em silêncio junto da porta de entrada durante a última parte da conversa.

Os três riram e entraram para almoçar.

★ ★ ★

Durante a maior parte do tempo, Martin auxiliava Johannes na criação de suas invenções e, depois, ajudava a vendê-las. Era assim que se sustentavam: uma vez por semana, percorriam as casas da parte leste da Vila (onde era improvável que encontrassem algum Capacete Escuro), para tentar vender as bolações do cientista. Ganhavam o dinheiro que tinham vendendo descascadores de batata a pedal, dispositivos que desligavam lampiões sozinhos e outras maluquices do gênero. Era o dia favorito de Martin; além de ser divertido ver a reação das pessoas às engenhocas, podia sair e arejar a cabeça.

No fim daquele dia, estavam exaustos, mas muito satisfeitos: haviam vendido quase tudo que tinham levado na carroça e conseguido um bom dinheiro. Johannes disse que iria à Vila e mais tarde prepararia um jantar para comemorar.

Horas depois, Martin encontrou o cientista na cozinha, concentrado em meio a vários ingredientes e com um livro aberto diante de si. Ele percebeu que estava sendo observado e sorriu:

– Fui até a Vila e comprei um livro de receitas; pretendo fazer um jantar especial para nós. Eu espero... – disse ele, coçando o queixo enquanto ruminava a respeito de alguma instrução no livro.

– Posso perguntar onde você o comprou?

Johannes parou o que estava fazendo e o fitou.

– Comprei o livro na livraria da família de Maya – ele respondeu e acrescentou: – Rapaz, aquela sua garota é mesmo muito bonita.

Martin sentiu o ânimo deixar seu corpo junto com o ar que expirou. Maya. Ainda se lembrava dela como se a tivesse visto minutos atrás; em seus sonhos, imaginava que a tocava e escutava a sua voz.

– Acho que ela nunca foi minha garota – disse Martin, dirigindo o olhar, através de uma janela, para a escuridão que havia no lado de fora.

– Eu sou mesmo um desastre – exclamou Johannes, sacudindo a cabeça. – Estou aqui tentando aprender a cozinhar para não perder você para Franz e Greta e ainda falo uma bobagem dessas.

Martin sorriu.

– Esqueça isso. Eu quase não penso mais nela – mentiu Martin. – Mais importante ainda, eu não deixaria de ser seu ajudante por nada neste mundo. Acha que eu perderia a oportunidade de ver a cara de um pacato habitante da Vila ao ser apresentado pela primeira vez a um descascador de batata movido a pedal?

Os dois riram.

– E quanto a você, nunca teve ninguém? – perguntou Martin.

O cientista mais uma vez parou o que estava fazendo e ficou em silêncio; Martin podia jurar que viu o rosto dele se iluminar.

– Bem, acho que você a conhece – disse finalmente.

Martin levantou uma sobrancelha.

– Alicia Paz. Éramos apaixonados – completou ele em meio a um sorriso tímido. – Eu era um pouco mais velho do que você quando nos conhecemos.

– E o que houve? – perguntou Martin, aproximando-se.

– Muitas coisas. Eu era obcecado pelo meu trabalho e ela, pelo dela. Os anos foram passando, ocorreram alguns desencontros e acabamos por perder um tempo precioso. Quando finalmente decidimos ficar juntos, tivemos apenas uma única noite.

– Não entendo. O que aconteceu?

– Naquela hora não tínhamos como saber, mas, no dia seguinte, ela seria sentenciada à prisão domiciliar e passaríamos anos sem poder nos ver.

Martin não podia acreditar no que ouvia. Pensou em quantos amores não tinham acontecido, quantos pais não viram seus filhos crescerem e quantas amizades não existiram por culpa do regime Ancião. Histórias iguais à dele próprio; sentia-se, de alguma forma, ligado a todas elas. Vidas interrompidas como uma frase que termina sem um ponto final.

– Eu sinto muito.

Johannes o fitou com um olhar triste que Martin já vira antes, mas que agora sabia o que significava: o olhar perdido de quem vasculhava a própria vida e a imaginava diferente.

– Tenho um conselho para você, se é que quer ouvir as bobagens de um velho maluco. Se algum dia você ganhar apenas cinco minutos que sejam com Maya e se isso for tudo que a vida estiver disposta a lhe dar, então agarre cada segundo como se fosse um século.

Martin ponderou cada palavra e depois as repetiu mentalmente para si mesmo; as guardaria para sempre, assim como aquele momento.

Johannes abriu um amplo sorriso e exclamou:

– Não fique assim tão pensativo – disse e, depois de uma pausa, acrescentou: – Você se importa em me ajudar aqui com essa parte? O que seriam cebolas refogadas?

Martin riu e partiu para ajudar; sabia que, se não interviesse, ficaria sem o jantar.

★ ★ ★

À medida que os meses passavam, Martin ficou sabendo, por meio das visitas de Johannes à cidade, que a situação na Vila estava se modificando rapidamente – e para pior. Por um lado, as pessoas estavam cada vez mais descontentes com a vida, com os altos impostos cobrados pela Zeladoria e com a ausência de liberdade, que se acentuava dia após dia. Ao mesmo tempo, como que em resposta, a Lei Anciã era imposta com cada vez mais vigor e virulência; os Capacetes Escuros tinham agora o poder de prender e conduzir sumariamente à masmorra da Zeladoria qualquer cidadão acusado de perturbar a ordem, sem a necessidade de um julgamento. A situação havia se tornado ainda mais tensa na semana anterior, com a insubordinação da tripulação do próximo navio que deveria partir para o Além-mar, o *Firmamento*. A embarcação estava pronta para a viagem, mas a tripulação se recusava a continuar o treinamento e se desmobilizara por completo.

Nas últimas semanas, Martin percebera que Johannes também havia mudado. O velho cientista tinha perdido parte do bom humor e agora parecia sempre preocupado com alguma coisa. Deitado na sua cama no porão, escutava-o sair de casa no meio de um horário de descanso para retornar horas mais tarde ou, algumas vezes, dias depois.

Johannes finalmente cedera à pressão constante de Martin e concordara em liberá-lo para um passeio na Vila; o seu primeiro desde que fora preso, há quase dois anos. Ainda muito preocupado com a sua segurança, ele havia imposto uma regra um tanto bizarra. Martin poderia ir à Vila desde que disfarçado. Quando o cientista usara a palavra "disfarce", tinha imaginado algo como uma peruca ou talvez apenas um sobretudo comprido. Na verdade, acabou por ganhar uma peruca, mas ela era de cabelos louros de uma garota e vinha acompanhada por um vestido. Se quisesse ir à Vila, Johannes dissera, teria que ir vestido de mulher. Transformar-se-ia, como tinham combinado, em uma garota chamada Alice.

No início daquele horário de trabalho, bem cedo, Martin preparou a fantasia. Com a ajuda de Johannes, deu os últimos retoques, que incluíam pequenas almofadas para fazer as vezes de seios. Alice, segundo calcularam, já estava em plena adolescência. Combinaram que o passeio deveria ser breve; Martin esticaria as pernas, daria uma olhada na Vila e nas pessoas e, de preferência, não falaria com ninguém. Ao menor sinal de problema, deveria fugir e voltar para casa.

Devidamente paramentado como Alice, Martin rumou em direção à Vila. O vento estava calmo e fazia um pouco de frio; o início daquele horário de trabalho ainda contava com a luz tímida de uma lua minguante quase se pondo. A névoa que costumava cobrir a parte leste da Vila parecia agora se estender para as regiões mais centrais da cidade, o que não era um fato comum e conferia uma tensão estranha à atmosfera.

Quando se viu no meio de uma rua típica da Vila, Martin sentiu o coração acelerar. Tentou estudar a reação das pessoas, buscando algum indício de que o disfarce fora descoberto. A princípio, tinha achado a fantasia ridícula, não poderia se passar por uma garota. Desde que chegara à casa de Johannes, crescera vários centímetros e seu corpo mudara bastante. No entanto, as pessoas na rua pareciam indiferentes a ele, ou melhor, a Alice.

Depois de vagar sem rumo por alguns minutos, decidiu fazer algo que Johannes jamais teria aprovado. Rumou para a antiga casa na rua Lis. Como esperava, a rua permanecia idêntica; tudo estava no mesmo lugar desde a última vez que estivera ali, quando Noa havia delatado o clube de leitura. A única exceção era uma nova porta que fora colocada na casa, já que a anterior tinha sido despedaçada pelos Capacetes Escuros; nela, estava afixado um cartaz oficial da Zeladoria, dizendo que a propriedade fora confiscada.

Percebendo que não havia movimento de pedestres, Martin decidiu dar um passo além e entrar na casa. O interior da residência em que vivera a sua infância tinha visto a passagem de uma tormenta; não havia um único móvel que não estivesse quebrado ou virado de pernas para o ar. Sabia que a bagunça tinha sido feita pelos Capacetes Escuros ao revistarem o ambiente à procura dos livros, e não havia, obviamente, nenhum sinal deles. Martin tinha certeza de que haviam sido todos confiscados e, em seguida, destruídos. Em meio à confusão, encontrou o retrato dos pais, amassado e rasgado bem no meio, de forma que separava a figura do casal.

Sentou-se no chão, no mesmo local que ocupava durante os encontros do clube de leitura. Estudou a gravura dos pais e, sem saber ao certo por que, fixou-se não na fisionomia deles, como costumava fazer, mas sim no fato de que estavam separados. Foi tomado por uma estranha sensação que sabia que não podia ser explicada em palavras. E se aquela separação simbólica tivesse de fato ocorrido na vida real?

Confuso, foi só então que percebeu que o olhar que tinha da casa havia mudado. Não estava mais tão triste, como costumava ficar quando entrava ali; sentia-se mais distante do pai e das lembranças das coisas que ali vivera. Por outro lado, estar naquele local o lembrava muito de Omar e, principalmente, de Maya.

Naquele momento, compreendeu que as experiências de ter estado diante dos Anciãos em seu julgamento e, depois, de ter perdido a liberdade no abismo da masmorra tinham deixado uma marca indelével em quem era e em como via o mundo. Antes, vivia entre o impulso natural de explorar e o receio de que algo pudesse dar errado. Acontece que as coisas tinham dado errado; muito errado. Dois anos se passaram e, se as coisas que enfrentara haviam lhe ensinado algo, era que não podia mais ter medo. É claro que temia os Capacetes Escuros e a sinistra figura encurvada do Ancião-Mestre, mas, agora, com a força redobrada por tudo que encarara, sabia que era muito mais intensa a sua vontade de perseguir o próprio destino. Fosse ele qual fosse.

Uma certeza tomou forma e fez Martin engolir em seco e suspender a respiração por um instante: de alguma forma, sabia que em algum momento do futuro teria que embarcar para o Além-mar. Tudo aquilo de que era feito o empurrava naquela direção. Imaginou se o mesmo não teria ocorrido com seu pai.

Subitamente livre de parte do medo com o qual aprendera a conviver, Martin tomou uma decisão. Pensou que seria arriscado demais ir até a Praça dos Anciãos falar com Maya, mas considerou um risco aceitável ir até a padaria procurar por Omar. A rua Pryn era movimentada, mas pelo menos não ficava tão próxima da Zeladoria quanto a praça.

Minutos depois, estava admirando a fachada de vidro da padaria. Nos fundos, as morfélias estavam ocupadas com o forno; e, na mesma mesa de sempre, Omar estava sentado lendo um livro, com um aspecto despreocupado. Martin entrou na padaria e parou junto à mesa. Omar estava concentrado na leitura e sobressaltou-se com a figura de cabelos compridos que se materializara à sua frente.

– Olá, Omar.

– Eu te conheço? – perguntou Omar desconfiado.

Martin puxou a peruca para trás, revelando parte da testa e dos seus cabelos verdadeiros.

– Mas que diabos, Martin! – exclamou Omar, deixando o livro cair no chão e pondo as mãos na boca. Enquanto recuperava o fôlego, seus olhos estudaram cada centímetro de "Alice". – Você está vestido como uma garota, ficou louco? Onde você esteve?

Omar se levantou e deu longo abraço em Martin.

– É um disfarce – disse Martin em voz baixa. – Sou um fugitivo, lembra?

– Eu não acredito. Eles nos disseram que você tinha morrido de disenteria na masmorra, ou algo assim – disse ele, enquanto os dois se sentavam.

– Quem disse isso?

– Ora, quem? Os Capacetes Escuros, é claro. A princípio, acharam que você tinha fugido e reviraram a Vila à sua procura. Algum tempo depois, disseram que fora um engano e que na verdade você tinha ficado doente e morrido. Meu pai bem que disse que a história não tinha pé nem cabeça.

Martin espiou através da vitrine, vasculhando o movimento na calçada.

– Bem, como pode ver, estou bem vivo, mas ainda sigo me escondendo.

– Por onde você andou nesse tempo todo?

Martin contou em detalhes tudo que havia acontecido desde que fora preso. Mencionou também a oferta do Zelador Victor para que o delatasse.

Omar pensou por um instante, como se tentasse recuperar alguma memória havia muito tempo sepultada. Por fim, falou:

– Você mencionou o Zelador; posso lhe dizer que ele continua atormentando o meu pai – disse Omar e, depois, acrescentou: – E eu me lembro desse mendigo do qual você falou. Ele esteve aqui um dia, naquela época, e me pediu comida; disse que sabia de uma maneira de fazê-la chegar até você. Eu não sabia se era verdade, mas, como estávamos muito preocupados com você, achei que não custava tentar.

– Você acreditou nele, Omar?

– Eu sei que é estranho, mas ele falava de uma maneira como se conhecesse você e a sua família. Não sei ao certo por que, mas achei que podia confiar nele.

– E você nunca mais o viu?

– Nunca mais.

Martin pensou por um momento, dando-se conta de que também não vira mais o mendigo.

– Eu não acredito que você está sentado na minha frente – completou Omar. – Sabe, Martin, as coisas mudaram para pior desde que você sumiu. A vida não anda fácil. A última diretriz do Ancião-Mestre é que as morfélias estão proibidas de continuar ensinando as crianças pequenas a ler e escrever. Você acredita nisso? A próxima geração não vai saber para que serve um livro. As pessoas estão revoltadas.

– Johannes Bohr me contou isso ontem. Também fiquei chocado.

– Eu não acredito que você está morando com Johannes Bohr.

– Você precisa ver o laboratório dele, é uma loucura completa! Aquelas coisas que ele descreveu no livro estão todas lá, além de muitas outras ainda mais esquisitas.

Os dois riram. Martin também não acreditava que estava conversando com Omar, depois de tanto tempo.

– Você ainda pensa no clube de leitura, Omar?

Omar se encolheu um pouco na cadeira.

– Eu penso, às vezes. Acho que foi mesmo uma maluquice que fizemos. Se tivéssemos ideia de como era perigoso e de como iria terminar, creio que não teríamos levado adiante.

– Eu não me arrependo, Omar, mesmo depois de tudo que aconteceu. Às vezes, quando fecho os olhos para dormir, vejo coisas que estavam naqueles livros. O que me deixa triste, na verdade, além do fato de termos perdido os livros, foi ter ficado longe de você e de Maya.

– Maya... – murmurou Omar, olhando para longe. – Rapaz, ela está cada vez mais bonita.

– Você tem falado com ela?

– Falamos às vezes, mas não como antes – respondeu Omar e acrescentou: – Sei que, com essa confusão toda na Vila, a situação da livraria está muito ruim. A família dela está atravessando dificuldades; eles não sabem o que vão fazer se forem forçados a fechar a livraria.

– Imagino que a situação esteja difícil para todos.

Omar assentiu e depois completou:

– E tem mais uma coisa: aquele seu primo asqueroso continua obcecado por ela durante todo esse tempo.

Por algum motivo, aquilo não o surpreendia. Sabia que Noa era convencido ao ponto de não saber o que era um "não".

Martin e Omar combinaram que passariam a se encontrar regularmente. Mudariam de local, se fosse necessário, e tomariam todas as precauções, mas não deixariam de se falar. Ficou um pouco preocupado com o amigo; afinal, se fosse pego em sua companhia, poderia enfrentar problemas com os Capacetes Escuros. Martin, porém, acabara de se tornar confiante no seu disfarce; se até mesmo o amigo mais antigo tinha levado alguns segundos para reconhecê-lo, significava que um desconhecido dificilmente o faria.

A confiança em "Alice" o encheu de coragem e Martin resolveu fazer uma última e perigosa incursão em seu passeio: iria até a Praça dos Anciãos, daria uma olhada no local e, com alguma sorte, tentaria avistar Maya na livraria.

Instantes depois, Martin entrou na Praça dos Anciãos, vindo da rua Pryn. O lugar estava cheio de gente, o que quase o fez dar meia-volta e desistir. Cercado pela multidão, porém, sentiu-se mais anônimo e, portanto, mais seguro. Parou próximo da estátua do capitão Robbins e então reparou que, ao lado, havia um cartaz montado em um suporte de madeira. Era uma comunicação oficial e exibia o brasão dos Anciãos. Dizia apenas:

DECRETO ANCIÃO NÚMERO 4 – COM EFEITO IMEDIATO:
PARÁGRAFO ÚNICO:
A partir desta data, todas as morfélias com tarefas educacionais estão proibidas de conduzir atividades que levem ao processo de alfabetização de qualquer cidadão da Vila.

CONSELHO ANCIÃO

A medida era chocante. Quem seria ele, se não tivesse lido todos os livros que havia lido ao longo da vida? Olhou para os lados e subitamente sentiu-se um estranho em meio àquela praça. Se as coisas continuassem naquele ritmo, em breve os Anciãos conseguiriam o que queriam: não haveria nenhuma voz discordante.

Observou a fileira de pequenas lojas que ficavam do outro lado da praça; bem no meio, identificou a livraria da família de Maya. Em um primeiro momento, não viu nenhum sinal de vida no interior da livraria. Alguns minutos depois, porém, uma forma surgiu dentro da loja. Mesmo a certa distância, era fácil reconhecer o rosto iluminado contrastando com a penumbra da rua: Maya foi para junto do balcão e colocou os cotovelos sobre a mesa, as mãos segurando o rosto. A postura era desanimada, mas Martin não sabia dizer se de tédio, tristeza, ou dos dois.

Martin teve que lançar mão de todas as suas forças para controlar o ímpeto de continuar caminhando, atravessar a praça e ir até a livraria. Concedeu-se o direito de, pelo menos, aproximar-se um pouco mais.

Observando-a de uma distância bem menor, percebeu que Omar tinha razão: Maya havia mudado. Ela havia crescido um pouco e seu corpo ganhara forma; não era mais tão magra e tinha os contornos dos quadris bem definidos e seios agora bem visíveis. A mudança nos traços faciais era bem mais sutil, mas o resultado havia mesmo a deixado ainda mais bonita.

Maya virou o rosto em direção à rua, como se de alguma forma pudesse sentir a sua presença; no instante seguinte, Martin percebeu que ela capturou o seu olhar. Maya pareceu surpresa e sem saber ao certo como reagir ao ver aquela figura de cabelos loiros compridos olhando-a fixamente. Intrigada, ela foi em direção à porta, como se tencionasse sair para interpelar a garota que a fitava do outro lado da rua.

Martin entendeu que a situação colocava os dois em risco; não podiam se encontrar no meio da Praça dos Anciãos cheia de gente, em pleno horário de trabalho. Deu meia-volta e saiu caminhando a passos rápidos, misturando-se à multidão. Sabia que Maya permanecia parada na soleira da porta da livraria, estudando-o enquanto se afastava. Podia sentir o olhar dela quase como uma sensação tátil; um toque sutil, como um lençol pousando em um corpo nu.

Retornou à casa de Johannes excitado e satisfeito com o passeio. Seu disfarce havia funcionado, tinha retomado o contato com Omar e ainda se permitira o presente de admirar Maya a distância. Sabia que a última etapa tinha sido arriscada, mas não se importava.

CAPÍTULO IX

UMA NEBLINA DIFERENTE SE FORMA E PESSOAS COMEÇAM A DESAPARECER

Martin reparou que mais uma vez Johannes não se encontrava em casa; já estava se acostumando a ficar sozinho. Naquele momento, porém, sentia algo diferente no ar. Ao longo daquele horário de trabalho, a névoa tinha se acentuado, transformando-se em uma nuvem espessa que se espalhara pela cidade. O ar estava pesado e a atmosfera, tensa. A lua em quarto minguante já havia se posto, deixando a parte leste da Vila abandonada às trevas. Martin estava inquieto: algo indistinto e elusivo o incomodava. Não sabia o que era.

Horas mais tarde, já em pleno horário de descanso, Martin foi acordado por ruídos na casa. Ainda dormia no porão, que havia adaptado para ser o seu quarto. Escutou o piso de madeira ranger com passos e o barulho de objetos sendo movidos na casa acima. Levantou-se sobressaltado, subiu as escadas do porão e espiou a sala através de uma fresta na porta.

Martin se tranquilizou um pouco ao constatar que Johannes estava de volta, mas percebeu que ele estava muito nervoso, com o semblante transfigurado de preocupação. Procurava por alguma coisa em meio à bagunça da casa, como se do resultado daquela busca dependesse a sua vida. Abriu gavetas sem fechá-las de volta, empurrou para o chão equipamentos e bugigangas que estavam sobre uma mesa e olhou embaixo de cada poltrona que havia na sala de estar. Finalmente, encontrou o que procurava em meio a uma pilha de sucata em um armário. Era um tubo de metal oco e comprido, com uma abertura em uma das extremidades. Martin reconheceu o dispositivo imediatamente: era a arma que o cientista descrevia em *Ciência Moderna*.

Depois de localizar a arma, Johannes partiu como um relâmpago, mal fechando a porta da frente. Havia algo errado. Martin não tinha mais paciência para ficar à margem das coisas; precisava saber o que estava acontecendo. Além disso, depois de tanto tempo, sentiu-se inseguro naquele refúgio afastado.

Transformou-se em Alice numa fração de segundo e partiu em direção à Vila. Johannes tinha vários minutos de vantagem e ainda por cima saíra em uma carroça. Àquela altura, já deveria estar se aproximando da área central da Vila. Martin seguiu em passos rápidos para a rua que o levaria em direção à Vila. Não tinha um plano e não sabia ao certo o que iria fazer, mas estava decidido a tentar descobrir para onde Johannes tinha ido com tanta pressa. Se o cientista estivesse em apuros, queria ajudá-lo; sabia que devia muito a ele.

Ao percorrer a rua em direção à Vila, teve certeza de que havia algo de errado. A neblina se tornara algo que nunca tinha visto antes; espessa, quase sólida, cobria a cidade como um manto cinzento. Mal conseguia enxergar o próximo poste com os lampiões que iam surgindo ao longo do caminho. O ar adquirira um odor estranho, semelhante ao de ozônio em uma tempestade de raios. Só que não estava chovendo. Martin apertou o passo e, quando percebeu, já estava correndo.

Minutos mais tarde, já percorrendo as ruas da área central da Vila, avistou, por pura sorte, a carroça de Johannes estacionada junto a uma calçada. Estava em uma viela estreita, que se comunicava com outras semelhantes em ângulos aleatórios, formando um pequeno labirinto na parte norte da Vila, próximo à rua do Porto. O local não era muito distante do posto do canhoneiro na orla do mar. Examinando com cuidado a pequena rua, não foi difícil descobrir para onde o cientista tinha ido; como era tarde, todos os pequenos prédios que se amontoavam naquela vizinhança estavam às escuras. No andar térreo de um deles, entretanto, uma claridade sutil se insinuava por baixo da porta da frente, lançando uma luz amarelada tão tênue no calçamento, que mal podia ser adivinhada em meio à neblina. Embora não escutasse nada, Martin entendeu que havia movimento ali.

Aproximou-se, com o coração prestes a sair pela boca; não fazia ideia do que se tratava, mas o ímpeto de descobrir era forte demais. Sem nenhum aviso, a porta do prédio se abriu por completo, lançando a luz amarelada com maior intensidade no éter leitoso em que se transformara a atmosfera da Vila. De uma só vez, pessoas começaram a sair para a rua. Martin reconheceu duas delas: Johannes Bohr e Alicia Paz. Uma vez fora do prédio, as pessoas se dispersavam e sumiam na escuridão; estavam apressadas e evidentemente com medo de alguma coisa.

Martin deu um pulo quando sentiu uma mão pousar levemente em seu ombro, vinda de trás. Virou-se em pânico e vislumbrou a forma que conhecia tão bem: o mendigo.

– Você não deveria ter vindo até aqui, Martin.

Martin estava surpreso demais para produzir uma resposta imediata, mas a primeira coisa de que se deu por conta foi que seu disfarce não funcionara com o mendigo.

– Vamos continuar andando. É perigoso ficar perto deste lugar – insistiu o homem, conduzindo Martin para frente.

Deram meia-volta e avançaram em direção à rua do Porto, afastando-se do prédio.

– Quem é você?

– Por enquanto não posso lhe contar. Na verdade, não faz muita diferença. Tudo que você precisa saber é que sou um amigo.

Enquanto caminhavam, Martin pôs-se a estudar a figura misteriosa. Sabia que a qualquer segundo ele iria desaparecer; daquela vez, não perderia a oportunidade de tentar descobrir quem era.

A tarefa, que já era naturalmente complicada, fora tornada ainda mais difícil pela neblina e pela escuridão. O mendigo estava vestido da mesma maneira e tinha a mesma barba comprida que ocultava a maior parte da sua fisionomia. O único detalhe que prendia a atenção eram as mãos: as palmas eram cheias de cicatrizes antigas, a maior parte de forma linear, como as de alguém que manipula cabos de um barco. Martin já as vira antes nas mãos de homens que iriam embarcar em um navio e estavam aprendendo a velejar. Um navegador.

Instantes depois, já na rua do Porto, dirigiram-se para um banco de pedra coberto de orvalho junto da mureta. Podiam escutar as ondas do mar quebrando abaixo. Devido à cerração, Martin mal podia enxergar o mendigo que estava ao seu lado.

– Temos feito um grande esforço para manter você em segurança. Você não deveria ter vindo até aqui; foi algo extremamente perigoso – disse o mendigo e, logo após, acrescentou: – Mas entendo que não podemos controlar o seu espírito de explorador.

– Fiquei preocupado com Johannes. Nos últimos tempos, percebi que ele está muito assustado com alguma coisa.

O mendigo suspirou em assentimento.

– Estamos todos preocupados, Martin. Você não percebe esta neblina? Já tinha visto algo semelhante antes?

Martin sacudiu a cabeça.

– O que é que ela significa? – perguntou Martin, temendo a resposta.

O homem fez uma longa pausa e só então sustentou o olhar de Martin e disse com a voz reduzida a um sussurro:

– Ela significa que o nosso tempo se esgotou.

Martin sentiu um arrepio e os pelos dos antebraços se eriçaram.

– E o que é que vai acontecer?

O mendigo respondeu com outra pergunta:

– Você sabe o que era aquela reunião?

– Um clube de leitura? – Martin tentou adivinhar.

O mendigo sorriu e disse:

– Antes fosse. O que você viu era um encontro de um grupo de resistência. Um grupo clandestino que foi fundado por seu pai e por Niels. Receio que sobraram apenas alguns poucos de nós agora.

– E vocês lutam contra a lei Anciã.

– Nós lutamos pela sobrevivência da Vila, Martin – corrigiu ele.

Mergulharam em silêncio. Martin percebeu que o mendigo estava diferente: tinha perdido a autoconfiança que parecia ter das outras vezes em que haviam se encontrado. Podia jurar que ele estava com medo.

– E algo vai acontecer – deduziu Martin.

O mendigo assentiu, mas permaneceu em silêncio.

– Por isso Johannes estava à procura da arma que inventou. Queria mostrá-la na reunião.

O mendigo se levantou com gestos pausados, como se estivesse exausto.

– Como disse, o nosso tempo se esgotou. Em breve, Martin, todos teremos que lutar.

Martin estava perplexo demais para responder. Quando percebeu, o mendigo já estava imerso na neblina; sua voz disse ainda:

– Vá embora imediatamente. A partir de agora, a Vila não é mais segura.

– Por quê? – perguntou Martin em voz alta, mas sabia que já falava sozinho; mais uma vez a figura misteriosa desaparecera.

Martin não teve tempo de tentar dar um significado às enigmáticas respostas do mendigo. Sem nenhum aviso, o tempo mudou. O vento, que estava calmo, foi substituído por rajadas de um padrão muito incomum. Eram correntes de ar intensas que sopravam por alguns segundos em uma direção para, instantes depois, serem substituídas por uma rajada em outro sentido bem diferente. Era como se um louco tivesse passado a controlar o clima da Vila.

Decidiu se levantar e percorreu a orla do mar junto da mureta. Entre o barulho das ondas quebrando, insinuou-se um ruído vindo de longe, da escuridão do oceano. Martin parou de caminhar e se concentrou no que ouvia. O som era distante e ele não podia distinguir a sua origem. Com o passar dos segundos e dependendo da direção do vento, porém, intensificava-se e tornava-se mais distinto.

Martin virou-se em direção ao mar. O ruído ficara mais intenso e agora parecia o som de madeira sendo esticada e rangendo em resposta; sobreposto, havia o farfalhar de ondas sendo cortadas pela proa afiada de uma embarcação. O ruído continuava a aumentar em intensidade. Fosse lá o que fosse, avançava na direção da Vila.

A respiração de Martin parou e suas mãos foram à cabeça à medida que uma imensa forma indistinta surgia do mar, em meio à neblina. Aos poucos, adivinhou a silhueta fantasmagórica de um galeão rumando na direção das pedras. Enquanto avançava, o navio balançava suavemente, embalado pelas ondas; tinha velas ao vento e o convés, até onde podia enxergar, estava deserto. Ao ver que ninguém conduzia a embarcação, Martin percebeu que ela se espatifaria com toda a força contra a rua do Porto. E foi o que aconteceu.

Com um ruído ensurdecedor, o enorme galeão investiu contra as pedras e a mureta, a poucos metros de onde estava. A terra tremeu e a proa do navio foi feita em pedaços pelo impacto. Depois da colisão, ainda à deriva, mas sem velocidade, o navio virou lentamente de lado e encostou ao longo da mureta.

A apenas alguns metros de distância, Martin viu claramente o nome da embarcação estampado na lateral, na altura da proa:

Intrepid

Sua reação após vislumbrar na totalidade a imensa forma do galeão encostado nas pedras só poderia ser descrita como "instinto de sobrevivência". A reação era difícil de ser explicada, já que não havia sinal de vida no navio. Sabia, contudo, que deveria sair dali, correndo tão rápido quanto suas pernas pudessem aguentar. E foi o que fez. Saiu em disparada como um relâmpago, as ruas da Vila passando como rápidos borrões por sua visão periférica.

Quando retornou à casa de Johannes, estava à beira de um colapso, sem fôlego e com as roupas empapadas de suor. Na bagunçada sala de estar, encontrou o velho cientista esparramado em uma poltrona; ele tinha um aspecto arrasado e fitava o chão com um olhar perdido. Em uma das mãos, segurava uma garrafa de rum vazia. Martin se preparou para receber uma reprimenda por sua aventura, mas Johannes parecia desanimado demais até mesmo para aquilo.

Recuperou apenas o fôlego suficiente para lançar a pergunta:

– Que diabos está acontecendo?

A princípio, ele não fez nenhum sinal de que tivesse escutado a pergunta. Girou a cabeça devagar e seu olhar capturou o de Martin.

– Já conversei com o mendigo. Você não deveria ter me seguido, foi perigoso demais – disse e, após uma longa pausa, acrescentou: – Infelizmente, não creio que faça diferença alguma agora.

– E por que não? – perguntou Martin, sentando-se ao lado de Johannes Bohr, que não respondeu. – É por causa do navio que acabou de encalhar na rua do Porto?

Johannes ergueu o olhar, como se já esperasse por aquilo, e disse:

– Então, já aconteceu.

– O que é que já aconteceu? – insistiu Martin, sacudindo o braço do cientista.

Johannes fez outra longa pausa, o que poderia significar que ele estava bêbado e cansado. Como àquela altura Martin o conhecia muito bem, entendeu que ele estava, na verdade, pensando cuidadosamente no que iria dizer.

– Como você já deve saber, neste horário de descanso tivemos uma reunião do grupo de resistência. No encontro de hoje, a historiadora Alicia Paz fez uma apresentação de um projeto pessoal de pesquisa que ela vem mantendo ao longo dos anos em sua prisão domiciliar. Ela analisou documentos históricos e arquivos secretos da Zeladoria, os quais, com muito custo, conseguimos surrupiar para ela.

– E a respeito de que é essa pesquisa?

– Eu sei que no seu clube de leitura você teve contato com o livro de Maelcum. Você deve se lembrar que ele, quando fala da sua grande obsessão, o "Grande Segredo Ancião", afirma que tal segredo não é difícil de ser descoberto: "basta despojar-se de todas as suas ideias preconcebidas e estudar cuidadosamente a história da Vila".

– E foi o que Alicia Paz tentou fazer.

– As possibilidades que ela levanta são mais do que chocantes; elas roubam a nossa vontade de viver e lutar. A maior parte das pessoas que estava ali não acreditou em nenhuma palavra do que ela disse; eles a chamaram de louca.

– Como chamam a Maelcum.

Johannes assentiu.

– E você teme que ela esteja certa.

– Eu tentei fazer o mesmo que ela: me despojei dos meus preconceitos e escutei atentamente enquanto ela repassava alguns eventos importantes da história da Vila. Quando ela passou às conclusões, eu, como cientista, fui obrigado a dar crédito à sua teoria.

– Logo após a reunião, encontrei o mendigo. A julgar pelo estado de espírito dele, acho que ele também compartilha da sua opinião.

– Apesar de jovem, ele é um homem sábio.

– Quero saber qual é a teoria de Alicia Paz para o "Grande Segredo" – disse Martin.

Johannes pareceu enfrentar outro grande debate interno, mas, quando tencionou falar, foi interrompido por gritos selvagens de pânico vindos da rua.

Martin conhecia as vozes: eram Franz e Greta, os vizinhos.

Os dois correram para fora e revistaram o espesso manto de neblina que os envolvia. Mais uma vez, os gritos de pavor irromperam pelas trevas; daquela vez, porém, estavam mais distantes.

– Eu vou até lá! – gritou Martin.

– Martin, não. É perigoso!

Martin ignorou o aviso e partiu a toda velocidade em meio à escuridão. Estava acostumado a ir à casa dos vizinhos e sabia em que direção ficava. A cada passo que dava, via-se envolto de forma mais intensa pelo véu negro da noite, quase como se o breu fosse algo vivo e palpável e estivesse aprisionando-o em seus tentáculos. Sentia dificuldade para respirar, ficou tonto e achou que iria perder o equilíbrio, mas continuou avançando. Desorientado, vislumbrou uma tênue luminosidade desenhando-se bem adiante. Sabia que se aproximava da residência; alguns passos depois, os contornos da casa se materializaram. Parou por um instante, o coração saindo pela boca, e examinou a forma fora de foco da propriedade que se avolumava diante de si: vista de fora, tudo parecia em ordem.

Martin recuperou o fôlego por alguns segundos e prosseguiu, na ponta dos pés, passo por passo, o ritmo ditado pelo arfar descontrolado da sua respiração. Contornou a casa em direção à entrada; a porta da frente estava escancarada, lançando um tapete de luz amarelada no chão. Aproximou-se lentamente da varanda, observando o interior da residência pelo lado de fora. Como não detectou nenhum sinal de vida, decidiu entrar.

Martin levou as mãos à cabeça e murmurou para si mesmo:

– Franz...

A sala de estar havia sido feita em pedaços. Havia móveis revirados e cadeiras e poltronas partidas ao meio de uma forma que pressupunha uma força física sobre-humana. Vidros quebrados acarpetavam o chão, junto com o que antes foram utensílios domésticos. Um cheiro forte de ozônio, com uma nota diferente, talvez como carne estragada, pairava no ar. Não havia sinal de Greta e Franz.

Johannes chegou logo depois e se escorou na soleira da porta para se recuperar da corrida. Ao contemplar a cena, fez algo que Martin nunca o tinha visto fazer: chorou. Não era um choro tímido, silencioso; o cientista soluçava de medo e, Martin percebia claramente, de raiva.

– Isso não é justo – exclamou entre os dentes. – Aqueles dois nunca fizeram mal a ninguém.

Martin foi até ele e o agarrou com força na altura dos ombros.

– Quem fez isso com Greta e Franz? – perguntou, experimentando uma fúria que jamais sentira.

– Eu não sei, Martin. Eu não sei.

Desolado, Martin soltou os ombros de Johannes; não sabia o que fazer. Se cedesse ao impulso, extravasaria a ira que o consumia e quebraria o pouco que restava da mobília. De uma forma impossível de ser explicada, sabia que nunca mais veria Franz ou Greta de novo; sentia-se capaz de qualquer coisa contra quem fizera aquilo.

Baixou a cabeça e foi então que viu: o que sobrou da porta da frente exibia marcas estranhas; eram longos sulcos lineares que penetravam fundo na madeira. Vinham sempre em grupos de quatro linhas paralelas, como se fossem as garras de algum animal selvagem. Ou de um monstro.

Martin sentiu a cicatriz em seu peito arder; levantou a camisa e sentiu com as mãos o seu relevo. Quatro linhas paralelas. Olhou novamente para as marcas na porta.

Ao erguer o olhar, encontrou o semblante aterrorizado de Johannes; o velho cientista admirava, estupefato, as marcas em seu peito.

– Por que você nunca me mostrou isso antes? – perguntou apenas.

Johannes recusou-se a continuar a conversa onde estavam. Voltaram para casa e, quando chegaram, ele pediu que Martin trancasse a porta e as janelas. Antes que Martin pudesse disparar todas as perguntas que lhe sufocavam a mente, o cientista indicou que se sentasse e esperasse.

Martin obedeceu, inquieto, enquanto observava-o revirar a casa, exatamente como tinha feito poucas horas atrás. O objeto da busca também era o mesmo: a arma que inventara, o longo cano oco de metal.

– Você precisa aprender a usar isto.

Martin engoliu as perguntas mais uma vez e apenas assentiu.

O cientista explicou que o funcionamento do dispositivo era bastante simples; o interior do tubo continha um projétil de metal com a ponta afiada, que era propelido para fora em alta velocidade por uma mistura química explosiva. Logo, para funcionar, era necessário carregar a mistura e, em seguida, o projétil. Para disparar, bastava pressionar uma pequena alavanca na parte de baixo de uma das extremidades do tubo. O segredo para o sucesso da arma, segundo ele, era fazer a pontaria com calma e estar seguro na hora do disparo. A saída do projétil também ocasionava um coice, e Martin devia estar preparado para ele. Por último, Johannes lhe mostrou um baú de madeira repleto de armas e projéteis prontos para uso, bem como uma forma para depositar o metal fundido para fazer mais projéteis, caso fosse necessário.

– Por que você está me explicando tudo isso?

– Não sei se estarei por aqui por mais muito tempo, Martin. Você precisa estar preparado – disse ele, entregando a arma para Martin examinar e depois deixando-se cair sobre a mesma poltrona que ocupara antes.

– Preparado para o quê? O que é que houve com Franz e Greta?

– Não sei, Martin. Ninguém sabe por que acontece, mas o que todos sabemos é que, de tempos em tempos, essa neblina estranha que você vê lá fora se deposita na Vila. Quando isso ocorre, só há uma certeza: pessoas vão desaparecer. Às vezes, são uma ou duas; em outras ocasiões, são dezenas de uma só vez. Ninguém sabe quem são os responsáveis ou por que algumas pessoas são escolhidas e outras não.

As lembranças que afloraram na mente de Martin o atingiram como um soco no estômago. Sua mãe. Sabia que ela havia desaparecido em uma circunstância como aquela.

– Minha mãe...

– Sabemos que ela desapareceu em um episódio de neblina. Você era muito pequeno, creio que tinha um ou dois anos, no máximo.

Martin levou as mãos ao peito, sentindo mais uma vez a cicatriz.

– E isso está ligado, de alguma forma, a esta cicatriz que sempre tive?

Johannes pareceu transfixado pela pergunta, como se já a estivesse fazendo para si mesmo desde que a vira.

– Não sei, Martin. Essa sua cicatriz... – ele titubeou. – Ela está ligada a tudo que esta acontecendo de uma forma que eu ainda não compreendo. Eu sei que você está cheio de perguntas, mas precisa me dar mais tempo.

– Eu preciso saber a verdade, ainda mais se tudo isso estiver ligado ao desaparecimento da minha mãe.

– Ninguém na Vila, com exceção dos Anciãos, sabe a verdade.

– Só que, agora, Alicia Paz tem uma teoria a respeito.

Johannes concordou com um aceno de cabeça.

– E você não vai me contar qual é a teoria de Alicia?

– Eu não posso, por um motivo muito simples: não entendi tudo que Alicia está sugerindo. Em primeiro lugar, quero ir até lá apanhar os documentos que ela guarda escondidos em casa; preciso garantir que eles fiquem a salvo e ela também. Farei isso, pois, se ela estiver mesmo certa, todos corremos perigo e é possível que você seja o único a sair vivo disso tudo. Também é por esse motivo que você não deve ir junto.

Martin remoeu as dúvidas que tinha.

– E quanto aos meus amigos, Maya e Omar; eles também correm perigo?

– É preciso que você entenda que não há como ter certeza de quem irá desaparecer. A princípio, todos na Vila correm perigo.

– Eu preciso avisá-los – disse Martin, a urgência que sentia roubando-lhe o ar.

– Não há tempo agora, Martin. Preciso encontrar Alicia.

– Mas o prédio dela é guardado pelos Capacetes Escuros. Como você irá entrar?

– Acredite, não encontrarei nem um único Capacete Escuro no trajeto.

– Não entendo. Por que não?

– Porque estarão junto da Casa dos Anciãos, protegendo a elite da Vila.

Martin seguiu Johannes até a carroça; ele carregava a arma de cano longo, além de um cutelo. Assim que ele subiu na parte da frente, Martin percebeu que o cientista não iria a parte alguma daquele jeito. O cavalo andava de um lado para o outro, dando pinotes, apavorado. Martin conhecia o animal e sabia que ele fora possuído por um pânico que estava muito além de qualquer tentativa de controle. O animal divisava, nas profundezas da névoa, um perigo que eles pressentiam apenas como uma presença indistinta.

Johannes decidiu ir a pé. Martin o observou desaparecer na névoa após alguns poucos passos. Retornou para o interior da casa e trancou a porta. Sentou-se em uma cadeira de frente para a entrada; ao lado, deixou uma das armas de cano longo carregada.

Seu corpo tremia de cima a baixo; não podia acreditar que Greta e Franz tivessem sumido. Tinha que existir uma explicação para toda aquela loucura.

Pensou em sua mãe. Tentou se concentrar e juntar todas as peças de informação que tinha a respeito dela; lembranças, comentários do pai ou de qualquer outra pessoa, não importava, qualquer coisa. Começou repassando o que sabia: era muito pequeno quando a mãe sumira e sabia que o desaparecimento tivera algo a ver com a neblina. A partir de então, fora criado pelo pai com a ajuda de uma morfélia chamada Amélia. O pai nunca falava na mãe e apenas raramente pronunciava seu nome: Joana Durão. Não tinha como saber de mais nada, era muito pequeno.

Uma ideia se insinuou em sua mente: poderia procurar Amélia. Sabia que a morfélia ainda cuidava de crianças em uma creche perto da rua Lis. Era uma ideia, contudo, com poucas chances de sucesso. Fazer uma morfélia falar não era uma tarefa fácil e era por isso que nunca pensara naquilo antes. Agora, porém, estava desesperado em busca de qualquer coisa, mesmo que fossem apenas fragmentos de informação. Se Johannes estava apavorado demais para contar a verdade, Martin a descobriria por si próprio.

Antes, porém, precisava cuidar de um assunto ainda mais urgente: Maya. Precisava saber se ela estava bem. Tinha que avisá-la do perigo que pairava sobre a Vila, se é que ela já não sabia. Trataria de descansar algumas horas (se conseguisse) e depois rumaria para a livraria. Daquela vez, não ficaria apenas olhando-a da calçada; entraria e falaria com ela.

O pesadelo que teve ao adormecer foi o mais horrendo da sua vida. O sonho foi curto, com apenas uma única cena. Nela, um bebê aos prantos era arrancado dos braços de uma mãe desesperada por uma morfélia que estava de costas para Martin. Já com a criança nos braços, ela começou a se virar na direção do observador. Quando Martin vislumbrou o rosto da morfélia, seu sangue congelou. O corpo pertencia a uma morfélia, rechonchudo e humano, mas a cabeça... no lugar da cabeça, havia o rosto de outra criatura: um Knuck.

Martin foi acordado pelo urro de pânico que ele mesmo produzira. Estava ensopado de suor; o coração saindo pela boca. O corpo flácido, paralisado de terror, deslizou da cadeira para o chão.

Apenas depois de vários minutos, conseguiu controlar a respiração. Lavou-se com água gelada, trocou de roupa e saiu porta afora.

O mundo exterior ainda continuava fora de foco; o mesmo manto maligno mantinha o seu domínio sobre a Vila. Em meio à escuridão turva, Martin teve que adivinhar a posição onde deveria estar a rua que o levaria para a área central da cidade. Percorreu o caminho olhando por cima dos ombros a toda hora, esperando o primeiro sinal de algum som anormal. Mas não havia nada. A Vila estava imersa em um silêncio impenetrável, como se fosse uma cidade fantasma.

A sensação que teve ao caminhar pelas ruas centrais da Vila não foi diferente. Para o início de um horário de trabalho, havia um número muito pequeno de pessoas nas ruas. As que se aventuravam fora de suas casas tinham um aspecto amedrontado e caminhavam sempre olhando para trás, tropeçando nos próprios pés, como se estivessem prestes a ser atacadas pela própria sombra. A Vila estava silenciosa; não se escutava o burburinho das conversas casuais ou as risadas

das crianças. Ninguém falava; muito menos se viam crianças em qualquer parte.

Ao chegar na Praça dos Anciãos, Martin entendeu o motivo do pouco movimento nas ruas. Avistou, junto à estátua do capitão Robbins, um segundo cartaz colocado ao lado do primeiro. Aproximou-se para lê-lo:

DECRETO ANCIÃO NÚMERO 5 – COM EFEITO ATÉ SEGUNDA ORDEM:
PARÁGRAFO ÚNICO:
Em virtude da neblina atípica que paira sobre a Vila e de seus nefastos e conhecidos efeitos, fica declarado toque de recolher geral e irrestrito.

CONSELHO ANCIÃO

Martin parou para olhar ao redor. Percebeu que Johannes estava certo: o lugar estava tomado por Capacetes Escuros. O mais estranho, porém, não era nem mesmo a concentração incomum de soldados ao redor da Casa dos Anciãos, mas sim a sua atitude indiferente às pessoas que circulavam pela rua. Normalmente, os Capacetes Escuros estavam sempre de olho nas pessoas; estudavam-nas a distância, procurando por qualquer sinal de transgressão às regras e aos costumes. Naquele momento, entretanto, encontravam-se indiferentes e olhavam uns para os outros como se esperando que o companheiro ao lado indicasse onde estava o perigo invisível.

Martin atravessou a praça e foi direto à livraria dos pais de Maya. Entrou na pequena loja esperando escutar o som de alguém lá dentro, mas não havia nada; o silêncio do mundo exterior se estendia à livraria. Deteve-se no pequeno vestíbulo, assustado ao pensar que talvez o local estivesse vazio; algo teria acontecido e forçado a família de Maya a sair de casa?

Olhou em volta e percebeu que o lugar tinha mudado. As prateleiras e as estantes da entrada antes tinham uma grande variedade de livros diferentes, o que lhes conferia um aspecto multicolorido típico. Agora, porém, eram monocromáticas: estavam repletas de livros idênticos. Martin sabia o que eram: versões autorizadas da biografia do capitão Robbins e os Livros da Criação.

Foi até o balcão, imaginando se Maya iria emergir por detrás dele como fizera há tanto tempo. Mas não viu ninguém. A livraria silenciosa se achava escondida na luz insegura de um único candelabro que repousava sobre o balcão; atrás dele, em direção aos fundos, livros enfileirados bruxuleavam à meia-luz. Olhando para a rua, através da vitrine, a impressão que se tinha era de que o vidro fora pintado de branco; não se via nada além dele. Era como se o mundo lá fora tivesse acabado e o universo se resumisse à livraria.

Uma voz doce temperou o ar, vinda dos fundos.

– Posso ajudá-la?

Martin se virou e viu Maya surgindo em meio aos livros. Estava mais bonita do que nunca, com os cabelos soltos e compridos. Tinha um olhar triste, quase desesperado, mas que ainda retinha a mesma doçura.

Quando Maya fixou seu olhar no de Martin, seu semblante ficou tenso e lágrimas começaram a rolar.

– Martin... – disse ela em um sussurro, ignorando Alice por completo.

Os poucos metros que os separavam foram engolidos pela saudade. Quando deram por si, abraçavam-se com força; mãos e braços se enroscado como se estivessem em meio a um vendaval que ameaçava separá-los a qualquer instante. Maya repousou o rosto no peito de Martin, que agora percebia que, com o tempo transcorrido, havia se tornado vários centímetros mais alto do que ela.

Por fim, ela se soltou; afastou-se um pouco, enquanto seus olhos o estudavam.

– Você está vestido como uma garota.

Martin ficou em silêncio fitando os olhos verdes de Maya, que na penumbra pareciam escuros e mais intensos do que nunca.

No instante seguinte, Maya franziu a testa e lançou um olhar rápido para a entrada da livraria: ela entendera a razão do disfarce.

– Vamos subir.

Maya foi até a porta e virou para o lado de fora o aviso que dizia "Fechado"; depois, pegou Martin pela mão e o conduziu até o andar de cima, onde ficava o apartamento em que morava com a família.

O lugar estava às escuras e Martin esperou junto à porta, enquanto Maya acendia um lampião. Assim que o ambiente criou vida, Martin tirou a peruca e se acomodou em uma poltrona. Durante todo o tempo, não tirou os olhos dela; estava entorpecido pela visão de Maya. Somente agora entendia o que Omar tinha dito sobre ela estar diferente: com dezesseis anos, já completara a sua transformação em uma mulher adulta.

Maya serviu chá para os dois e se sentou de frente para Martin.

– Não acredito que você está aqui bem na minha frente.

Martin sorriu e apanhou as mãos dela nas suas.

– Tive tantas saudades de você. Fiquei tão preocupada. Depois que você foi preso, eu e o meu pai tentamos de todas as formas conseguir alguma informação a seu respeito, mas ninguém falava nada. Diziam apenas que você era um fora da lei e que estava na masmorra da Zeladoria. Algum tempo depois, recebemos a notícia de que você tinha ficado doente e morrido na prisão.

– E você acreditou?

– Sempre achei que você estava vivo e que tinha, de alguma forma, conseguido fugir. Conversei com Omar a respeito e ele me contou que tinha ocorrido uma mobilização dos Capacetes Escuros em busca de um possível fugitivo da masmorra. Quando ouvi aquilo eu soube que você estava bem – disse ela. – Eu sonhei com este momento; sonhei com a hora em que você iria entrar pela porta da livraria e me procurar.

Martin fez um longo relato de tudo que acontecera desde o momento em que fora preso até o "exílio" na afastada residência de Johannes Bohr.

– Eu não acredito que você foi morar com Johannes Bohr!

– Você iria adorar conhecê-lo, Maya. É uma figura incrível; devo muito a ele, e não estou falando apenas da minha fuga.

Maya escondeu um sorriso com as mãos.

– Eu não acredito que ficamos todo esse tempo separados – completou Martin.

Maya ficou séria, relembrando tudo o que tinham passado.

– Sempre que fecho os olhos para dormir, me vejo naquela rua, naquele horário de descanso – disse ela. – Você não imagina o que aconteceu momentos antes da sua prisão.

Martin sabia do que ela estava falando.

– Como você deve lembrar, eu tinha um jantar com Noa aqui em casa. Eu estava decidida a não ficar e parti para o nosso encontro. Como era muito cedo, perambulei pelas ruas da Vila, para fazer hora. Mais tarde fiquei sabendo que, durante aquele intervalo de tempo, Noa, furioso por eu não ter aparecido no jantar, procurou o seu tio Alpio. Ele contou ao pai que, ao me seguir em uma outra ocasião, descobrira a respeito do clube de leitura. Seu tio, escandalizado, alertou os Capacetes Escuros, que montaram imediatamente a tocaia na casa da rua Lis.

Durante todo aquele tempo, Martin tentara não pensar no que tinha dado errado naquele encontro. Com as palavras de Maya, porém, todas as lembranças que tinha retornaram de uma só vez, como ondas do mar de ressaca.

– Omar me disse que ele continua no seu pé.

Uma sombra pareceu cobrir o rosto de Maya.

– Você não imagina como a vida piorou, Martin.

– Reparei que a livraria agora só vende literatura Anciã.

Maya assentiu e desviou o olhar, como se estivesse envergonhada.

– A repressão aumentou muito nesses últimos tempos. Como você já deve saber, o negócio dos livros está com os dias contados. As morfélias estão proibidas de ensinar as crianças a ler e escrever.

– Deixa eu adivinhar: Noa continua se oferecendo como a solução dos seus problemas.

Maya uniu as mãos junto ao rosto e disse pausadamente:

– Devido ao que aconteceu, nunca tive a oportunidade de explicar a minha situação com Noa.

Martin sentiu o coração disparar. Mesmo depois de tanto tempo não sabia se estava pronto para escutar aquela história.

– O que está acontecendo agora começou naquela época. Noa é filho de um funcionário importante da Zeladoria e você sabe como as coisas funcionam. Por mais que eu quisesse, não podia simplesmente *mandar ele* se catar.

– E por que não?

– Eu tinha que pensar nos meus pais. Os negócios na livraria iam de mal a pior. Mesmo naquele momento, as pessoas já estavam lendo cada vez menos e as vendas despencavam. A minha mãe havia retomado o antigo emprego como costureira para ajudar no orçamento, mas não era suficiente. Tínhamos certeza de que, naquele ritmo, a livraria não duraria mais do que um ano e, se ela fechasse, não saberíamos o que fazer. Além de ser a nossa fonte de renda, o negócio dos livros é a vida do meu pai.

– E foi aí que entrou Noa.

– Como você sabe, a venda de livros é controlado pelos Anciãos, por meio dos seus fantoches na Zeladoria. Se qualquer um de nós se indispuser com alguém de lá, é encrenca na certa. Era exatamente o que não precisávamos: uma batida de fiscais da Zeladoria, confiscando nosso estoque de livros sob qualquer desculpa esfarrapada.

– Vocês temiam que Noa, rejeitado, fosse chorar suas mágoas para o tio Alpio, que poderia tomar as dores do filho e usar a sua influência para dificultar a vida na livraria.

– Não é difícil de entender, não é? Não sabíamos mais o que fazer – disse Maya, as lágrimas escorrendo pelo rosto.

– Então, seus pais queriam que você namorasse Noa?

– É claro que não. Eu havia dito a eles que não queria nada com ele, mas eles me explicaram que era necessário conduzir toda a situação com muita diplomacia. Por isso, a minha mãe insistiu que ele viesse jantar aqui em casa naquele sábado em que você foi preso.

O sentimento que Martin teve, ao ver a altiva Maya que conhecia parecer tão indefesa e desesperada, foi muito difícil de descrever. Quando deu por si, estava sentado ao lado dela, abraçando-a com força.

Ficaram juntos por vários minutos, mergulhados em um silêncio absoluto. Era como se o mundo tivesse parado e os problemas, se dissolvido na atmosfera. Naquele momento, tudo de ruim que havia no universo não passava de uma recordação distante.

Depois de um longo período, que desejou que nunca acabasse, Martin perguntou apenas:

– Por que você não me contou?

Ainda abraçados e com o rosto muito próximo, Maya respondeu:

– Eu ia contar naquele sábado, mas então tudo aquilo aconteceu...

Martin soltou o abraço e retornou para o seu lugar.

– E durante esse período...

– Nada nunca aconteceu entre nós, eu juro; mas tivemos que mantê-lo próximo – disse Maya. – Ele é obcecado por mim de uma forma doentia. Noa quer se casar comigo a qualquer custo; em troca, promete usar o prestígio do pai para conseguir que a livraria seja a única autorizada a vender os Livros da Criação e as biografias do capitão Robbins.

– Então você vai se casar com ele?

– Está maluco? É claro que não.

– Mas ele está encurralando você e a sua família.

– Na verdade, é a lei Anciã que está encurralando, e não somos apenas nós, são todas as famílias da Vila. Estamos mesmo ficando sem alternativas; se fecharmos a livraria, passaremos fome. É simples assim.

Martin ficou em silêncio, pensando no que ouvira.

– O que você pretende fazer? – perguntou por fim.

– Olha, Martin, estamos enfrentando tempos difíceis, com escolhas difíceis. Pensei muito no assunto. Se no futuro eu tiver que me casar com Noa para que a minha família não passe fome, eu me casarei.

– Seu pai jamais concordaria com algo assim.

– Ele não precisa saber da verdade. Posso dizer que, com o tempo, passei a gostar de Noa, ou algo desse tipo.

Martin não acreditava no que ouvia; como poderiam todos ter chegado àquele ponto?

– Não vamos deixar que isso aconteça, Maya. Vamos pensar numa solução.

Abraçaram-se em silêncio mais uma vez, até que a realidade se interpôs entre eles e Martin lembrou-se do que estava do lado de fora... a neblina. Afastou-se um pouco e disse:

– Antes disso, temos preocupações mais imediatas.

– Aquela neblina lá fora... eu sei o que significa.

– Onde estão seus pais?

– Obtiveram permissão para visitar o senhor Alphonse, de quem são amigos.

– Por quê?

– Você não sabe?

Martin sacudiu a cabeça.

– A esposa dele, a dona Anna, sumiu ontem – respondeu Maya e depois acrescentou: – Escutamos boatos de que já são dezenas de pessoas desaparecidas.

Martin não acreditava no que ouvia; gostava muito da dona Anna. Pensou em Omar, que ficaria arrasado com a notícia. Apesar de não querer assustar Maya ainda mais, decidiu contar a respeito do casal de vizinhos seus que também havia sumido.

– Quem está levando essas pessoas, Martin?

– Não faço ideia. Tudo que sei é que devemos nos proteger, ficando perto uns dos outros e com os olhos bem abertos enquanto a neblina não for embora.

Martin retirou de um bolso do casaco uma das armas de cano longo de Johannes e a alcançou para Maya; em seguida, explicou como usá-la.

– Não mostre isto para ninguém e use apenas em último caso.

– Eu não acredito – disse Maya. – A arma que Johannes Bohr descreve no livro.

– Espero que não precisemos usá-la.

– O que vamos fazer?

– Você deve ficar aqui com seus pais. Quando eles voltarem, tranquem a porta e não saiam mais de casa. Não desçam nem mesmo para a livraria. Apenas fechem tudo.

– E você?

Martin pensou por um momento e disse:

– Eu acho que Johannes acaba de descobrir, pelo menos em linhas gerais, o que está acontecendo. Ele está apavorado demais para falar tudo de uma só vez. Vou tentar descobrir alguma coisa por conta própria.

– Do que você está falando?

Martin levantou a camisa e mostrou a cicatriz para Maya. Ela levou as mãos na boca em espanto.

– Quem fez isso com você?

– Eu não sei. Tenho esta cicatriz desde sempre e já cheguei a pensar que era uma marca de nascença. Quando Johannes a viu, ficou apavorado de uma forma que eu nunca tinha visto; depois daquilo, não consegui arrancar mais nada dele.

– Eu não entendo.

– Eu sei que a minha mãe desapareceu em um episódio de neblina como esse. Não sei explicar por que acho isso, mas acredito que esta cicatriz está ligada, de alguma maneira, ao sumiço dela.

Maya sacudia a cabeça, incrédula.

Martin levantou-se e disse:

– Preciso ir. Tenho que descobrir o que está acontecendo.

– Quando nos vemos de novo? – perguntou ela.

– Você só deve sair daqui depois que a neblina for embora.

Maya se levantou e se postou na frente da porta; tinha um sorriso no rosto e seus olhos estavam fixos em Martin.

– Assim que tudo isso passar, nós dois vamos a um encontro que está dois anos atrasado – disse ela.

Martin sorriu.

– Assim que a neblina for embora, nos vemos na rua Lis – completou Maya, beijando-o suavemente na boca e deixando-o atravessar a porta.

Martin partiu para as trevas do mundo lá fora tão mais leve que quase se esqueceu de colocar a peruca. Não conseguia descrever o sentimento de ver Maya, e guardava o seu gosto nos lábios. Caminhou em direção à rua Pryn, onde tinha esperanças de encontrar Omar na padaria. Precisava do amigo, pois tinha planos de conversar com uma morfélia – o que era uma tarefa complicada – e Omar era especialista no assunto.

Encontrou a padaria fechada, assim como todo o resto do rico comércio da rua Pryn. Bateu na porta da frente com força, várias vezes, até que o pai de Omar o atendeu. A princípio, o senhor Tsvi ficou intrigadíssimo com a visita daquela moça, em meio à crise em que a Vila se encontrava; em seguida, porém, percebeu que era um disfarce. Martin puxou a peruca e se identificou. O pai de Omar quase caiu para trás em espanto e ficou muito feliz em vê-lo vivo. Ele insistiu para que Martin entrasse e avisou que Omar estava lá dentro.

– Não é o momento de ficar parado em uma calçada escura, meu caro. Especialmente depois de tudo que passou– disse ele.

Martin encontrou Omar dentro da padaria; ele e o pai faziam uma faxina na parte da frente do estabelecimento, enquanto as morfélias trabalhavam na cozinha, nos fundos. Martin percebeu que eles estavam se preparando para ficar fechados por pelo menos alguns dias.

Martin explicou em linhas gerais a Omar o que pretendia. Ele entendeu que havia mais naquela história do que Martin tinha falado e convenceu o pai a deixá-lo dar uma volta com o amigo. Argumentaram que ficariam por perto, na vizinhança, o que era verdade, já que a creche que pretendiam visitar não ficava longe.

– Rapaz, essa neblina me dá arrepios – disse Omar, enquanto caminhavam pela rua escura alguns instantes depois.

Martin contou de um fôlego só tudo que havia acontecido, incluindo o desaparecimento dos vizinhos, as coisas que Johannes havia mencionado e o pesadelo que tivera. Não deixara para trás nem mesmo a questão da cicatriz, que sabia que Omar já conhecia desde que eram crianças, e do pânico do velho cientista ao vê-la.

Caso continuassem no passo em que estavam, chegariam à creche antes de terminar a conversa; por isso, tiveram que parar em uma travessa mal iluminada.

– E você acha que tudo está interligado? Esse suposto "segredo", a neblina e o sumiço da sua mãe?

– Johannes estava apavorado demais para me dizer coisa com coisa. Precisamos descobrir por conta própria o que é que está acontecendo.

– Martin, você sabe muito bem que interrogar uma morfélia é como fazer serenata para uma parede; simplesmente não funciona. Elas não respondem nada de abstrato e, quando indagadas de forma direta, costumam dizer apenas "sim" ou "não".

– Eu sei, e é por isso que preciso de você.

– De mim?

– É claro, você é um especialista em morfélias; cresceu atazanando Licélia e Lucélia. Se existe alguém na Vila capaz de arrancar alguma informação de uma morfélia, é você.

– Queria que você estivesse certo, Martin, mas não acho que consiga. Tenho certeza de que vamos perder tempo.

– Pode ser, mas precisamos tentar.

Retomaram a caminhada e, poucas quadras depois, entraram em uma viela na parte norte da cidade. A rua era estreita, com pequenos prédios amontoados dos dois lados; estava deserta e os únicos sons que ouviam eram o dos próprios passos. Ao longo da via, enxergavam com dificuldade os lampiões pendurados perfilando-se na névoa. Avançaram medindo cada passo, enquanto Martin examinava as fachadas em busca da creche. Lá pela metade da rua identificou um cartaz muito antigo, pintado em letras escuras: "Creche o Pequeno Ancião".

Omar bateu na porta diversas vezes, primeiro suavemente, depois com bastante força.

– Acho que, apavorados como todos estão, ninguém vai abrir a porta de casa nenhuma na Vila hoje.

Estavam prestes a desistir, quando uma portinhola se abriu na parte de cima da porta de madeira. Na pequena abertura, viram um olho redondo de morfélia emoldurado; foram examinados de cima a baixo e então escutaram o ranger da porta abrindo-se em uma fresta.

– O que vocês querem? – perguntou a morfélia.

– Queremos conversar com a Amélia, sabemos que ela trabalha aí – respondeu Omar.

– Vocês são da Zeladoria? Vieram fazer uma inspeção?

Martin chegou a pensar em aproveitar a oportunidade, mas recuou.

– Não – respondeu Omar. – A Amélia ajudou a criar um de nós e gostaríamos de conversar com ela sobre isso.

A morfélia hesitou e não respondeu. Era o tipo de solicitação que não fazia sentido em sua lógica: os dois haviam crescido, certo? Logo, o trabalho tinha sido bem-feito e não havia o que discutir.

Depois de estudar Martin e Omar outra vez, a morfélia decidiu abrir a porta. A entrada levava diretamente a uma sala ampla que, apesar de estar repleta de crianças brincando, encontrava-se na mais perfeita ordem. As crianças eram todas pequenas e estavam separadas em grupos por idade; alguns bebês em berços num canto e crianças de dois ou três anos em outro. Cinco morfélias cuidavam do lugar. Em meio a elas, Martin reconheceu Amélia, que não parecia nem um dia mais velha desde a última vez que a vira, aos sete anos de idade.

A morfélia que abriu a porta os deixou aguardando em pé e foi chamar Amélia. Convenções como convidar o visitante para se sentar ou oferecer algo para beber simplesmente não existiam para elas.

Como queria ser reconhecido, Martin percebeu que teria que correr o risco e tirar a fantasia. Deslizou a peruca e arrumou com as mãos os cabelos que ficaram espetados.

– Em que posso ajudá-los? – disse Amélia aproximando-se, fitando os dois com os grandes olhos redondos.

Como combinado, Omar assumiu o papel de interlocutor.

– Queremos conversar com você a respeito deste rapaz e da sua família – disse, apontando para Martin.

Amélia lançou um olhar rápido para a figura segurando a peruca de garota e anunciou:

– Você é o filho de Joana e Cristovão Durão. Seu nome é Martin Durão.

Martin assentiu.

– Você ajudou o pai dele a criá-lo na ausência da mãe? – perguntou Omar.

– Sim.

– Martin gostaria de saber alguma coisa sobre a sua mãe.

– A mãe dele é a criatura que o gestou em seu ventre por nove meses. Como já disse, seu nome era Joana Durão.

Omar lançou um olhar para Martin que dizia tudo; aquela era uma típica resposta com lógica linear de uma morfélia. Martin gesticulou de maneira discreta, estimulando o amigo a continuar.

– Excelente resposta, cara Amélia – disse Omar e depois acrescentou: – Ocorre que a senhora Joana Durão acabou por desaparecer em um episódio de neblina como esse que agora vemos sobre a cidade.

– Sim, está correto.

– E para onde ela foi? – perguntou Omar, dando-se conta de que era uma pergunta muito vaga.

– Não sei.

Omar fez uma pausa e baixou um pouco a cabeça, enquanto meditava. Martin pôde perceber que ele estava com a mente funcionando a todo vapor, tentando encontrar uma saída. No segundo seguinte, ele levantou o olhar e seu rosto se iluminou.

– O bebê estava junto no momento em que a mãe sumiu?

Amélia levou uma fração de segundo a mais para responder e disse:

– Sim.

– Naquele momento, o bebê correu perigo?

– Sim.

– O senhor Cristovão Durão estava junto?

– Não.

– Você estava junto?

– Não.

– Quem encontrou o bebê?

– O senhor Cristovão Durão.

– O bebê estava ferido?

– Sim.

Martin estava estupefato; nunca virá ninguém arrancar tanto de uma morfélia. Omar não escondia o ar de triunfo.

– E é esse o ferimento? – indagou Omar apontando para Martin, que demorou a entender o que ele queria.

Ficou perplexo quando compreendeu que Omar queria que ele mostrasse a cicatriz.

Amélia estudou as marcas no peito de Martin e disse:

– Sim.

– Quem fez isso com o bebê?

– Ninguém.

Mais uma vez Omar ficou em silêncio, pensando. Lentamente, uma nuvem negra encobriu seu rosto de uma forma que Martin nunca vira antes. Omar perguntou em voz baixa e pausada, com as sílabas extinguindo-se à medida que eram pronunciadas:

– Amélia, o que fez isso com o bebê?

Martin sempre se perguntaria se naquela ocasião tinha testemunhado o mais perto que uma morfélia pode chegar de sentir medo. Amélia se encolheu um pouco e devolveu a resposta no mesmo tom de sussurro de Omar:

– Um monstro, é claro.

Instantes depois, já imersos no negrume da rua, Martin e Omar estavam paralisados de pavor. Aterrorizados com o que tinham ouvido e com as conclusões que agora se insinuavam com toda a força em suas cabeças, os dois se viram tremendo de cima a baixo. Olhavam para os lados freneticamente, como animais sendo caçados, esperando que o predador emergisse das trevas a qualquer momento para acabar com eles. Se tinham entendido bem, a situação era mais ou menos aquela.

Incapazes de pronunciar o nome que espreitava em suas mentes e lhes roubava parte da racionalidade, decidiram apenas correr. Partiram em uma corrida alucinada para o que lembraram ser o abrigo mais próximo: a casa da rua Lis.

No ritmo em que dispararam pelas ruas, chegaram à casa em poucos minutos. Martin entrou por último e trancou a porta atrás de si. O ar no interior da residência estava pesado e cheirava a mofo. Martin se encostou a uma parede, enquanto tentava se acalmar; Omar fez o mesmo, sentado no chão e com a cabeça entre as mãos.

– Omar – balbuciou Martin –, me diz que você não entendeu o mesmo que eu.

Omar apenas sacudia a cabeça, inconsolável; Martin reconheceu no amigo o mesmo pânico visceral que se apoderara de Johannes.

– A cicatriz que tenho... é igual à marca que vi na porta da casa dos meus vizinhos – sussurrou Martin para si mesmo, como se precisasse se convencer do que estava dizendo. – Os monstros... os Knucks... são eles que estão levando as pessoas.

– Sim, Martin, eu entendi...

– E, Omar... – disse Martin, com olhos vidrados na janela da sala que dava para o negrume que consumia o mundo exterior – eles estão aqui.

– Martin – disse Omar, acordando do transe em que havia mergulhado –, precisamos dar o fora daqui.

No mesmo instante, ambos sentiram: o odor. Martin já o havia sentido; um cheiro de ozônio, com uma nota desagradável, talvez como comida estragada. Só que, daquela vez, o cheiro era mais intenso.

Logo depois, escutaram: um zumbido. Parecia um inseto, uma abelha, só que mais alto.

Alucinado de pavor, Martin sacou a arma de cano longo e a carregou com um projétil.

– Que diabos é isso? – perguntou Omar.

– Não tenho tempo para explicar, vamos embora!

Abriram a porta e esquadrinharam o véu escuro que se estendia para cada lado da rua. A neblina permanecia espessa e era possível discernir apenas o poste com o lampião mais próximo; o seguinte já não passava de um borrão amarelado em meio ao éter.

A rua Lis estava no mais absoluto silêncio; o zumbido havia passado. Martin escutava apenas o coração batendo com força e o som da respiração descontrolada. Saltaram para a calçada e fecharam a porta da casa. Martin mantinha a arma de cano longo empunhada e a apontava aleatoriamente para o vazio. Começaram a caminhada em direção à rua Pryn, Martin na frente e Omar observando o movimento na retaguarda.

Escutaram o zumbido outra vez.

– Martin... tem alguma coisa atrás de nós!

Martin parou e varreu a rua sob a mira da arma. O zumbido aumentou. O cheiro se tornou mais evidente, queimando as narinas. Caminharam algumas quadras a passos rápidos. De tempos em tempos, sem interromper a marcha, contorciam-se para examinar o que havia atrás deles.

Martin viu um vulto. Ou teria sido um golpe de vento?

Outro vulto e mais outro; o zumbido aumentara ainda mais. Escutaram passos firmes no calçamento de pedra. Havia alguma coisa em seu encalço.

Foi então que entenderam: estavam sendo caçados.

Martin deu um grito selvagem, tentando afugentar o que quer que fosse.

Pareciam estar cada vez mais perto. Martin, tomado de pavor, disparou a arma em direção ao nada. Johannes tinha razão em duas coisas: a arma era poderosa, a língua de fogo que saiu do cano era impressionante; e era preciso estar preparado para o coice. Quando deu por si, tinha perdido o equilíbrio e caído sentado no chão.

O zumbido não pareceu se importar com o disparo e continuou avançando. Martin e Omar correram no que imaginavam ser a direção oposta, mas foram detidos quando, sem nenhum aviso, escutaram o estrondo de madeira sendo despedaçada. O barulho tinha vindo detrás, a não mais do que cinquenta metros de distância. Logo após, ouviram gritos selvagens de pavor rasgando o ar. Gritos humanos. Lembrou-se imediatamente de Franz e Greta.

Martin parou de correr e gritou para Omar:

– Precisamos ajudar! Alguém está em apuros!

– Você ficou louco! – berrou Omar.

– Não, eu vou voltar. Não vou deixar que levem mais ninguém.

Martin se agachou e tentou achar nos bolsos a mistura explosiva e o projétil para carregar a arma outra vez. Suas mãos tremiam e levou bem mais tempo do que esperava para completar a tarefa. Quando terminou, o zumbido estava mais intenso e tinha agora mais de uma fonte, criando uma sinfonia horrenda, que os fazia ter vontade de tapar os ouvidos.

Correu na direção dos gritos, seguido por um Omar relutante, alguns metros atrás. Ao se aproximar um pouco mais, viram ao longe um rastro de luz amarelada vindo de dentro de uma casa, através de uma porta arruinada. No meio da rua, Martin podia distinguir com dificuldade um vulto movendo-se de um lado para o outro; não passava de uma silhueta impressa na neblina pela tênue luminosidade que vinha do interior da residência. Parecia uma pessoa agachada ou um corcunda. Martin sabia o que era.

Daquela vez, fez a pontaria com um sangue frio que jamais imaginou que tivesse; estabilizou a arma contra o tórax, ignorou a visão periférica e focalizou na forma indistinta à sua frente, a uns bons quarenta metros de distância. Retesou o corpo em preparação para o coice e disparou.

Bum!

O urro que se seguiu só poderia ser descrito como uma manifestação direta do mais puro terror. Tinha uma qualidade grotesca e na mesma hora petrificou Martin e Omar de pavor.

Assim que o urro cessou, segundos depois, Martin percebeu o erro que tinha cometido. A pouca distância que os separava daquilo em que tinha atirado podia sumir em segundos. E Martin levaria um minuto inteiro para carregar a arma com um novo projétil.

Para surpresa de ambos, porém, em vez de atacar, o vulto virou-se e sumiu na neblina. O zumbido foi enfraquecendo, enquanto o odor ruim cedia lugar ao cheiro do mar.

Correram para dentro da casa, saltando sobre o que sobrara da porta da frente. Dentro da residência, um homem relativamente jovem, alto e forte empunhava uma espada. Atrás dele, uma mulher, também jovem, segurava com força dois bebês gêmeos com, no máximo, um ano de idade.

A mulher ainda não saíra do choque devido ao pânico e fitava a porta com os olhos perdidos. O homem recuperou-se, relaxou a postura e embainhou a espada.

– Quem são vocês? O que foi essa explosão que ouvi? – perguntou ele, atônito.

– Foi o disparo de uma arma que carrego. Acho que acertei uma daquelas coisas que fizeram isso na sua porta – respondeu Martin, olhando para o que restara da porta.

O homem estudou, maravilhado, a arma de cano longo que Martin ainda empunhava.

– Preciso saber do que se trata essa arma – exclamou, fascinado.

– Vocês estão bem? – perguntou Omar.

A pergunta desviou os olhos do homem da arma. Ele se voltou para a sua família e examinou a todos com cuidado. Sabia que a mulher estava aterrorizada, mas ficou satisfeito em ver que não estavam feridos.

O homem passou a estudar Martin com atenção. Naquele mesmo momento, Martin deu-se conta de que, na correria, perdera a peruca da Alice e que – pior – acabara de reconhecer o dono da casa. Era ninguém menos que Heitor, o chefe dos Capacetes Escuros. Não podia acreditar no seu azar.

– Eu sei quem você é – disse ele.

Martin estava surpreso demais para responder. Omar dividia o olhar entre os dois, sem entender.

– Você é o garoto que foi condenado pela posse daqueles livros proibidos e que – acrescentou ele – fugiu da masmorra meses depois.

Martin estava paralisado; não podia acreditar que iria ser preso novamente depois de todo aquele tempo. Omar começou a entender o que se passava e fitou o amigo com preocupação.

– Nunca concordei com a sua condenação – disse Heitor. – E, preciso confessar, de lá para cá, cada vez menos concordo com as ordens que recebo.

Heitor fez uma longa pausa em que era quase possível sentir a intensidade do debate mental que ele travava consigo mesmo. Por fim, anunciou:

– Regras, leis e hierarquia não valem nada se não tocam no coração dos homens; se discordam da sua voz interna. Essa voz é a nossa noção de certo e errado, aquilo que aprendemos com a família. Cada vez mais, sinto que me afasto dela – Heitor fez uma breve pausa e acrescentou: – E é por isso que não vou prendê-lo, simplesmente não posso; e não é só pela sua valentia correndo até aqui para defender pessoas que não conhece. É também porque nunca enxerguei o que você fez como um crime.

Martin soltou a respiração que estava presa e disse:

– Obrigado.

– Eu é que agradeço. Obrigado pelo que fizeram.

Heitor estendeu a mão para Martin e Omar.

– Agora, preciso que vocês me contem o que viram lá fora.

Os três saíram para a rua, vasculhando o solo em busca de algum sinal daquilo que Martin acertara com a arma. Alguns metros adiante, localizaram uma pequena poça de líquido negro e malcheiroso tingindo as pedras do calçamento. Heitor se agachou e examinou a marca demoradamente.

– Não faço ideia do que seja.

Martin e Omar sabiam, mas preferiram não falar nada.

– Não devemos ficar aqui na rua. Acho que o senhor deve entrar e ficar com sua família – sugeriu Omar.

– Tem razão. Vocês dois têm para onde ir?

Omar fez que sim com a cabeça e disse:

– A padaria da minha família fica a poucas quadras daqui.

– Vocês têm certeza de que querem andar até lá depois de tudo isso?

Martin sabia que a criatura, fosse o que fosse, já tinha ido embora. Não sentia mais o cheiro de ozônio e nem escutava aquele zumbido.

– Vamos ficar bem – disse Martin.

– Mais uma vez obrigado – disse Heitor e, depois, olhando para Martin, completou: – Cuide-se, Martin.

Martin achou incrível que ele ainda se lembrasse do seu nome depois de tanto tempo.

Retomaram o caminho pelas ruas ainda vazias; quando chegaram à padaria, os dois estavam prestes a explodir de excitação. Não podiam acreditar que o curto passeio tinha rendido uma revelação a respeito da infância de Martin, o confronto com o espírito da neblina e o encontro com ninguém menos que o chefe dos Capacetes Escuros. Ambos decidiram controlar a animação e não contar nada para o pai de Omar.

Omar e o pai insistiram para que Martin não saísse para a rua, por causa da neblina. Acabaram por convencê-lo a esperar na casa deles, que ficava nos fundos da padaria, pelo resto daquele horário de trabalho e pelo próximo horário de descanso. Martin estava exausto e, por fim, aceitou o convite; achou que Johannes se preocuparia quando visse que ele não retornara para dormir, mas não havia outra opção. Já tinha tido sorte na neblina uma vez e não pretendia desafiá-la outra vez, ainda mais sozinho.

Depois de passar um longo horário de descanso dormindo, Martin acordou renovado. Estava preocupado com o tempo que tinha ficado ausente de casa e queria se assegurar de que nada acontecera com o velho cientista. Estava decidido a partir o quanto antes. Despediu-se de Omar e saiu para a rua.

Para completa surpresa sua – e de todo o resto da Vila –, a neblina tinha ido embora. Sem nenhum aviso ou explicação, o manto que se depositara na cidade desaparecera. A atmosfera estava mais leve, o cheiro de maresia perfumava o ar e até a lua tinha resolvido aparecer, lançando um longo lençol prateado, confortando a cidade combalida. As ruas estavam apinhadas de gente, alguns em busca de mantimentos, depois de vários dias trancados em casa, enquanto outros apenas iam visitar familiares e amigos para descobrir quem ainda estava lá. A movimentação também indicava que o toque de recolher havia sido revogado.

Instintivamente, Martin dobrou à direita na rua Pryn e foi em direção ao mar. Antes de voltar para casa, tinha que colocar uma teoria à prova. Pouco tempo depois, percorria a rua do Porto em busca do local certo; quando o encontrou, atravessou a rua e se debruçou sobre a mureta, estudando a orla do mar. Não ficou surpreso com o que constatou: o *Intrepid* não estava mais lá. Sumiu junto com a neblina, pensou. A única diferença é que agora sabia que aquele navio não estava, nem nunca estivera, vazio.

CAPÍTULO X

VERDADES REVELADAS PELA NEBLINA

Quando finalmente chegou em casa, Martin estava com a cabeça tumultuada com as múltiplas associações que se insinuavam em sua mente. Ao chegar, respirou aliviado ao ver o cientista são e salvo. Johannes estava sentado na mesma poltrona de sempre, encurvado e com os cotovelos apoiados nos joelhos; fitava o chão, enquanto seu corpo tremia. Quando viu Martin, ergueu a cabeça e revelou olhos inchados de tanto chorar.

Martin contou em detalhes tudo o que tinha acontecido, incluindo a parte final e o encontro inesperado com Heitor.

O cientista escutou impassível. Depois, precisou de um minuto inteiro para digerir todas as informações que Martin despejara.

– Você foi muito corajoso indo ajudar aquelas pessoas.

Martin permaneceu em silêncio; conhecia o velho e sabia que ele tinha algo mais a dizer. Alguma coisa tinha acontecido.

– Alicia está entre os desaparecidos – anunciou com os olhos perdidos no infinito. – Ela e mais uma dezena de membros do movimento de resistência.

Martin estava atônito.

– Você foi até a casa dela?

– Fui. Estava tudo revirado, desde a porta do prédio até o apartamento. Ninguém viu nada.

Martin enfim sentiu-se capaz de colocar em palavras a ideia que vinha gestando desde a véspera.

– Parece que temos uma boa noção de quem fez isso.

Johannes capturou o seu olhar, mas permaneceu em silêncio.

– Foram os Knucks, não foram? – indagou Martin.

Ele concordou com um aceno discreto, mas decidido.

– Quando vi aquela sua cicatriz, pensei nessa possibilidade. Depois, juntei isso com as coisas que Alicia estava sugerindo... – o cientista se interrompeu com uma pausa e depois acrescentou: – Creio que você está certo: foram os monstros.

– E também foram eles que levaram a minha mãe. Por que não me levaram junto?

– Não sei ao certo, Martin, mas Alicia talvez tivesse uma teoria a respeito. Está tudo escondido nos documentos que peguei na casa dela.

– Você encontrou os documentos da pesquisa dela?

– Recuperei uma parte, pelo menos – disse Johannes, conduzindo Martin até a mesa onde os documentos estavam espalhados.

Martin os estudou por um momento: havia papelada de todo tipo, desde rascunhos feitos à mão até documentos oficiais do arquivo da Zeladoria. Tentou imaginar o quanto não tinham se arriscado aqueles que haviam conseguido o material.

– Olhando toda esta papelada, não consigo chegar a conclusão nenhuma. Sou bom com números, fórmulas e química, mas, para mim, esses documentos não dizem nada – desabafou Johannes. – Não consigo entender aonde Alicia queria chegar.

Martin examinou os documentos, um a um. A primeira coisa que lhe chamou a atenção foram históricos resumidos e linhas de tempo da história da Vila; eram todos sintéticos, relatando apenas os eventos-chave. Outro conjunto de papéis era dos arquivos da Zeladoria e listava todos os indivíduos marcados com o S de "subversivo". Ainda, outros enunciavam os tripulantes dos últimos navios a deixar a Vila e rumar para o Além-mar. Martin também identificou uma relação de nomes de desaparecidos em episódios de neblina nos últimos anos. Afora isso, havia também várias citações do livro *Philosophia* de Maelcum anotadas, provavelmente pela própria Alicia Paz.

– Também não entendo a lógica destes documentos – concordou Martin. – Por que você não me diz o que ela sugeriu naquela reunião?

Johannes Bohr respirou profundamente e sentou-se à mesa.

– Alicia observou que existe uma ligação histórica entre as incursões Knucks e os períodos de grande instabilidade política. E a explicação para essa conexão seria o "Grande Segredo Ancião".

Martin ficou paralisado, como se tivesse sido picado por algum animal venenoso. Sentiu-se tonto por um momento e se sentou na primeira cadeira que avistou.

– Como se houvesse uma ligação entre os Anciãos e os monstros? Você não pode estar falando sério. Isso é loucura.

– Eu sei. E todas as pessoas que estavam naquela reunião também acharam. Acontece que ninguém conhece Alicia Paz como eu. – Johannes não conseguia esconder a dor pela perda e completou com a voz embargada: – Ela era uma das intelectuais mais brilhantes que Vila já viu e não era dada a aventuras. Se ela sugeriu isso, é porque tem fundamento; nós é que não conseguimos enxergá-lo.

– E ela explicou como chegou a essas conclusões?

– Apenas em linhas gerais. Alicia sempre se baseou nas coisas que Maelcum escreveu. Ela parecia acreditar que ele era a chave de tudo.

– Maelcum é completamente insano. Você mesmo me disse isso – argumentou Martin.

– Eu sei, mas também não lhe disse toda a verdade a respeito dele.

– Você me disse que ele era da tripulação do *Horizonte* e que voltou doido da viagem.

– É verdade que ele voltou louco para a Vila, mas o que não lhe contei é que Maelcum não era da tripulação.

– Como assim? – perguntou Martin, tirando os olhos da papelada à sua frente e fitando o cientista.

– Maelcum não embarcou conosco na Vila. Nós o encontramos no meio do Além-mar, à deriva, em um pequeno bote. Ele estava delirante, à beira da morte. Foi tratado a bordo do *Horizonte* e, aos poucos, se recuperou fisicamente.

– Fisicamente?

– Apenas seu corpo sarou. A mente estava arruinada e já naquela época ele dizia coisas que não faziam sentido para ninguém.

– Acontece que Alicia chegou à conclusão de que essas coisas que ele dizia não só podem ter sentido, como são a chave de tudo – concluiu Martin.

Johannes Bohr assentiu e disse:

– Já estive na masmorra e, em mais de uma ocasião, tentei falar com ele, mas não adianta: suas respostas são sempre incompreensíveis. Você mesmo já conversou com ele e entende o que quero dizer.

Martin estava perplexo além de qualquer explicação; alguém vindo de fora da Vila? Como aquilo seria possível?

– De alguma forma, Alicia entendeu o que Maelcum quis dizer em seu livro. Temos que seguir os passos dela – disse Martin.

Iniciaram uma espécie de jogo de perguntas e respostas, tentando se colocar no lugar da escritora enquanto ela interpretava o livro de Maelcum. Começaram com o que achavam que sabiam e com o que haviam recém descoberto: era quase certo que a neblina encobria os monstros Knucks e lhes permitia furtivas incursões à Vila para sequestrar pessoas. Quem eram aquelas pessoas? Eram escolhidas aleatoriamente?

Consultando listas de desaparecidos em eventos passados de neblina, constataram que algumas pessoas obviamente eram escolhidas ao acaso. Martin se lembrou de Franz e Greta. Cruzando os registros de desaparecidos com os de subversivos, porém, um padrão se tornava evidente: boa parte das vítimas tinha alguma posição política a defender. Eram, em resumo, vozes discordantes do regime Ancião; lembraram-se de Alicia Paz e dos diversos membros do movimento de resistência que tinham sumido nas últimas horas.

– Por que monstros como os Knucks viriam escondidos à Vila sequestrar pessoas? Por que não fazem como estão acostumados a fazer: põem fogo no lugar e pegam quem eles querem? – perguntou Martin.

– Porque, talvez, como sugere Alicia, nessas situações eles tenham interesse em se manter discretos. Talvez, nesses casos, sua missão seja outra.

– Isso é bobagem. Knucks são monstros irracionais, não seguem missões ou qualquer outro propósito que não o de se alimentar.

– São mesmo? O que sabemos a seu respeito? – provocou Johannes.

– Isso é loucura – Martin repetia para si mesmo. Agora podia entender a mistura de apatia e perplexidade que vira em Johannes na véspera: as coisas que estavam discutindo faziam em pedaços as regras básicas do mundo como as conheciam. Depois daquilo, sobrava pouca coisa em que se segurar.

Ficaram imersos em um silêncio de perplexidade por um longo período. Por fim, Martin perguntou:

– Seria possível que o desaparecimento da minha mãe não tenha sido por acaso? E se o meu pai soubesse de todas essas coisas?

– Já pensei nessa possibilidade. Ao longo dos anos, sempre via seu pai e imaginava que aquele homem sabia muito mais do que nós todos.

– E por quê?

– Pelas coisas que ele dizia e pela maneira como guiava o nosso grupo. Sob a liderança de Cristovão Durão, obtivemos muitas conquistas que deram mais liberdade a todo o povo da Vila. Seu pai sempre sabia o que estava fazendo – respondeu Johannes. – Além disso, tem outra coisa. Seu pai foi o primeiro a conhecer o trabalho de Maelcum, por um motivo muito simples: ele editou *Philosophia*. Se alguém estava em posição de entender Maelcum, esse alguém era sem dúvida Cristovão Durão.

– Ele poderia ter chegado às conclusões que agora chegamos anos atrás – disse Martin.

– Estas e muitas outras.

– E o que deu errado?

– Depois do desaparecimento da sua mãe, ele nunca mais foi o mesmo. Perdeu a energia que antes tinha e encolheu-se em um silêncio resignado. Ficamos sem o nosso líder e o movimento começou a perder força.

– Vocês eram amigos. O que pode ter havido como ele?

– Talvez tenha sido para se dedicar mais a você; não sei. A impressão que eu tive na época foi de que, a partir do desaparecimento de sua mãe, seu pai se tornou acuado, como se estivesse assustado com alguma coisa.

– Ou talvez, ameaçado? – completou Martin.

– É possível.

Sem que se dessem conta, a conversa foi substituída pelo silêncio. Martin viu-se submerso em um mar de ideias perturbadoras e Johannes estava exausto e muito triste. O cientista foi descansar, pois não tinha dormido no último horário de descanso. Martin permaneceu sozinho, olhando a papelada espalhada sobre a mesa.

Folheando os documentos, Martin se deparou com o manifesto do *Tierra Firme*. Começou a ler mentalmente os nomes dos tripulantes; a lista se iniciava pelo capitão, seguia com o imediato, os oficiais e então os marujos.

CRISTOVÃO DURÃO – CAPITÃO

RICARDO REIS – IMEDIATO...

O nome do imediato fixou-se na mente de Martin: Ricardo Reis... Uma imagem foi se materializando; então, lembrou-

-se dele de uma só vez. Nos últimos seis meses antes da partida do *Tierra Firme*, já em pleno treinamento da tripulação, o pai passava bastante tempo junto do seu segundo em comando. Os dois iam trabalhar lado a lado e era essencial que se conhecessem muito bem.

Martin não precisou se esforçar para se lembrar de Ricardo Reis: era um tipo marcante. Um homem jovem que, apesar de alto e de compleição muito reforçada, tinha um aspecto gentil e amigável. Parecia do tipo incapaz de se meter em uma briga e tinha sempre um sorriso estampado no rosto. Por outro lado, era um homem obstinado e que, Martin sabia, seria leal ao capitão até o fim. Nos meses antes da partida, Ricardo Reis havia sido incansável, treinando obsessivamente navegação no mar junto à Vila durante todos os horários de trabalho. O regime brutal o tornara um bom navegador e rendera-lhe cicatrizes dos cabos do barco nas mãos.

Martin se levantou e começou a perambular pela casa, como se para assentar o que tinha acabado de descobrir. O mendigo... agora sabia quem ele era. Era a mesma pessoa que viera no bote do *Tierra Firme*: Ricardo Reis, o fiel imediato de Cristovão Durão. Restavam muitas perguntas: seu pai estava vivo? Havia enviado seu homem de confiança de volta à Vila? E, se o fizera, qual era a sua missão?

Com a mente voando livre, as associações se sucederam naturalmente. O livro de Maelcum no topo da pilha do clube de leitura: sabia que Ricardo Reis o colocara lá. Seria desejo do pai que tivesse contato com aquele livro? Seria aquela uma maneira de fazer com que Martin, aos poucos, soubesse de toda a verdade? Ou havia algo mais dentro daquele livro?

Só existia uma maneira de saber: lembrava que Maya levara o livro, o que tinha garantido a sua sobrevivência, já que os demais seriam descobertos pouco depois, na ocasião em que fora preso. Precisava ver o livro. Precisava ver Maya.

Com imenso esforço, Martin cedeu à pressão de Johannes e passou quarenta e oito horas sem sair da casa. O cientista argumentara que havia sido descoberto pelo chefe dos Capacetes Escuros e que, ainda por cima, perdera a fantasia de Alice. Mesmo que Heitor naquele momento tivesse indicado que não iria denunciá-lo, era razoável ser cauteloso.

Depois do interminável período de espera, Martin partiu para a Vila. Saiu sem o disfarce, pois não tinha outra peruca e achava que a situação na cidade era tão tensa que os Capacetes Escuros tinham pouca chance de dar atenção a um fugitivo antigo e já esquecido pela maioria. Era o início de um horário de trabalho e Martin esperava que as ruas estivessem movimentadas o suficiente para que ninguém reparasse nele.

Por via das dúvidas, porém, decidiu ser prudente e não ir até a Praça dos Anciãos, o lugar mais vigiado da Vila. Em vez disso, optou por visitar Omar na padaria e pediu ao amigo que levasse um recado para Maya: precisava se encontrar com ela e pedia que ela trouxesse consigo aquele livro. Omar não entendeu o recado, mas Martin insistiu que Maya compreenderia.

Martin ficou esperando na padaria e, cerca de meia hora depois, Omar retornou. Maya tinha dito que o encontraria dali a algumas horas, no início do próximo horário de descanso, na casa da rua Lis; disse, ainda, que levaria consigo o livro que Martin pedira.

Ficaram conversando durante boa parte da manhã, relembrando a aventura da véspera e, sobretudo, tentando dar um sentido a ela. Omar tinha percorrido o caminho que haviam feito sem a neblina, na esperança de localizar a peruca da Alice, mas não a encontrara. Omar e seu pai estavam preocupados com o fato de que Martin caminhava pela Vila sem nenhum tipo de disfarce.

Depois de almoçar na padaria, Martin se despediu do amigo e partiu para uma volta pelas ruas da Vila. Queria esticar as pernas e fazer o tempo passar mais depressa; estava ansioso para reencontrar Maya. A caminhada também tinha outro propósito: agora que sabia a quem procurar, tinha esperanças de, em um golpe de sorte, se deparar com o misterioso mendigo. Tinha muitas perguntas a fazer para o seu protetor e anjo da guarda.

Evitando as ruas nas proximidades da Praça dos Anciãos, perambulou por vias menos movimentadas junto à rua do Porto, na parte norte da Vila. Lembrou-se de que aquela vizinhança incluía o prédio onde Alicia Paz morara e também o posto do canhoneiro.

Distraído com a paisagem e envolto em seus próprios pensamentos, Martin nem percebeu a presença de quatro ou cinco Capacetes Escuros conversando na calçada em frente a uma taberna. Quando voltou a si, já era tarde: um dos soldados o estudava com um semblante intrigado. Suas feições estavam concentradas, esforçando-se para vasculhar a mente em busca do registro do rosto daquele rapaz. A reação espontânea de sobressalto de Martin certamente ajudou o Capacete Escuro a pensar no assunto com mais afinco.

Subitamente, o rosto do soldado tomou a forma da certeza e seus traços faciais se retesaram. Tinha sido reconhecido. Agora, só havia uma coisa a fazer: correr.

Martin deu meia-volta e lançou-se como uma flecha na direção oposta a que viera. Podia escutar a voz áspera cortando o ar sobre seu ombro:

– Você aí, eu o conheço. Volte aqui!

O próximo som que Martin escutou foi das botas dos Capacetes Escuros esbofeteando as pedras do calçamento. Como imaginara, num piscar de olhos já estavam atrás dele.

Martin dobrou a primeira esquina que avistou e seguiu na fuga alucinada. Precisava encontrar uma rua mais movimentada e se misturar às pessoas. Correndo sozinho, era um alvo fácil. Sentia que os gritos atrás dele aumentavam cada vez mais; os soldados estavam eliminando a distância que os separava.

Duas quadras depois, Martin entrou em uma via maior que, por sorte, estava abarrotada de gente. Parou por uma fração de segundo para analisar o mundo ao redor, o coração quase saindo pela boca. Precisava de um esconderijo, não podia correr para sempre. Na rua em que se encontrava havia bastante movimento de comércio e algumas tabernas enfileiradas. O local era assustadoramente próximo da Praça dos Anciãos, talvez duas ou três quadras apenas.

Os Capacetes Escuros dobraram a esquina e entraram na rua; estavam vasculhando a multidão em busca do fugitivo. Sem opções, Martin esgueirou-se na parte de trás de uma carroça carregada com feno. Tentou esconder-se como pôde, cobrindo-se com a carga. Percebeu que o condutor o vira, mas, depois de levantar os olhos e avistar os soldados, decidiu ficar em silêncio. Sorte sua, pensou, que os Anciãos e seus Capacetes Escuros estivessem com a popularidade em baixa.

Permaneceu imóvel enquanto a carroça avançava pela rua, na direção dos soldados. Teve medo de que eles fossem revistar todos os veículos que passassem, mas em seguida sentiu que a carroça fazia uma curva e entendeu que os havia despistado. Por pouco.

Sem nenhuma noção de para onde estava indo, ou em que direção, Martin não teve escolha senão esperar. Algum tempo depois, a carroça parou e ele escutou o condutor descendo e dirigindo-se para a traseira. Martin emergiu do feno, atento ao movimento ao redor, mas não havia nada; estavam em uma rua tranquila.

O condutor o estudava com um olhar desconfiado.

– Não sei o que fez, mas não simpatizo com os Capacetes Escuros; nesses dias, prendem qualquer um, por qualquer motivo. Ninguém mais tem sossego.

– Agradeço pela ajuda.

O homem assentiu e completou:

– Não posso levá-lo além daqui. A minha casa fica próxima e não quero aqueles fanáticos perto da minha família.

– Aqui está ótimo – agradeceu Martin, apertando a mão do homem.

A carroça partiu a toda velocidade e Martin viu-se quase sozinho na rua calma. Estudou as casas que o cercavam. Conhecia a Vila como a palma da mão e dificilmente ficaria perdido por muito tempo onde quer que estivesse. Percebeu que o local ficava no limite sul da Vila, quase junto à Cerca. Teria uma boa caminhada até a rua Lis e, no trajeto, teria que evitar os Capacetes Escuros a qualquer custo.

CAPÍTULO XI

OS FARÓIS
SE ACENDEM

Martin levou várias horas para vencer o trajeto que normalmente teria sido feito em pouco mais de uma hora. Adotou a estratégia de fazer o percurso a conta-gotas. Percorria duas ou três quadras por vez e entrava em algum local público, tal como um mercado ou uma taberna; dali, estudava o movimento na rua em busca de qualquer sinal dos Capacetes Escuros. Em duas ocasiões, avistou os soldados caminhando por um trecho por onde iria passar; nesses casos, inventava alguma desculpa e esperava no local onde estava. Por conta da estratégia, teve que comprar um saco de batatas e duas garrafas de rum; livrou-se da bagagem assim que pôde e continuou avançando, medindo cada passo.

Depois de repetir por várias vezes o cansativo processo de entrar e sair, e também com a ajuda de uma boa dose de sorte, Martin finalmente entrou na casa da rua Lis. Já era o início do horário de descanso e calculou que Maya deveria chegar a qualquer momento.

Martin acendeu uma vela e se instalou no chão da pequena sala; tentou ocupar com exatidão o mesmo lugar em que havia estado durante as reuniões do clube de leitura. Sentiu o corpo relaxar e as pernas latejarem do esforço. Daquela vez, além do sentimento que sempre tinha quando ia à casa – saudades de um tempo mais inocente –, Martin também percebeu em toda a sua extensão a gravidade da perda dos livros do clube de leitura. Especialmente agora, que Alicia Paz e tantos outros haviam desaparecido, as ideias que estavam naqueles livros fariam muita falta a todos.

Estava quase adormecendo quando a porta da frente se abriu em um rangido e Maya entrou. Ela usava um vestido comprido e tinha a cabeça coberta por uma manta. Era evidente que também havia sido cuidadosa; afinal, bastava que Noa a tivesse seguido para que a história tragicamente se repetisse. Foi naquele instante que Martin percebeu que o que estavam fazendo era uma loucura completa.

Maya retirou a manta e sacudiu a cabeça para soltar os longos cabelos. Seus olhos verdes estavam bem abertos e tinham uma intensidade que Martin nunca antes vira. Ela continuava com um aspecto triste, mas parecia serena e resoluta, com alguém que toma uma decisão importante.

Abraçaram-se com força e sentaram no chão lado a lado; os rostos colados por um momento cintilando à luz vacilante de uma única vela.

– Você trouxe o livro?

Maya assentiu e tirou o *Philosophia* de um bolso interno do vestido.

Examinaram a capa envelhecida da obra de Maelcum, mas nenhum dos dois a abriu.

– Por que o interesse no livro, Martin?

– Fiz algumas descobertas apavorantes, Maya. E acho que as coisas que começo a perceber são apenas um pedaço de algo muito maior. Ao que parece, esse livro é a chave de tudo.

– Este livro? Você deve lembrar dos trechos que lemos dele. É pura maluquice.

– E se não for? – indagou Martin. – Você já deve ter ouvido falar do movimento de resistência.

Maya fez que sim com a cabeça.

– Alicia Paz, a escritora, fazia parte do movimento. Durante a sua prisão domiciliar, ela se dedicou a examinar documentos secretos que foram surrupiados da Zeladoria. Era um projeto secreto de pesquisa que mantinha.

– E com qual objetivo? – perguntou Maya.

– Ela queria tentar entender o que é que Maelcum queria dizer com o "Grande Segredo Ancião".

– E qual foi a conclusão dela?

– Na verdade, ela tinha apenas uma teoria. Na visão dela, existe uma relação entre os períodos de instabilidade política e as incursões dos Knucks à Vila.

Os olhos de Maya se abriram ainda mais, mas daquela vez em espanto.

– Qual é, Martin? Isso é loucura.

– A minha primeira reação também foi essa, mas então examinei os documentos com os meus próprios olhos.

– E quanto a Alicia Paz?

– Alicia sumiu na neblina e Johannes Bohr foi até a casa dela recuperar os documentos.

– Minha nossa! Ouvi falar de tanta gente que desapareceu. Foi horrível, Martin.

– É disso que estou falando. Examinando os documentos, percebemos que as pessoas que somem na neblina são, em sua maioria, ativistas políticos.

– O que você está querendo sugerir?

– Eu os vi, Maya. Eu os vi com os meus próprios olhos. Dias atrás, Omar e eu estávamos nesta casa, em plena neblina. Tínhamos ido visitar uma morfélia que ajudou a me criar e que nos disse que a minha mãe foi levada por monstros quando eu era bebê. Eu estava junto e o episódio me rendeu isso – Martin levantou a camisa e mostrou a cicatriz, que, estranhamente, começou a latejar de novo.

Maya estava aterrorizada e sacudia a cabeça de um lado para o outro.

– Eu sabia que você tinha esta cicatriz, mas o que você está sugerindo...

– Sim, Maya. Os monstros a levaram, assim como a todos os outros. Pouco depois, escutamos um zumbido terrível, como o de um inseto gigante. Saímos para a rua, sabendo que algo estava atrás de nós. De repente, ouvimos gritos e uma porta sendo arrebentada. Voltamos para ajudar as pessoas na casa que seria atacada e então vimos um vulto na névoa, uma forma corcunda, um monstro.

– Isso não pode ser verdade...

– Eu vi, Maya. E, pensando com frieza, faz sentido. Existe uma ligação entre os monstros e os Anciãos e eu acho que o meu pai a descobriu, muitos anos atrás. Agora, eu preciso descobrir por mim mesmo.

– Por isso o livro de Maelcum.

Martin assentiu.

– Meu pai enviou esse livro para mim.

– Seu pai?

– Sim. Lembra do bote do *Tierra Firme* que aportou na Vila? Maya fez que sim.

– Ele trazia um homem chamado Ricardo Reis, o imediato do capitão Cristovão Durão. Aquele homem, fantasiado de mendigo, cuidou de mim em algumas ocasiões, incluindo a mais importante de todas, que foi quando me tirou da masmorra.

– Você acha que seu pai está vivo?

– Tenho certeza de que ele está vivo.

– E as respostas estão aqui – disse Maya, apertando o livro com força.

– Isso mesmo.

– E o que fazemos agora? – perguntou Maya.

– Agora, você deve ir embora. Vendo você aqui, percebo que marcar o encontro neste local foi uma loucura.

– Não quero ir embora, Martin. Tive uma longa conversa com meus pais ontem e chegamos a uma decisão.

Martin ficou em silêncio.

– Não somos só nós que estamos arriscando perder tudo. Todos estão. Não há sentido em viver sem liberdade, como fantoches do regime insano dos Anciãos. Se eles quiserem fechar a livraria, pois que fechem; estamos prontos. Não vou me vender para alguém da elite apenas para manter os bolsos cheios de dinheiro. Tomamos essa decisão juntos, meus pais e eu: enfrentaremos o que for necessário, mas não vamos nos submeter. Vamos sobreviver, Martin, de uma forma ou de outra.

Mais do que nunca, Martin percebia nela a força interior que tanto o fascinava.

– E, se vou enfrentar tudo isso, quero ficar com você.

Martin se aproximou dela e a abraçou com força, a intensidade do momento dissolvendo como mágica todos os problemas que tinham. Maya repousou a cabeça em seu pescoço por um momento. Instantes depois, seus lábios foram abrindo caminho até a boca de Martin; quando se encontraram, beijaram-se longamente, o tempo parado, como se estivessem experimentando aquele estranho fenômeno que ocorria do outro lado da Cerca.

Um segundo; a duração de um suspiro. Um instante perfeito. Foi tudo que receberam.

E então escutaram.

Ao longe, um som seco, agudo e repetitivo. Outro, mais próximo, se uniu ao anterior. Depois, outro e mais outro. Sinos. O alerta geral.

Em uma fração de tempo curta demais para ser medida, mãos invisíveis os retiraram do melhor lugar do universo e os colocaram no pior. No lado de fora, já se ouviam gritos de pavor e os sons do tumulto emoldurados pelos sinos, que continuavam a tocar histericamente. Correram para a rua e olharam em direção ao mar: na altura da rua do Porto, uma chama vermelha ardia no topo do farol mais próximo, perfurando a escuridão.

Os Knucks estavam chegando.

– Maya, precisamos sair daqui!

Maya estava hipnotizada pela chama vermelha queimando contra o fundo escuro da noite; Martin teve que sacudi-la para acordá-la do transe.

– Vamos sair daqui, agora! – insistiu, já arrastando-a pela rua.

Correram até a Praça dos Anciãos em meio ao caos absoluto. Pessoas corriam e gritavam por toda parte desnorteadas, enquanto carroças disparavam sem controle em todas as direções. Viram pessoas pregando tábuas de madeira nas janelas e ainda outras que haviam perdido completamente a razão e apenas se agachavam nas calçadas, com a cabeça afundada entre os joelhos, enquanto soluçavam e se sacudiam para frente e para trás.

Na Praça dos Anciãos a confusão era ainda maior. Calcularam que todo o contingente de Capacetes Escuros estava no local, delimitando um perímetro ao redor da Casa dos Anciãos. Membros da elite e funcionários da Zeladoria corriam em meio ao tumulto para o interior da Casa, passando por um corredor de isolamento formado pelos soldados. Martin se deteve para observar a cena surreal: enquanto os homens corriam para a orla e se preparavam para defender a Vila, os Capacetes Escuros, os únicos com verdadeiro treinamento militar, ficavam na retaguarda, protegendo os Anciãos.

Em meio à aglomeração de gente, uma forma começou a estudá-los; mesmo a certa distância, Martin capturou seu olhar. A figura deu alguns passos na direção deles, mas ainda estava distante, já quase na entrada da Casa dos Anciãos, sob o Grande Relógio. Olhando com atenção, Martin reconheceu o observador: era Noa. Soube que ele os havia reconhecido, porque passou a gritar e gesticular para os Capacetes Escuros. Perceberam que estava transtornado de raiva e apontava na direção deles; podiam escutá-lo aos berros:

– É um criminoso! Ali! Vocês têm que pegá-lo!

Martin ficou paralisado, esperando o momento em que um batalhão inteiro de Capacetes Escuros viria atrás dele. Mas ninguém se moveu. Alguns soldados chegaram a fitá-lo e tencionaram sair da linha, mas era possível ver que estavam, assim como todo o resto da Vila, apavorados.

Vasculhando a fileira de soldados perfilados do outro lado da Praça, Martin identificou Heitor. Seus olhares se encontraram e o chefe dos Capacetes Escuros o observou em silêncio. Um segundo depois, Heitor avançou até onde estavam e, sem dizer nem uma palavra, entregou a Martin a sua espada. Permaneceram em silêncio e ele se afastou; Martin podia jurar que ele estava envergonhado em estar ali, entrincheirado junto com os outros.

– Vamos, temos que continuar – disse Martin, conduzindo Maya em direção à livraria.

Na frente da livraria, soltou a mão de Maya e disse aos berros, para se fazer ouvir em meio à gritaria:

– Entre, suba para casa e feche todas as portas.

– Ficou louco? E você?

– Vou para o porto.

O rosto de Maya contorceu-se em desespero.

– Não... – balbuciou ela. – Você não precisa fazer isso.

Martin apanhou as duas mãos de Maya nas suas, puxou-a para perto e sussurrou em seu ouvido.

– Eu preciso ir. Preciso lutar. Posso ser um órfão, um criminoso, ou qualquer coisa que eles digam que sou, mas não sou um covarde.

– Você não precisa ir. Suba, vamos ficar bem aqui.

– É a lei, Maya. Soado o alerta, todos com dezesseis anos ou mais devem se apresentar para lutar.

Martin se desvencilhou das mãos dela e a conduziu para dentro. Despediu-se de uma Maya aos prantos e partiu para a rua do Porto.

Dirigiu-se até a alameda dos Anciãos, uma via importante que ligava o canto sul da praça com a rua do Porto. Ao entrar na rua que seguia em linha reta até o mar, abandonou a cacofonia da praça convulsionada pelo pânico e viu-se envolto pelo som reconfortante do quebrar das ondas do mar. Algumas poucas pessoas andavam apressadas pelas calçadas e casas e prédios se mantinham iluminados, como se nada de anormal estivesse acontecendo. De onde estava não era possível avistar nenhum dos faróis acesos e, se quisesse, Martin podia também iludir-se que não havia um evento extraordinário ocorrendo naquele exato instante.

À medida que se aproximava do mar, a rua ficou deserta. Quem não iria lutar estava em casa ou nos abrigos, enquanto os que lutariam já se posicionavam junto à orla. O resultado era que naquele local a Vila ficara sinistramente silenciosa. Aos poucos, Martin começava a sentir o cheiro de ozônio em uma intensidade muito mais forte do que na ocasião anterior. E aquele era um indício de que havia algo de errado ainda mais assustador do que os faróis em chamas.

A primeira coisa que viu ao chegar foram as silhuetas dos homens desenhadas contra o negrume do mar. A luz intensa das chamas dos faróis criava um halo de luminosidade que penetrava na escuridão. Percebeu que já havia uma grande concentração de gente na rua do Porto, formando uma única linha de defesa. Estavam todos prontos.

Martin avistou o canhoneiro e imaginou que sem dúvida fora ele quem soara o alarme. Juan Carbajal corria de um lado para o outro do canhão, manipulando alavancas e golpeando com uma chave de fenda engrenagens da parte interna do armamento. Era evidente que a coisa tinha pifado e não havia jeito de fazê-la funcionar.

Posicionou-se junto aos demais e então percebeu o tamanho do problema. Em primeiro lugar, a linha de defesa era furada como uma peneira; o homem à sua direita estava a dois metros de distância e o outro, à esquerda, ainda mais distante. Simplesmente não havia homens em número suficiente para formar uma linha coesa ao longo de toda a orla da Vila. Em segundo lugar, e ainda mais importante, eram os tipos que estavam ali reunidos. Comerciantes, padeiros, pintores, cozinheiros e gente de todo tipo, mas nenhum soldado. Alguns eram velhos demais, enquanto outros, tal como ele próprio, jovens demais.

Um dos homens ao seu lado o fitou e assentiu com um imperceptível aceno de cabeça; Martin podia ver que ele estava aterrorizado ao ponto de perder a razão. O homem abriu um sorriso tímido e então olhou para baixo, onde uma mancha líquida se formava na altura da sua cintura. A arma que ele carregava com as mãos trêmulas era uma enxada.

Martin concentrou-se no breu à sua frente: não podia ver nada, pois do lugar em que se posicionara a mureta ocultava a visão do mar. Sentia, porém, o fedor de ozônio com uma intensidade nauseante; também começou a escutar o zumbido contínuo, semelhante ao que antes ouvira em meio à neblina. A diferença era que agora tinha uma qualidade diferente, como se não tivesse uma única origem, e sim dezenas. Após alguns instantes de burburinho e conversa nervosa, todos ficaram em silêncio. Só se ouvia o som das respirações ofegantes, embalado pelo quebrar das ondas.

Um homem abriu caminho entre os demais e foi em sua direção; Martin conhecia o rosto que emergira da multidão e agora também sabia o seu nome. O homem se achava bem vestido, com a barba feita, e havia tomado um banho. Era jovem, muito alto e forte; tinha o rosto anguloso e bonito.

– Imediato Ricardo Reis – Martin o saudou.

Ricardo Reis não pareceu surpreso; sorriu e disse apenas:

– Martin Durão, será um prazer lutar ao seu lado hoje.

Martin assentiu.

– Quisera o capitão Cristovão Durão e os meus companheiros do *Tierra Firme* estivessem aqui conosco – acrescentou ele, contemplando a escuridão adiante.

Em meio ao terror que impregnava a atmosfera, Martin foi invadido por uma paz estranha. Talvez fosse o seu destino estar ali; talvez fosse para isso que tinha sobrevivido. Sentiu a lâmina afiada da espada e lembrou-se de Franz e de Greta. Agradeceu em silêncio pelas aulas de esgrima que tinha recebido do velho pescador. Sereno, estava pronto para lutar.

Um pequeno tumulto se formou perto de onde estavam. Esticaram o pescoço para olhar e avistaram Heitor, comandando cerca de três dúzias de Capacetes Escuros. Dirigiam-se para onde Martin e Ricardo Reis estavam, mas, antes de alcançá-los, Heitor disparou uma série de ordens e os outros soldados se dispersaram rapidamente ao longo da linha.

– Vocês não acharam que iam levar sozinhos todo o crédito por enfrentar os monstros, acharam? – disse Heitor, aproximando-se.

– Achei que ficariam junto dos Anciãos – disse Ricardo Reis.

– Eu não podia ficar lá parado, não me pareceu correto. Desobedeci a ordens diretas de Dom Cypriano e vim para cá com os homens que são leais a mim.

Ricardo Reis assentiu e Heitor sumiu em meio aos outros homens. Martin sabia o que ele iria fazer: trataria de organizar a defesa da melhor forma que pudesse, no pouco tempo que restava. A primeira coisa que ele fez foi tornar a linha mais compacta, mesmo que isso significasse que não haveria defesa nos extremos norte e sul da rua do Porto. Depois, Heitor ordenou que todos os arqueiros disponíveis tomassem posição no telhado das casas e prédios da vizinhança. Martin lamentou que não tivessem a arma de cano longo que Johannes Bohr inventara.

Talvez Heitor ainda tivesse outras ideias em mente, talvez em sua cabeça houvesse uma elaborada estratégia a ser implementada; mas não houve tempo de colocá-la em prática. Quando todos ficaram em silêncio outra vez, o som dos Knucks era ensurdecedor. Ao fundo da sinfonia de zumbidos, escutavam o ruído suave das proas de vários barcos cortando as ondas. Estavam muito perto.

Os zumbidos continuaram aumentando e passaram a se misturar com alguns sons guturais de qualidade animalesca. Martin olhou para os lados e viu espadas sendo desembainhadas, cintilando na noite. Todos deram um passo à frente e esperaram.

Martin levou a mão esquerda ao cabo da espada, mas não a sacou; naquele instante final, a sensação era muito estranha. Tinha os sentidos aguçados, ouvia e via mais do que parecia normal e a mente funcionava em um ritmo diferente. Estava tão concentrado que teve um sobressalto quando ouviu a batida seca de madeira contra as pedras. Seu coração parou.

Então, seguiram-se outra, outra e ainda mais outra. Depois, um ou dois segundos em que, estranhamente, o zumbido cessou por completo.

Martin fechou os olhos por um segundo e tornou a abrí-los. Sacou a espada.

Sem nenhum aviso, os zumbidos voltaram com toda a força e, com eles, criaturas brancas como a lua saltavam por detrás da mureta como se vomitadas pela própria noite. Pulavam alto, como se pudessem voar, e eram numerosas como um enxame de abelhas. Depois do longo arco do salto, aterrissavam por toda parte, inclusive em cima da linha de defesa.

Naquele mesmo instante, Heitor comandou os arqueiros: uma chuva de flechas silvou pela noite em direção ao mar. Alguns monstros foram atingidos ainda em pleno salto e produziram um urro grotesco ao serem feridos; outros eram alvejados no solo. O problema era que eram muito numerosos e, como saltavam como sapos, uma vez no chão, bastava um novo pulo para pousar em um local totalmente diferente. Era um pesadelo tentar fazer pontaria em algo assim.

Logo, havia Knucks por toda a rua do Porto. Martin viu Heitor desembainhar a espada e avançar junto com os soldados; imediatamente, foram seguidos pelos outros homens. Preparou-se para avançar também, mas não foi preciso: um Knuck aterrissou bem na sua frente.

Foi a primeira vez que Martin vislumbrou a mítica criatura. O corpo musculoso, encurvado como o de um corcunda, não tinha pelos, nem mesmo na cabeça. A pele era acinzentada e fosca e os olhos brancos representavam a visão do mais puro terror; os dentes pontiagudos como estalactites, de tão grandes, mal permitiam que a boca se fechasse. No lugar das mãos e dos pés havia patas com quatro garras afiadas como navalhas.

O monstro fitou Martin bem nos olhos e urrou de ódio. Martin ergueu a espada, preparando-se para desferir um golpe, mas o Knuck era rápido demais; quando deu por si, havia sido empurrado para o chão pelo monstro. Ainda com a espada na mão, tentou acertar a parte lateral do abdome do Knuck. A lâmina assobiou pelo ar e fez um talho profundo na pele albina; do ferimento começou a brotar um líquido negro e malcheiroso. O monstro grunhiu de fúria.

Martin se pôs em pé num único gesto e, com toda a força que conseguiu reunir, afundou com as duas mãos a lâmina no corpo do Knuck. Uma pata com quatro garras riscou o ar e o atingiu em cheio no ombro esquerdo; foi arremessado para o lado e se estatelou no calçamento de pedra.

Naquele momento, Ricardo Reis surgiu do meio da batalha como um relâmpago e desferiu um golpe violento com a espada, decapitando o Knuck de uma só vez. Martin recuperou a sua espada do abdome sem vida e olhou em volta. O cenário era desesperador: a linha de defesa fora rompida em diversos pontos e hordas de Knucks penetravam Vila adentro. Os defensores, encurralados em grupos aqui e ali, tentavam sobreviver como podiam.

Enquanto avançavam, os monstros ateavam fogo às construções e logo já existiam incontáveis focos de incêndio nos prédios vizinhos. As chamas iluminavam a escuridão e revelavam grande quantidade de mortos e feridos. Viram homens mutilados agonizando e Knucks alimentando-se dos mortos.

– Vamos cair fora daqui, Martin – berrou Ricardo Reis.

Correram em direção à parte central da Vila, enquanto Ricardo Reis afugentava os Knucks que apareciam no caminho. Em instantes, viram-se afastados da batalha em uma rua próxima à Praça dos Anciãos. Ricardo Reis arrombou a porta de uma taberna e sinalizou para que se abrigassem ali. Martin o seguiu. O local estava vazio e às escuras; imaginaram que estariam seguros ali por alguns minutos. Escutavam ao longe os sons da carnificina.

Martin recostou-se contra uma parede e fechou os olhos, embalado pelo som ofegante da sua respiração; percebeu o coração em uma disparada sem controle, quase saindo pela boca. Não sentia dor ou qualquer desconforto; examinou-se, pois achou que podia estar ferido. Convencido de que não estava machucado, fitou a sombra mal iluminada de Ricardo Reis. Entendia que, daquela vez, o imediato do *Tierra Firme* não sabia o que fazer.

Martin recobrou a razão com a velocidade de um raio e a sua mente foi tomada por um único pensamento:

– Maya – disse para si mesmo.

– O que foi? – perguntou Ricardo Reis em um sussurro.

– Maya – gritou Martin.

O homem levou alguns segundos para compreender.

– Martin, não! A Vila está assolada pelos monstros, não há nada que possamos fazer.

– Preciso ir até lá – disse ele, saltando em direção à rua.

Ricardo Reis não tentou impedi-lo e partiu atrás de Martin. No trajeto para a Praça dos Anciãos, além de um mar de mortos e feridos, encontraram várias pessoas em fuga e alguns Knucks. Ricardo Reis os repeliu como pôde, mas de imediato perceberam que a atitude dos monstros havia se modificado; estavam menos agressivos e, se pudessem, evitavam o combate direto. Logo entenderam o porquê: na esquina seguinte, avistaram dois Knucks carregando um garoto de uns dez ou onze anos de idade. De saída, os monstros agora estavam sequestrando as pessoas e levando-as até os barcos.

Martin e Ricardo Reis atacaram os dois Knucks com toda a fúria: o imediato do *Tierra Firme* partiu ao meio a cabeça de uma das criaturas com um único golpe. O garoto que carregavam caiu no chão e Martin partiu para cima do outro; com duas investidas certeiras da espada, arrancou-lhe um braço. Ricardo Reis deu o golpe final, enfiando a espada fundo no tórax do Knuck. O garoto que os monstros carregavam fugiu correndo, gritando de pavor.

– Eles estão levando as pessoas – disse Ricardo Reis.

Mas Martin não o escutava; estava com a mente fixa em Maya. Precisava ter certeza de que ela estava bem.

Encontraram boa parte dos prédios ao redor da Praça dos Anciãos ardendo em chamas. Na área central da praça, ainda viram os voluntários e os Capacetes Escuros combaterem alguns Knucks. De modo geral, porém, os monstros estavam visivelmente se retirando. A Casa dos Anciãos, logo perceberam, estava intacta.

Martin identificou a livraria em meio aos prédios em chamas: ainda estava em pé e não parecia, pelo menos por fora, estar queimando. Encheu-se de esperança e correu até lá, com Ricardo Reis em seu encalço.

Chegando à livraria e vendo a fachada da loja aos pedaços, a esperança se transformou em desespero. A parede na frente da livraria não existia mais e o interior da loja dava diretamente para a calçada. Martin saltou por sobre os escombros e entrou, gritando por Maya. Ao escutar o chamado, os pais de Maya desceram do andar de cima; Martin nunca havia visto alguém mais aterrorizado antes.

– Eles levaram Maya! Os monstros a levaram! – gritou a mãe dela.

Martin explodiu de raiva.

– Quando? – berrou.

Em choque, o casal não respondeu.

– Quando? – insistiu Martin.

– Cinco minutos... – balbuciou o pai de Maya.

Martin voltou-se para Ricardo Reis e disse, com a voz serena:

– Eu vou atrás dela.

Ricardo Reis foi pego de surpresa pela forma resoluta com que Martin anunciou aquela ideia. Ele aproximou-se e colocou as duas mãos nos ombros de Martin.

– Martin, me escute: ela se foi. Não há como pegá-la de volta dos monstros. Você sabe disso.

– Eu vou buscá-la – repetiu ele com a voz ainda mais decidida. Tamanha era a firmeza daquelas palavras, que o imediato do *Tierra Firme* viu-se em dúvida. Buscar alguém das mãos dos Knucks? Seria possível?

Martin viu a transformação no rosto de Ricardo Reis: da incredulidade à esperança, em uma fração de segundo.

– Você é filho do seu pai – anunciou.

Martin disparou como uma flecha pela rua novamente; corria tão depressa que até Ricardo Reis, com as suas pernas compridas, tinha dificuldade de acompanhar o ritmo. No caminho para a rua do Porto, já não viram mais Knucks; escutavam apenas o zumbido infernal extinguindo-se a distância. Tinham muito pouco tempo.

Quando chegaram à rua do Porto, tiveram que abrir passagem entre destroços em chamas e uma quantidade impronunciável de corpos que acarpetavam o chão. Martin atirou-se contra a mureta de pedra a toda velocidade e quase virou por sobre ela e caiu no mar. Junto das pedras, não havia mais nada; os barcos Knucks já tinham partido. Em meio à escuridão, porém, puderam vê-los afastando-se. Eram embarcações estranhíssimas, de formato elíptico e bordos muito baixos, quase à linha d'água. Eram impulsionadas por uma única vela negra de formato triangular. Martin distinguiu seis ou sete barcos menores, com um convés único, abarrotados de Knucks; barcos de transporte. Havia um único navio de um tipo distinto, muito maior e com uma cabine baixa no centro do convés. Tinha que ser aquele que levava as pessoas sequestradas.

Sob o olhar desesperado de Martin, os barcos foram tragados pela noite. Haviam ido embora.

A realidade súbita e implacável se apoderou de Martin: Maya estava perdida.

A visão ficou turva e seus braços e pernas perderam a força. Ainda conseguiu registrar Ricardo Reis amparando a sua queda e impedindo que se espatifasse no chão.

CAPÍTULO XII

O FIRMAMENTO

Martin recobrou os sentidos instantes depois e foi presenteado com uma visão do inferno. A Vila queimava em chamas impiedosas que rasgavam a escuridão de uma forma que ninguém nunca vira antes. Nas calçadas e na rua, dezenas de feridos eram atendidos pelos sobreviventes em meio aos mortos e às carcaças dos monstros.

Ficou em pé com a ajuda de Ricardo Reis. Aos poucos, a força física ia retornando, mas seu espírito havia sido mortalmente ferido. Tinha falhado em proteger Maya; havia dito a ela que ficaria bem na livraria. Havia mentido. Jamais se perdoaria.

O sorriso mágico de Maya e o seu rosto perfeito se materializaram na frente de Martin. A dor era insuportável. Como um livro lido num piscar de olhos, repassou todos os momentos que passara com ela. Maya era um anjo, amava a família e os livros e sonhava apenas em ser a retratista da Vila. Em vez disso, tivera a vida roubada por um monstro.

Martin virou-se para o oceano e cerrou os punhos com força, como se rechaçando a escuridão que estava à sua frente. A seguir, a mente esvaziou-se de qualquer pensamento; ficou vazia, como se ele não fosse nada, não tivesse uma história e não fosse ninguém. Depois daquilo, apenas chorou lágrimas silenciosas que estavam além de qualquer consolo possível.

Ricardo Reis observou Martin em silêncio por um minuto e então disse, com a voz calma:

– Martin, eu sinto muito, mas precisamos sair daqui.

O imediato do *Tierra Firme* começou a caminhar em direção à Vila. Martin o seguiu como um ser inerte, desprovido de qualquer razão ou propósito; não passava de um morto-vivo.

Decidiram ir até a Praça dos Anciãos. Lá seria, sem sombra de dúvida, o local de encontro de todos. Avaliariam os estragos, cuidariam dos feridos e tratariam de enterrar os mortos. Martin pensou em Johannes Bohr; precisava saber se o cientista tinha sobrevivido.

Na metade do trajeto, enquanto percorriam a alameda dos Anciãos, encontraram Heitor; ele estava ferido sem gravidade, mas havia sobrevivido. O chefe dos Capacetes Escuros informou-os de que os estragos e as baixas já estavam sendo contabilizados. Segundo contou, os danos às construções e os incêndios eram muito extensos, mas estavam confinados a uma faixa entre o mar e a Praça dos Anciãos. Fora daquela área, os estragos pareciam ser mínimos. Com relação ao número de mortos, deveria estar na casa das centenas e o de desaparecidos não era tão grande, talvez ao redor de quarenta ou cinquenta pessoas.

– Segundo os relatos históricos – disse Heitor –, esta pode ser considerada uma incursão de menor intensidade. Já lemos a respeito de eventos nos quais os monstros levaram consigo até um terço da população.

– Não há dúvida de que poderia ter sido muito pior – concordou Ricardo Reis. – Os Knucks se retiraram porque quiseram; no ponto em que estávamos, já não oferecíamos nenhuma resistência.

Para Martin, a conversa entre Heitor e Ricardo Reis não passava de um ruído distante; as formas dos dois homens parados ao seu lado se resumiam apenas a dois vultos indistintos. Imerso num inferno particular, Martin era açoitado por pensamentos sombrios e alvejado por uma culpa impiedosa. Foi então que lágrimas de um tipo diferente começaram a rolar pelo seu rosto. Não eram de dor, nem de remorso. Eram apenas de raiva.

Martin experimentou uma estranha sensação enquanto todos os músculos do seu corpo se tensionavam ao mesmo tempo, como se tivesse sido concedido a eles uma força sobre-humana. Os sentidos se aguçaram, como se seu corpo estivesse pronto para a luta outra vez. No momento seguinte, a sua mente ficou clara.

— Precisamos resgatar as pessoas que foram levadas – interrompeu, com uma estranha lucidez na voz.

Heitor parou de caminhar e olhou para Martin.

— A namorada dele foi levada – explicou Ricardo Reis.

Heitor se aproximou de Martin e disse:

— Eu vi que você lutou bravamente; estou muito orgulhoso de você. Mas esqueça essa ideia. Não podemos enfrentar os Knucks nem em nossa própria cidade, que dirá no meio do mar.

— Mas temos que enfrentá-los. Aquelas pessoas ainda estão vivas; os monstros as levam sabe-se lá para quê. Temos que impedi-los.

— Martin, não pode ser feito – disse Heitor, com a voz baixa, mas decidida.

Martin fitou os olhos de Heitor com uma intensidade assombrosa.

— Os monstros destruíram tudo o que eu jamais tive: a minha mãe, a minha cidade, provavelmente o meu pai... e agora Maya. Não tenho nada a perder. Se for necessário, vou atrás deles até mesmo sozinho.

— Qualquer um que embarcar em uma missão assim estará rumando para a morte certa.

Martin assentiu, a mão esquerda involuntariamente achando o caminho da empunhadura da espada embainhada. Aquela era a ideia.

Heitor o admirou com espanto; a figura daquele rapaz, naquele instante, transfigurada em algo maior, cuja compreensão não era possível em termos racionais.

– E como faríamos isso, Martin? – perguntou Ricardo Reis, interpondo-se na conversa.

A reposta se materializara na mente de Martin segundos antes:

– O *Firmamento*. É um belo navio; pelo que sei, é um dos maiores já construídos e está pronto para partir há semanas.

– Isso é loucura – disse Heitor.

– Não, não é. Você se lembra daquela arma que usei para defender a sua família durante a neblina? Você me perguntou de onde tinha vindo.

Heitor assentiu.

– Ela foi fabricada por um cientista chamado Johannes Bohr. Ele tem dezenas delas em casa.

– Isso é verdade? – perguntou Heitor.

– Sim. Eu moro com ele e o ajudo no laboratório. Ele fabricou dezenas daquelas armas, além de uma grande quantidade de munição.

– E o que você sugere exatamente? – perguntou Ricardo Reis.

– Mobilizaremos a tripulação para navegar o *Firmamento* e a ensinaremos a usar as armas de Johannes. Em questão de duas ou três horas, estaremos prontos para partir. Eu observei os barcos Knucks navegando: não são embarcações rápidas. Creio que podemos alcançá-los com um navio do porte do *Firmamento*.

– Mesmo que eu considerasse levar adiante tal maluquice, isso jamais seria autorizado pelos Anciãos – disse Heitor.

– Você está falando dos mesmos que ordenaram a você e seus homens que ficassem sentados na frente da Casa dos Anciãos assistindo à Vila ser assolada pelos monstros?

Heitor recebeu a crítica de Martin como se fosse um golpe de espada. Cambaleou para o lado e as feições se tornaram severas. Martin achou que ele fosse retrucar com uma resposta enfurecida, mas, em vez disso, relaxou e ficou em silêncio por um longo período. Por fim, disse:

– Você tem razão. Não pense que não tenho sofrido, como todos os outros, dilemas de consciência entre o que acho que é certo e o que a Lei me manda fazer. No meu caso, é ainda pior: sou chefe dos Capacetes Escuros, os Anciãos esperam que eu faça a Lei ser cumprida.

– Está na hora de todos fazermos o que a nossa consciência manda – disse Ricardo Reis e Martin soube na mesma hora que tinha ganhado um aliado. – Martin tem razão. Aquelas pessoas estão vivas e temos os meios para lutar por elas. Se não o fizermos porque um Ancião ou quem quer que seja nos disse para não fazer, quem seremos? No que teremos nos transformado?

Martin podia ver que a tormenta interna de Heitor aumentara ainda mais. Tinha certeza de que o chefe dos Capacetes Escuros se lembrava da ocasião, havia tão pouco tempo, em que Martin retornara para ajudar sua esposa e seus filhos. Heitor se afastou alguns passos, com o olhar perdido na cidade em chamas; permaneceu imerso nos próprios pensamentos por um minuto inteiro.

Quando ele se reaproximou e quebrou o silêncio, seu tom de voz havia mudado. Estava decidido.

– Vou reunir uma tripulação para o *Firmamento*, mas vamos fazer isso ao meu modo: vou apresentar o argumento a Dom Cypriano.

– Muito bem – concordou Ricardo Reis.

– Não temos muito tempo – disse Martin, já retomando a caminhada em direção à Praça.

Martin sentiu uma pontada no peito, como se o coração tivesse se torcido, quando viu o que havia restado da Praça dos Anciãos. O sentimento era uma estranha mistura de horror e fúria e fora desencadeado pela visão da praça entregue ao caos completo.

A maior parte dos prédios ao redor da praça estava em chamas. Voluntários corriam de um lado para o outro, tentando combater os focos de incêndio. A área central da praça, por sua vez, tinha sido transformada em um hospital de campanha: havia fileiras de feridos espalhados pelo chão, enquanto aguardavam atendimento dos cirurgiões e dos enfermeiros. Em uma das extremidades, os corpos dos mortos eram separados e colocados em carroças. Seriam queimados em uma grande fogueira em algum local aberto da parte leste da Vila. Simplesmente não havia lugar para enterrar tanta gente.

Junto das escadarias da entrada da Casa dos Anciãos, bem abaixo do Grande Relógio, perceberam uma grande aglomeração de pessoas. Mesmo a certa distância, podiam escutar vozes exaltadas discutindo. Bem no centro da multidão, reconheceram Dom Cypriano, cercado pelos demais Anciãos e ainda por funcionários da Zeladoria e por Capacetes Escuros. O Ancião-Mestre vestia a mesma bata branca que Martin tinha visto no dia do julgamento; mantinha também o mesmo aspecto arrogante da outra ocasião. Martin não se lembrava de ter visto antes um Ancião fora dos limites da Casa, misturado com a população.

Heitor os conduziu bem para o meio do tumulto, para junto do local onde Dom Cypriano estava. Martin logo entendeu o que é que ele fazia ali fora: tentava acalmar os ânimos de uma população inquieta e revoltada.

– Queremos saber por que motivo a maior parte dos Capacetes Escuros ficou aqui sem fazer nada, enquanto os monstros arrasavam a Vila! – uma voz bradou em meio à multidão.

Quando identificaram Heitor, as pessoas foram ao delírio.

– Heitor! Heitor! Heitor!

Dom Cypriano lançou um olhar de reprovação para o chefe dos Capacetes Escuros e disse:

– Estou muito decepcionado com você, Heitor. Desobedeceu a uma ordem direta e abandonou seu posto.

– Se Heitor e seus homens não tivessem organizado a defesa e lutado conosco na rua do Porto, não teria sobrado nem a sua maldita Casa – disse um homem bem na fileira da frente.

As pessoas ovacionaram Heitor mais uma vez.

Dom Cypriano ergueu uma mão, pedindo silêncio. Martin observou como o Ancião-Mestre ainda tinha poder sobre as pessoas: imediatamente, todos se calaram.

– Não nos cabe discutir a Lei, e sim obedecê-la. A nossa civilização sobrevive há dois milênios porque assim o fazemos, seguindo o que nos dizem os Livros da Criação.

Heitor saudou o Ancião-Mestre respeitosamente e disse:

– Vossa excelência, sinto muito se desobedeci às ordens. Receio que, nesse caso, fui obrigado a seguir a minha consciência; não podia deixar aquelas pessoas largadas à própria sorte.

– Isso não muda as coisas – disse Dom Cypriano.

– Tenho outro assunto a tratar e é urgente, por isso, serei direto. Martin Durão, que vossa excelência conhece, tem um plano para resgatar as pessoas que foram sequestradas pelos Knucks.

Ao ouvir a frase, o rosto de Dom Cypriano contorceu-se de raiva.

– Blasfêmia! Agora estou certo de que o chefe dos Capacetes Escuros perdeu de vez a razão – trovejou o Ancião e, lançando um olhar reprovador para Martin, acrescentou com a voz mais calma: – Propor tamanha heresia, na companhia de um fora da lei foragido! O que devo fazer com você, chefe Heitor?

– Excelência, aquelas pessoas ainda estão vivas. Podemos salvá-las se agirmos rapidamente – insistiu ele.

Dom Cypriano ignorou o que Heitor dizia e anunciou, ainda olhando para Martin:

– Chefe Heitor, prenda esse fora da lei e conduza-o à masmorra da Zeladoria.

Um silêncio sepulcral se instalou. Martin mal ousava respirar; as pessoas se entreolhavam, nervosas. De repente, ouviu-se um sussurro: era de Heitor.

– Não.

– Como? – indagou Dom Cypriano, seu rosto transfigurado de ódio.

– Não – repetiu ele em voz alta. – Martin Durão lutou bravamente na linha de frente, enquanto outros correram para a segurança desta Casa. Cada homem, mulher e criança que sobreviveu a esta catástrofe deve a vida àqueles que, como ele, enfrentaram os monstros na batalha. E é por isso que não vou prendê-lo, porque não o considero um criminoso. Ao contrário, excelentíssimo, considero o jovem Durão o que temos de melhor.

– Senhores, prendam esse rebelde! – urrou Dom Cypriano aos Capacetes Escuros que o cercavam.

Os soldados se entreolharam, confusos, e então, ao vislumbrar o seu comandante, ficaram parados onde estavam.

– Com a sua permissão ou sem ela, iremos buscar aquelas pessoas – disse Heitor.

Um homem que assistia a tudo na primeira fileira deu um passo à frente e disse:

– Tenho uma sobrinha que foi levada. Se vocês têm um plano, todos queremos escutá-lo.

A frase do homem ecoou entre a multidão, que exigiu saber do que se tratava o tal plano.

Dom Cypriano deu meia-volta e saiu enfurecido em direção à Casa dos Anciãos, acompanhado de sua comitiva. Quando ele se virou, Martin identificou entre as pessoas que o seguiam o tio Alpio e Noa. Os dois tinham um aspecto que parecia misturar doses iguais de raiva, rancor e medo. Imaginou que, da Casa dos Anciãos, tinham tido uma visão panorâmica (e em segurança) de tudo o que havia ocorrido.

– Muito bem – anunciou Heitor. – Precisamos mobilizar a tripulação do *Firmamento*, que já está familiarizada com o navio. Se não conseguirmos achar todos, buscaremos voluntários entre a população. No total, devemos reunir cinquenta homens dispostos a lutar.

– Gostaria de me oferecer para o posto de capitão, com a sua permissão, é claro. Há muito a ser feito aqui na Vila e vão precisar de você em toda parte – disse Ricardo Reis.

– Você não pode ir – disse Martin para Heitor. – Não pode deixar a Vila nas mãos dos Anciãos num momento como este.

Heitor titubeou, mas, por fim, concordou.

Foram dispensados com a ordem de arranjar voluntários para a missão; todos deveriam se apresentar no cais em uma hora. O *Firmamento* estava pronto para zarpar e não precisava de nenhum preparativo para navegar. Bastava reunir uma tripulação e partir.

Martin convenceu Heitor de que ele próprio deveria ir junto. Argumentou que os monstros tinham levado Maya e que ela era, junto com Johannes, a única família que tinha agora. Ele não contra-argumentou; sabia que Martin não aceitaria um não como resposta. Heitor acabou concordando e pediu que ele fosse até a casa de Johannes para apanhar todo o arsenal de armas e munição que o cientista tivesse guardado.

Martin encontrou Johannes Bohr, apesar da idade, trabalhando como voluntário no combate aos incêndios na praça. Abraçaram-se com força e o velho não conteve as lágrimas ao vê-lo ainda com vida. Martin explicou o que acontecera com Maya e contou que planejavam partir com o *Firmamento* em uma missão de resgate. Precisavam de todas as armas de cano longo que ele tivesse em casa. O cientista calculou que deveria ter entre vinte e vinte e cinco unidades, além de um farto estoque de munição.

Martin preferiu não dizer que pretendia embarcar no navio; pelo menos, não por enquanto.

Ainda na praça, em meio à confusão de pessoas feridas no chão e de gente correndo com baldes d'água para conter os incêndios, Martin encontrou Omar. Abraçaram-se, um não acreditando que o outro havia sobrevivido; Martin contou a respeito de Maya.

– Não, Maya não... – balbuciou Omar, levando as mãos à cabeça.

– Vamos buscá-la, Omar. Preciso da sua ajuda.

Correram em um ritmo alucinado até a padaria e pegaram a carroça do pai de Omar. Martin explicou que tinham que ir até a casa de Johannes, apanhar todas as armas e retornar ao porto em menos de uma hora. Omar fez os cálculos e achou que conseguiriam, mas teriam que exigir o máximo do cavalo, além de não carregar nenhum peso desnecessário.

No trajeto, Omar contou que um Knuck tinha tentado invadir a padaria, mas que ele e seu pai haviam conseguido detê-lo, derramando óleo de lampião e depois ateando fogo no monstro. Na luta, seu pai fora ferido sem gravidade em um dos braços.

Uma súbita rajada de vento vinda da terra, acompanhada por nuvens e relâmpagos no lado leste da Vila, indicavam que uma tempestade se aproximava. Vento vindo do continente; era exatamente disso que precisavam, pensou Martin.

Cerca de uma hora mais tarde, no exato momento em que Omar parou a carroça junto ao cais do porto, começou a chover. Não era uma chuva intensa, mas vinha acompanhada de um vento moderado e constante que soprava da terra. Tinham conseguido apanhar as armas e a munição, mas não havia tempo para ensinar ninguém a usá-las. Viram a tripulação já a bordo do *Firmamento*, pronta para zarpar. Apenas Ricardo Reis o aguardava no cais.

Enquanto levava as caixas com o armamento em direção ao navio, Martin teve o primeiro vislumbre do *Firmamento*. Era um navio impressionante. Com três mastros, uma murada alta e oito canhões de cada lado, era provavelmente a nave mais imponente que a Vila já vira desde o *Altavista* do capitão Robbins. O *Firmamento* era um galeão de construção sólida e perfil orgulhoso e já estava com velas panejando ao vento, pronto para partir.

Depois de terminar de carregar as armas ao navio, Martin despediu-se de Omar. Sem palavras, escutou do amigo apenas:

– Trate de trazer Maya de volta, e tente voltar inteiro você também.

Martin acenou para Omar, já sentindo o movimento do navio, livre das amarras. Observou o amigo sozinho na escuridão do cais, em meio à chuva, mas logo seu olhar se perdeu. À medida que derivavam para longe da terra, a atenção de todos foi capturada por uma visão da Vila de um ângulo que nunca (com exceção de Ricardo Reis) tinham tido. Boa parte das casas e dos pequenos prédios da rua do Porto estava sendo consumida por chamas impiedosas; era possível ver e escutar o movimento desesperado das pessoas tentando combater o fogo. Estranhamente, mesmo em meio àquela cena, a rua do Porto ainda mantinha um pouco do ar sereno, pela iluminação dos lampiões. A visão encheu Martin de ódio dos monstros; a Vila, com todas as suas imperfeições, era o único lar que tinha. Sabia que os outros homens da tripulação olhavam a cidade agonizante e sentiam a mesma coisa. Mas, agora, era chegada a hora do troco.

Instantes depois, Ricardo Reis ordenou à tripulação que colocasse as velas ao vento; aproveitariam ao máximo as rajadas que vinham trazendo a tempestade do continente. Uma vez içadas, as velas se retesaram e o *Firmamento* ganhou velocidade. Martin estranhou a sensação de não ter um chão firme sob os pés; o balanço do navio era intenso à medida que subia e descia nas ondas do mar revolto. Calcularam a vantagem dos Knucks em aproximadamente três horas; com sorte, e navegando o navio no seu limite, alcançariam a frota em quatro ou cinco horas. Então, precisariam planejar o que fazer.

Ricardo Reis convocou a tripulação para uma reunião no convés. Eram, Martin soube naquele momento, apenas quarenta e três tripulantes, sendo que destes, apenas trinta faziam parte da tripulação original do *Firmamento*. A conta naturalmente incluía o capitão e a ele próprio. Era tudo o que tinham conseguido reunir em apenas uma hora, em meio à confusão instalada na Vila. O capitão pediu que Martin explicasse como deveriam ser usadas as armas de cano longo de Johannes Bohr.

Martin tentou dar a melhor explicação que pôde na escuridão em que se encontravam e com o balanço incessante do navio. O mesmo vento que os impulsionava em direção ao horizonte a toda velocidade, também tinha trazido a parte mais intensa da tempestade; a chuva agora caía torrencialmente e os vagalhões se avolumavam como monstros que ameaçavam engolir a popa do *Firmamento*.

Quando Martin terminou de falar e os homens da tripulação já haviam testado as armas pela primeira vez, Ricardo Reis retomou a palavra; o capitão explicaria a sua estratégia para combater os monstros e salvar os reféns. O alvo era o barco maior, pois era o único que possuía uma coberta, e acreditavam que aquele fosse o local onde os reféns eram mantidos presos. Emparelhariam o *Firmamento* com o barco Knuck e o abordariam, libertariam os reféns e depois, enquanto se afastavam, disparariam os canhões contra a embarcação inimiga. Era certamente fácil de falar, mas difícil de ser feito; teriam que contar com a sorte e torcer para que os demais barcos Knucks tivessem se afastado do barco principal devido ao mar agitado. Se estivessem todos juntos, não teriam a menor chance de enfrentar ao mesmo tempo mais de uma nau repleta de monstros.

Navegando em meio à fúria da tempestade, o *Firmamento* jogava violentamente contra as ondas; o convés e a tripulação estavam ensopados e Martin temia que as armas, que estavam guardadas na cabine, ficassem molhadas demais para uso na hora em que precisassem delas. Desafiando a prudência, mantiveram o velame a pleno, apesar da intensidade implacável do vento; avançavam rapidamente, cortando a ira das ondas, com a madeira do casco do navio rangendo com o esforço. A tormenta agarrava o *Firmamento* com garras e dentes e era clara a sua intenção de fazer o navio em pedaços.

A audácia do capitão contra a intempérie logo se justificou: cerca de quatro horas depois de zarpar, um tripulante que vasculhava o negrume do horizonte berrou, anunciando um vulto nas ondas. Um minuto depois, avistaram a forma ameaçadora do barco Knuck; Ricardo Reis ordenou uma correção no curso para interceptar a embarcação. Estremeceram ao entender que, devido à péssima visibilidade, já se encontravam, na verdade, muito próximos do alvo. Um pouco mais ao longe, para desespero geral, também identificaram os vultos menores dos barcos de transporte.

Aproximar-se e emparelhar com o barco Knuck provou ser uma tarefa quase impossível; Ricardo Reis tomou a roda de leme para si e manobrou o navio com dificuldade na direção desejada. O resultado da manobra demorada foi que a aproximação deles havia sido detectada e os monstros urravam e saltavam enfurecidos no convés.

Ricardo Reis devolveu o leme a um tripulante e ordenou que as armas fossem preparadas. Como não havia armamento em número suficiente para todos, quem não ganhara uma empunharia arco e flechas. A ideia era despejar uma chuva de balas e flechas sobre os monstros, enquanto mantinham as embarcações emparelhadas. Tudo deveria sem feito com o máximo de cuidado para não alvejar a coberta, onde os reféns deveriam estar.

Finalmente alinhados lado a lado, quase toda a tripulação do *Firmamento* se posicionou na amurada, com armas em punho. Na iminência do momento decisivo, Ricardo Reis foi até o ponto mais alto do convés e bradou a plenos pulmões:

– Senhores! Chegou a nossa hora. Por gerações de nossos antepassados tememos esses animais e deixamos que matassem e sequestrassem nossas famílias. Mas hoje é diferente! Estou orgulhoso de vocês! Vamos pegá-los!

Um grito de excitação cortou a noite; no barco ao lado, os monstros, pela primeira vez, encheram-se de dúvidas. Nunca tinham sido desafiados por tamanha ousadia.

A hora havia chegado e não mais do que dois ou três metros separavam o *Firmamento* do barco Knuck. Um relâmpago incendiou a noite e revelou o convés repleto de Knucks, que saltavam de cólera. O capitão esperou o navio subir na crista de uma vaga e só então deu o sinal para que disparassem. Tinham um ponto de vista privilegiado, pois o convés do *Firmamento* situava-se muito acima do que o do outro barco.

Martin firmou a arma, compensou o movimento das ondas e mirou em um Knuck. Pressionou o gatilho e, apesar de impulsionado para trás pelo coice, viu o monstro ser alvejado e cair sem vida no mar. Uma sucessão de disparos se seguiu e, depois, um mar de flechas desabou sobre o convés repleto de monstros. Tentaram recarregar as armas para uma segunda onda de disparos, mas a tarefa era muito complicada para ser realizada naquelas condições de iluminação e com o balançar do navio; além de Martin, apenas outros cinco tripulantes conseguiram efetuar um segundo disparo.

Decidiram suspender a artilharia; não podiam arriscar acertar os reféns. Colocaram as armas de lado, desembainharam espadas e cutelos e aguardaram o *Firmamento* bater contra a lateral do barco Knuck. Em meio às ondas, a colisão foi mais violenta do que esperavam e vários homens que estavam pendurados na amurada foram jogados para o outro barco. Martin saltou junto com os demais e aterrissou no convés da embarcação inimiga.

O combate que se seguiu foi feroz, mas menos intenso do que tinham imaginado. Mais da metade do contingente de Knucks havia sido morta pela balas e flechas que haviam disparado. Quando Martin percebeu que havia um corredor de segurança até a coberta, embainhou a espada e pegou um machado emprestado de um dos homens. A cabine do barco Knuck era de uma configuração diferente de tudo que já vira: tratavam-se, na verdade, de diversos pequenos compartimentos separados, como bagageiros; não tinham janelas e eram todos tão baixos e apertados que as pessoas ali dentro deveriam estar agachadas e encolhidas.

Martin ajoelhou-se junto do compartimento mais próximo. Enxugou com o dorso das mãos a água da chuva que lhe turvava a visão e examinou o estranho cadeado triangular que mantinha trancada a porta da cabine. Ficou em pé e calculou o golpe; ergueu o machado alto acima da cabeça e atingiu a tranca com violência. A pequena peça de metal espatifou-se frente a lâmina afiada e a porta se abriu.

No interior da primeira divisão, encontrou cinco pessoas amontoadas como se fossem carga. Estavam encolhidas e enroscadas umas nas outras pela falta de espaço. A princípio, temeu que estivessem mortas, mas quando a fraca luminosidade invadiu a sua prisão e elas viram a fisionomia de Martin, lentamente começaram a se movimentar. Apesar do choque, logo entenderam o que se passava. Martin as ajudou a sair e indicou que deveriam se dirigir ao navio que estava encostado ao lado. Teve que entrar no compartimento para tomar no colo uma criança pequena, de talvez quatro ou cinco anos, que, embora não parecesse ferida, estava apavorada demais para reagir. Levou a menina até junto do *Firmamento* e a entregou para um tripulante que estava a bordo do navio.

Retornou para a cabine e repetiu a operação. A cada compartimento aberto, homens, mulheres e crianças eram libertados. Com quase todas as divisões abertas, ainda não havia sinal de Maya. Martin gritou contra a tormenta que lhe cegava a visão; estava tomado de pavor com a possibilidade de não encontrá-la. Puxou os próprios cabelos com força e se recompôs, rumando para a última cabine fechada.

Golpeou o cadeado com tamanha fúria que a lâmina do machado se partiu junto com a tranca; a porta do compartimento se abriu sozinha, impulsionada pela ventania. Por um capricho do destino, foi ali, na última cabine, que encontrou Maya, encolhida e amontoada com outras duas pessoas.

Martin a tomou nos braços e olhou em seus olhos; Maya não falava e não fixava o olhar; estava em choque, os braços e pernas flácidos como os de uma boneca. Gritou por ajuda e dois tripulantes vieram para auxiliar as outras duas pessoas que estavam aprisionadas junto com Maya. Martin a carregou sozinho até o *Firmamento*.

Mesmo com os Knucks dominados, tiveram dificuldade para transferir os reféns, muitos em estado de torpor, assim como os vários feridos, de volta para o *Firmamento*. Precisavam partir imediatamente. Alertadas pelos sons do combate, as demais embarcações agora rumavam na direção deles e pelo menos um barco já se encontrava nas proximidades. Escutavam os zumbidos enfurecidos em meio a tempestade.

Antes mesmo de se separar do barco Knuck, Ricardo Reis ordenou que parte da tripulação descesse à cabine e carregasse os canhões. O restante dos homens preparou as velas e ajudou a dar meia-volta no *Firmamento*. Um dos barcos de transporte já estava quase junto da embarcação maior, que agora derivava abandonada. Quando o *Firmamento* começava a ganhar velocidade, o capitão ordenou uma rápida manobra que colocou a lateral do navio apontada para os barcos Knucks. O convés convulsionou-se quando os oito canhões dispararam quase ao mesmo tempo. O barco Knuck que tinham abordado e o outro, repleto de monstros, que se aproximava foram atingidos por cinco dos oito disparos. Duas bolas de fogo ergueram-se na escuridão e o navio maior, que estava mais próximo, foi a pique. O outro, embora atingido em cheio, continuou navegando, mas ficou danificado demais para persegui-los. O restante da frota Knuck permanecia mais distante. Tudo o que tinham que fazer era imprimir velocidade no *Firmamento* e fugir. Tinham conseguido. Estavam a salvo.

No convés do *Firmamento*, contaram sete mortos entre a tripulação e dez feridos. Ricardo Reis fora atingido em uma das pernas, mas o ferimento era superficial. Os reféns exibiam escoriações diversas, mas também não pareciam feridos com gravidade; estavam, entretanto, paralisados pelo horror da experiência que tinham vivido. Martin examinou Maya minuciosamente em busca de algum sinal de fratura ou de algum ferimento mais profundo do que as escoriações que ela exibia, mas nada encontrou. Ela permanecia, porém, em estado de catatonia, alternando períodos de sono com outros de semiconsciência.

No retorno, todo o benefício do vento de popa que tinham usufruído na ida, agora havia se transformado em estorvo. Obrigados a navegar no contravento, o trajeto de volta à Vila foi trabalhoso e levou quase doze horas, em contraponto com as apenas quatro de que tinham precisado para interceptar a frota Knuck.

Foi somente quando a silhueta da Vila, ainda em chamas, se desenhou no horizonte que perceberam que tinham conseguido; haviam sobrevivido. Martin sentiu as forças se esvaírem; estava cansado além de qualquer descrição possível. Mas estava feliz: trazia Maya, viva, em seus braços.

CAPÍTULO XIII

A CARTA DE CRISTOVÃO DURÃO

A ovação e o clamor popular que sacudiram a Vila quando o *Firmamento* atracou foram de uma intensidade impressionante. Ao verem os reféns desembarcando com as próprias pernas, a multidão foi ao delírio. Heitor, Ricardo Reis e Martin, que foi reconhecido como autor do audacioso plano, foram alçados à condição de heróis.

Como a Vila ainda ardia em chamas e existia um grande número de feridos para tratar, inclusive os recém-desembarcados do *Firmamento*, entretanto, não havia tempo para comemorações mais prolongadas. A tripulação foi dispensada e convocada para outras tarefas, enquanto os feridos foram encaminhados para o grande hospital a céu aberto em que tinha se transformado a Praça dos Anciãos. Os mortos seriam cremados junto com os demais na parte leste da Vila.

Johannes e Ricardo Reis convenceram Martin a deixar Maya com os pais e ir para casa. Ela ainda estava muito sonolenta e precisava, assim como ele, apenas de descanso. Novamente, Martin encontrou Omar em meio à confusão da Praça dos Anciãos. Pediu ao amigo que o levasse para casa; estava exausto e sentia dificuldade até mesmo para ficar em pé.

Martin nada guardou do trajeto até a casa do cientista ou das palavras que trocou com Omar antes de desabar sobre a cama. Dormiu por doze horas seguidas e, durante o sono, foi atormentado por sonhos bizarros de uma vividez que nunca antes experimentara. A imagem da Vila iluminada pelo foco de luz no céu havia retornado com uma riqueza ainda maior de detalhes. Lembrou-se das palavras de Johannes Bohr, de que a navegação tinha aquele estranho efeito sobre a mente humana. E isso que tinham avançado apenas algumas poucas horas mar adentro.

Apesar do sono agitado, Martin despertou descansado, embora com os músculos doloridos do esforço. Ainda dormia no mesmo canto que tinha arrumado para si no porão da casa do cientista. Enquanto trocava de roupa, escutou vozes conhecidas vindas do andar de cima.

Na sala de estar, Johannes e Ricardo Reis tomavam chá e conversavam. Pelo modo como se tratavam, teve certeza de que eles se conheciam havia muito tempo. Os dois sorriram e ofereceram chá para Martin. Sobre a mesa, percebeu os documentos de Alicia Paz espalhados.

– Eu estava agradecendo a Ricardo por tê-lo trazido de volta inteiro – disse Johannes.

– Martin não precisou de mim para voltar vivo – completou Ricardo Reis em meio a um amplo sorriso.

Martin sentou-se e tomou um longo gole de chá.

– Então, além de capitão do *Firmamento*, você é o imediato do *Tierra Firme*? – indagou Martin, disparando a pergunta que estava presa em sua garganta desde que vira o manifesto do *Tierra Firme*.

– Eu sou o imediato do seu pai, Martin. Como descobriu?

– O manifesto do navio está entre os documentos de Alicia Paz. Temos que admitir que o seu disfarce como mendigo foi muito melhor do que o meu de Alice.

Os três sorriram, mas Martin logo ficou sério novamente.

– Meu pai o mandou de volta a Vila, naquele bote do *Tierra Firme*.

Ricardo Reis assentiu.

– Isso significa que ele está vivo? – perguntou Martin, agarrando a caneca de chá com força; o coração disparando sem controle.

– Sim, Martin, ele está vivo, assim como toda a tripulação do navio.

Martin fechou os olhos e tentou mentalmente segurar o mundo que começara a girar sob seus pés. O pai estava vivo.

– Como é possível? – perguntou.

– Só foi possível por um motivo: seu pai sabia exatamente o que nos esperava no Além-mar.

– Knucks.

Ricardo Reis assentiu outra vez.

– Seu pai acredita que os navios partem como uma espécie de oferenda aos monstros. Isso os impediria de incursionar à Vila com uma frequência muito maior.

– Então, os Anciãos sabem, e este é o seu "Grande Segredo" – disse Martin.

– Apenas uma parte dele – completou Johannes. – Seu pai descobriu muitas coisas decifrando a obra de Maelcum e, depois, tirando as suas próprias conclusões.

– Cristovão Durão acredita que existe uma ligação histórica entre os Anciãos e os Knucks. Os Anciãos a usariam para impor a sua Lei por meio do terror que os monstros causam nas pessoas – acrescentou Ricardo Reis. – Por isso, as incursões Knucks tendem a ocorrer em períodos de instabilidade política. O medo força as pessoas de volta à órbita da Lei Anciã.

– E a neblina é a mesma coisa? – perguntou Martin.

– Sim. Uma maneira diferente de se fazer a mesma coisa. De algum modo, os monstros controlam a neblina e a usam como disfarce para penetrar na Vila e sequestrar pessoas.

– O *Intrepid*... estava repleto de monstros escondidos – disse Martin em voz baixa.

Ricardo Reis concordou com um suave aceno de cabeça e então baixou o olhar.

– Então a tripulação do *Intrepid*...

– Estão todos mortos, Martin. No momento em que um navio parte para o Além-mar, ele ruma diretamente para uma armadilha. No exato instante em que capitão quebra o Opérculo e toma a direção indicada naquele documento, todos dentro do navio estão condenados.

– Não compreendo – disse Martin. – Os navios partem equipados com canhões e os homens da tripulação são treinados por vários meses. Por que não resistem?

– Eles lutam, Martin. Mas depois de vários dias no mar e pegos inteiramente de surpresa, os tripulantes não têm a menor chance. Sempre levam a pior – respondeu Ricardo Reis.

– E quanto ao *Horizonte*? – perguntou Martin a Johannes.

– Fomos atingidos por uma tempestade violenta que nos desviou muito do curso indicado no Opérculo – respondeu ele. – Com o que agora sei, entendo que foi apenas esse desvio que nos salvou, pois impediu que os Knucks nos encontrassem.

Martin inspirou profundamente e recostou-se na cadeira.

– Ainda não entendo. Se os Anciãos entregam a tripulação como oferenda, por que se dar ao trabalho de construir galeões imponentes como os que os Armadores fazem? – perguntou.

– É tudo uma grande encenação, e o povo só acredita nela há tanto tempo porque é tão bem feita. Por isso, é essencial que os navios sejam bem equipados; as pessoas precisam acreditar que estão fazendo algo importante, mesmo sem saber o que é. Além disso, a construção dos navios é a maior atividade econômica da Vila e envolve cada cidadão, direta ou indiretamente – respondeu Ricardo Reis.

– E é claro que essa história toda também ajuda a manter os Armadores cada vez mais ricos – completou Johannes.

– E o que o Knucks fazem com as pessoas no Além-mar? Por que precisam tanto delas? – perguntou Martin, com a mente cada vez mais atordoada com a gravidade daquilo que estavam discutindo.

– Simplesmente não sabemos – respondeu Ricardo Reis abrindo as mãos e sacudindo a cabeça. – É uma das muitas respostas que seu pai pretende buscar no Além-mar. A única certeza que existe quando se embarca num navio é de que os Knucks vão estar à espreita.

– Mas meu pai sabia o que esperar.

– Sim, e foi somente isso que nos salvou.

Martin pensou por um momento e perguntou:

– E por que meu pai o enviou? Por que não veio ele mesmo?

– Seu pai não pôde vir porque precisa cuidar do navio; ainda temos uma missão a cumprir.

Martin pensou por um segundo: fazia todo sentido. Agora, entendia melhor como a mente do pai funcionava e, se ele havia partido daquela forma, tinha que ter sido com um propósito muito claro.

– Qual missão?

– Cristovão apenas mencionou superficialmente esse assunto comigo, Martin. Na verdade, o "Grande Segredo" é apenas a ponta de algo muito maior, da mesma forma que os Knucks não passam de parte do que há de mal. Há coisas piores lá fora.

– Seu pai está em busca da verdade – completou Johannes. – A verdade sobre o nosso universo. Qual é a origem do "Grande Segredo"? Como é possível que alguém como Maelcum tenha vindo de algum lugar que não a Vila? Por que é que um fenômeno tão estranho ocorre quando damos alguns passos além da Cerca? Todas estas perguntas têm respostas.

– E por que mandá-lo? – perguntou Martin a Ricardo Reis.

– A minha tarefa era cuidar de você sem revelar a minha identidade. Seu pai temia que você soubesse de toda a verdade ainda muito jovem, sem estar preparado para ouvi-la. Além disso, ele afirmou que os Anciãos sempre ficariam de olho em você.

– Por que motivo os Anciãos teriam interesse em mim? Não sou ninguém.

– Isso não é verdade, Martin. Seu pai sempre afirmou que existe alguma coisa em você, na sua origem, que os preocupa tremendamente. Não sei do que se trata, é algo que Cristovão também nunca me explicou.

Martin estava confuso. Parecia que, a cada dúvida resolvida, surgiam novas perguntas.

– Foi você quem colocou o livro de Maelcum junto aos outros no nosso clube de leitura?

– Sim.

Martin permaneceu em silêncio, fitando Ricardo Reis.

– Seu pai deseja que você leia aquele livro – completou ele. – Além disso, no meio dele há uma carta para você.

Martin engoliu em seco: como poderia não ter visto? A verdade é que ele e Maya tinham lido apenas um pequeno trecho do livro; nunca o haviam folheado.

– Você já tinha uma boa ideia do que se tratava o "Grande Segredo", não? – perguntou a Johannes.

– Entendi a realidade das coisas durante a neblina, olhando para estes documentos. Algumas peças que faltavam foram dadas agora há pouco por Ricardo Reis. Sinto se não compartilhei toda a verdade com você, mas eu estava totalmente atordoado.

Martin ficou em silêncio, tentando acostumar a mente à realidade de que, depois de tanto tempo, não era mais órfão de pai. Mais uma vez, fechou os olhos com força e, quando tornou a abri-los, sabia de forma cristalina o que queria:

– Quero ver o meu pai.

Johannes e Ricardo Reis se entreolharam.

– Em breve, você verá. Seu pai tem uma missão para nós e este é o outro motivo pelo qual estou aqui: vim buscá-lo. Dentro de alguns meses, se tudo correr bem, vamos partir juntos para o Além-mar – disse o capitão do *Firmamento*.

Martin permaneceu mais uma vez em silêncio, atônito. Depois de um longo momento imersa numa tormenta de idéias, sua mente ficou clara. Levantou-se já imbuído com um propósito: precisava encontrar a carta do pai e tinha que ver Maya.

– Preciso ir – disse apenas.

Meia hora depois, Martin estava entrando na casa da rua Lis. Sabia que tinham deixado o livro no chão da casa, no momento em que escutaram os sinos do alarme. Martin vasculhou a sala e o encontrou, bem no local onde ficara abraçado com Maya. Folheou página por página, até encontrar uma única folha de papel de seda costurada a uma página. A folha enxertada era translúcida de tão fina e o volume adicional passava despercebido com o livro fechado. O texto escrito à mão tinha a caligrafia inconfundível do pai:

Amado Filho,

Em primeiro lugar, preciso dizer como lamento ter tido que deixá--lo; penso em você constantemente.

Em segundo lugar, peço desculpas por usar um meio tão furtivo e impessoal quanto uma carta escondida para dizer algo tão importante quanto o que irei lhe contar a seguir.

Quando parti, você ainda era muito jovem e temi que saber destas coisas cedo demais pudesse lhe fazer mais mal do que bem. Por isso, envio esta carta por meio do homem que designei para protegê-lo, Ricardo Reis, meu imediato.

Estou onde hoje me encontro em decorrência de uma longa cadeia de eventos que começou com o meu ativismo político e que tomou um rumo inesperado com o desaparecimento da sua mãe.

O livro que serviu de esconderijo para esta carta foi escrito por uma pessoa muito especial, cuja mera existência é tão fantástica que eu mal começo a compreendê-la. Anos antes de você nascer, este livro serviu de base para estudos que me levaram a uma conclusão aterradora: a existência de uma hedionda ligação entre o regime Ancião e os monstros que vivem no Além-mar. Agora, percebo que mencionar isso em voz alta naquela época foi o meu grande erro. E quem pagou por ele foi a sua mãe.

Jamais terei como provar isso, mas estou convencido de que o sequestro de Joana durante um episódio de neblina foi obra dos Knucks a mando dos Anciãos. Tratou-se de uma forma definitiva de intimidação: a minha esposa foi levada e o meu único filho, ainda apenas um bebê, foi deixado sozinho, ferido, no chão de um quarto.

O recado era claro: abdique de suas atividades e ninguém mais precisará sumir. Estavam, naturalmente, referindo-se a você.

Depois daquilo, deixei quase que por completo a minha atuação como líder político e me dediquei à sua criação. No fundo, porém, sempre soube que, cedo ou tarde, eu deveria retomar o meu dever como cidadão; e esse dever me convocava para o Além-mar, para descobrir o que há por trás do Grande Segredo e qual é a verdade a respeito do nosso mundo.

E é para essa busca que eu gostaria de chamá-lo. Se tudo correr como esperamos, Ricardo Reis deve capitanear um navio para o Além--mar e vir ao meu encontro no Tierra Firme.

Você é livre para decidir, como sempre foi, portanto, qualquer que seja a sua decisão, eu a respeitarei.

Com amor,

Seu pai

Martin releu a carta por três vezes em meio às lágrimas que rolavam sem controle; não podia acreditar que havia um motivo tão sórdido por trás do desaparecimento da sua mãe. Entendia, agora, por que o pai fora forçado a tomar decisões difíceis. Compreendia também o que Niels Fahr nunca entendera: como a ameaça que Cristovão Durão representava para os Anciãos fora neutralizada. Tinham usado o amor que sentia pelo filho para silenciá-lo. Martin não sabia quem era mais monstruoso: os Knucks que enfrentara ou os Anciãos que se escondiam por trás de um sorriso falso e de tradições estúpidas.

Alheio ao mundo à sua volta, Martin viu-se caminhando em direção à livraria. Precisava ver Maya; estava se tornando cada vez mais como o pai, uma criatura movida pela paixão. Apenas uma paixão do tipo que se sente como um acelerar do coração, e não como palavras, podia explicar a loucura de pegar um navio e ir atrás de um barco repleto de monstros. Era assim que era e o faria de novo se precisasse. Era disso que era feito.

Martin encontrou Maya repousando na cama. Segundo lhe contaram, ela havia acordado apenas por breves instantes desde que fora resgatada. Vinha tendo um sono agitado e ardia em febre. Naquele momento, porém, tinha o rosto sereno e o corpo relaxado. Martin tomou a mão dela na sua e Maya imediatamente abriu os olhos.

– Tive um sonho horrível – disse ela.

CAPÍTULO XIV

O FIRMAMENTO PARTE PARA O ALÉM-MAR

Os meses que se seguiram foram de muitas transformações e conflitos na Vila. A bem-sucedida missão de resgate empreendida pelo *Firmamento* havia feito em pedaços uma verdade fundamental que sempre existira na mente dos habitantes da Vila. Os heróis a bordo do navio tinham provado que era possível ir ao Além-mar, enfrentar os monstros e retornar com vida para a cidade. Graças a essa mudança radical na maneira de encarar o próprio mundo, o povo e boa parte da elite mais esclarecida da Vila haviam passado a clamar por mudanças.

Em meio aos trabalhos de reconstrução, a cidade viu-se dividida por uma disputa política. De um lado, estava o regime Ancião, apoiado pelos Armadores e, do outro, a maior parte da população, incluindo muitas famílias respeitadas, tais como a de Maya e Omar, que tomaram partido junto aos heróis da luta contra os invasores. O ex-chefe dos Capacetes Escuros – acusado de insubordinação, Heitor perdera o posto como forma de punição –, temendo o rumo que a situação poderia tomar se a tensão aumentasse ainda mais, assumiu o papel de interlocutor junto aos Anciãos.

Depois de diversos debates acalorados envolvendo toda a Vila, os Anciãos se viram obrigados a fazer uma concessão inédita na história da cidade. Para acalmar os ânimos e evitar o risco de um confronto armado, Dom Cypriano concordou em realizar uma consulta popular para o cargo de Zelador.

A população compareceu em peso ao pleito que elegeu Heitor como novo Zelador da Vila. Após a divulgação do resultado, seguiram-se algumas horas de extrema tensão, pois muitos desconfiavam que os Anciãos não iriam acatar o resultado da votação. Para surpresa geral, porém, o conselho Ancião declarou a eleição como válida e Heitor foi conduzido ao cargo de Zelador.

O novo Zelador exerceu o cargo de forma prática, atuando na reconstrução da Vila e fazendo com que todos repensassem a estratégia de defesa contra os monstros. Heitor também tentou ampliar o diálogo com os Anciãos, que ainda detinham muita força, principalmente pelas ligações cada vez mais fortes com os Armadores e com outros membros da elite econômica da Vila.

Uma das primeiras medidas que Heitor tomou foi revogar o decreto que proibia as morfélias de alfabetizar as crianças; o novo Zelador também determinou que não houvesse mais proibições de nenhum tipo no que dizia respeito à manifestação das ideias. Qualquer cidadão era livre para escrever ou ler o livro que bem entendesse. Em decorrência dessa decisão, os negócios na livraria da família de Maya nunca tinham ido tão bem.

Omar, por sua vez, estava ocupado em uma tarefa que qualquer amante de livros adoraria: Heitor o incumbira de organizar uma grande biblioteca pública da Vila, na qual deveria ser reunido todo tipo de literatura, sem nenhuma proibição ou censura. Em um segundo momento, a ideia de Martin e Omar era reabrir a editora da Vila para fazer a edição de livros esgotados e ainda para publicar trabalhos de novos autores que quisessem começar a escrever.

Outra decisão de Heitor, que dizia respeito a Martin, havia sido a anulação da sua sentença. A medida enfureceu Dom Cypriano que, a partir dali, se recusou a falar com o novo Zelador.

No mesmo dia em que Martin voltou a ser livre, Heitor, considerando que os trabalhos de reconstrução da Vila já tinham avançado o suficiente, ordenou que fosse realizada uma homenagem aos mortos durante a invasão. A Cerimônia das Velas, como era denominado o ritual na tradição da Vila, ocorria na rua do Porto e consistia em deixar flutuar no mar pequenas velas acondicionadas em recipientes de papel translúcido. Para cada vítima, era largada uma vela no mar.

Naquela Cerimônia das Velas, uma multidão silenciosa se perfilou junto à mureta, para observar trezentas e setenta e nove velas se perderem no oceano. Era o início das horas de descanso, não havia vento e a superfície do mar, de tão calma, se transformara em um imenso espelho. A visão das velas afastando-se, conduzidas pela maré, criava a sensação de que o céu estrelado descera até o mar. E foi durante aquela estranha ilusão de ótica, em que tanto o céu era o mar salpicado de velas quanto o mar era o *Firmamento* refletido, que os habitantes da Vila se despediram de seus entes queridos.

No fim da cerimônia, Heitor disse algumas palavras em homenagem ao canhoneiro Juan Carbajal. Destemido, o velho canhoneiro tinha avançado sobre os monstros na frente dos outros homens. Ele acabou sendo um dos primeiros a tombar, enquanto enfrentava três Knucks de uma só vez. Gravemente ferido, morreria logo após, nos braços de Heitor. Juan Carbajal se despedira desculpando-se por não ter conseguido fazer o canhão funcionar.

Uma semana mais tarde, Martin e a tripulação do *Firmamento* foram condecorados como heróis em uma grande festa na Praça dos Anciãos. Também durante a celebração, teve início um movimento popular para trocar o nome do local para, simplesmente, Praça da Vila.

★ ★ ★

A reforma que Heitor promovera na Zeladoria fora bastante ampla e antigos funcionários e burocratas tinham sido convidados a se retirar e procurar alguma outra ocupação mais útil. Fora um duro golpe para tio Alpio e Noa, que, segundo Martin ouvira falar, estavam agora desempregados.

O grupo de burocratas dispensados era encabeçado por Victor, o antigo Zelador, e incluía também diversas figuras influentes na Vila, entre as quais as mais importantes eram, sem dúvida, os Armadores. A antiga elite temia o rumo inesperado que as coisas poderiam tomar sob o comando de Heitor na Zeladoria. Ironicamente, Martin e os outros agora ouviam rumores do surgimento de um novo grupo de resistência na Vila, com posições políticas opostas àquelas que seu pai e Niels Fahr haviam defendido. O objetivo deste grupo era a reinstituição de Victor na Zeladoria e o realinhamento imediato com a Lei Anciã.

Em mais de uma ocasião, Heitor manifestara preocupação com o que poderia advir em consequência de tal movimento. O temor do novo Zelador tinha sido alimentado quando, dias antes, Ricardo Reis havia lhe contado toda a verdade a respeito do "Grande Segredo Ancião". Heitor, como esperado, ficara aterrorizado.

Naquele início de horário de trabalho, Martin e Ricardo Reis tinham ido à Zeladoria para comunicar um fato grave a Heitor. Era muito cedo, mas encontraram o Zelador em seu gabinete, parado junto a uma janela, fitando as ruas ainda vazias da Vila. Martin percebeu que Heitor havia envelhecido; mostrava um semblante desanimado, os olhos pouco abertos encimando olheiras profundas. A testa estava sempre franzida em preocupação e, apesar de ser ainda jovem, já ostentava alguns cabelos grisalhos. Parecia também ter perdido parte do porte físico que antes exibia, com os ombros caindo um pouco do tórax. Era evidente que as preocupações do cargo o consumiam. Sem saber ao certo por que, Martin teve medo que Heitor pudesse estar doente.

Os três se cumprimentaram e Heitor indicou que eles se sentassem.

– Você parece preocupado – disse Ricardo Reis.

Heitor suspirou, sentou-se pesadamente na cadeira junto à mesa e respondeu:

– Não é para menos. Aquilo que vocês sugerem como explicação para o "Grande Segredo" é de tirar o chão de qualquer um.

– Você acha que devemos ir a público com isso? – perguntou Martin.

Heitor sacudiu a cabeça.

– Não podemos. Além de não termos provas materiais da ligação dos Anciãos com os Knucks, neste momento não podemos enfrentar Dom Cypriano diretamente.

– Não devemos nos deixar enganar: os Anciãos estão mais fortes do que nunca – acrescentou Ricardo Reis.

Martin ergueu uma sobrancelha. Heitor se afundou ainda mais na cadeira; parecia que já sabia o que Ricardo Reis diria a seguir.

– Não se engane, Martin. Dom Cypriano não aceitou a eleição de Heitor por ser bonzinho – prosseguiu ele.

– Como assim? – perguntou Martin.

Heitor se inclinou um pouco na cadeira, repousando os cotovelos sobre a mesa.

– Achamos que os Anciãos aceitaram a minha eleição como Zelador como uma tática para ganhar tempo. Enquanto os ânimos se acalmam e as pessoas voltam à rotina, eles podem planejar uma maneira de me destituir.

– Você se refere a esse novo grupo clandestino de que ouvimos falar?

Heitor fez que sim com a cabeça.

– Victor e os antigos burocratas, apoiados pelos Armadores, estão apenas esperando o sinal de Dom Cypriano para retomar a Zeladoria.

Martin estremeceu. Fazia todo o sentido. Desde o início, não entendera como os Anciãos haviam aceitado a eleição de Heitor.

Os três ficaram em silêncio por um longo período.

– Tenho refletido a respeito do que mais pode estar por trás de tudo isso e, quanto mais eu penso no assunto, mais me assusto – disse Heitor quebrando o silêncio.

– Com o que, exatamente? – perguntou Martin.

– Se o "Grande Segredo" é mesmo verdade, o que é que vai acontecer se impedirmos os navios de partir a cada seis meses, como vem ocorrendo nos últimos dois mil anos?

Ricardo Reis inclinou-se na cadeira e disse:

– É por isso que devemos partir com o *Firmamento* para o Além-mar. Precisamos encontrar Cristovão Durão e ir até o fundo desse mistério.

Heitor sacudiu a cabeça.

– Vai ser difícil para todos ver vocês partirem. Além disso, o movimento contrário a nós ganha força a cada dia e receio que, sem os heróis da batalha por perto, a nossa posição se enfraqueça ainda mais.

– Isso certamente vai ocorrer, mas é um risco que teremos que assumir – respondeu Ricardo Reis. – Vocês terão que tentar sobreviver por aqui, enquanto estivermos no Além-mar.

Heitor assentiu com um aceno relutante de cabeça, como se já imaginasse o que o esperava.

– E é sobre isso que vocês querem falar.

– Sim – confirmou Martin. – Temos motivos para acreditar que o *Firmamento* foi sabotado no último horário de descanso.

Heitor juntou as sobrancelhas e disse:

– O que houve?

– Martin flagrou alguém que não era da tripulação saindo de dentro do navio e depois fugindo pela rua do Porto. Examinamos a embarcação minuciosamente e não encontramos nada faltando ou estragado.

– Então, por que acham que houve sabotagem? – perguntou Heitor.

– Temos apenas uma teoria, mas nenhuma prova para embasá-la – disse Ricardo Reis. – Conhecemos bem o navio e achamos que a bússola original foi substituída por outra.

– É possível que seja uma bússola adulterada – completou Martin.

– Para que o *Firmamento* se perca no Além-mar – concluiu Heitor com as feições tensas. – Seria algo que os Anciãos teriam todos os meios de fazer acontecer.

Martin e Ricardo Reis assentiram ao mesmo tempo. Já haviam pensado naquela possibilidade.

Heitor se levantou e foi até a janela; o rosto que refletia a luz amarelada que vinha da iluminação da rua abaixo, parecia ter envelhecido mais um pouco. Por fim, virou-se para eles e anunciou:

– Precisamos antecipar a partida do *Firmamento*.

★ ★ ★

Apesar de conversar quase que diariamente com Heitor e Ricardo Reis, Martin pouco viu ou participou dos conflitos políticos; passou a maior parte do tempo acompanhando a recuperação de Maya. Ela enfrentara momentos difíceis desde que fora libertada. Nos primeiros dias, tinha tido uma febre alta e de origem inexplicável que a levara a um quadro de delírio. Naquele período, Martin tinha passado vinte e quatro horas junto do seu leito, temendo, por várias vezes, que ela sucumbisse àquele estranho mal. Com o tempo, Maya havia melhorado, já não tinha mais febre e voltou gradualmente a se alimentar. Continuava, porém, atormentada por pesadelos horríveis quando fechava os olhos para dormir; dizia que enxergava no fundo dos olhos brancos do Knuck que a sequestrara. Ela afirmava que nada se lembrava do resgate ou do retorno à Vila a bordo do *Firmamento*.

Martin decidira, apesar da ligação cada vez mais próxima com Johannes, mudar-se para casa da rua Lis. Retomou à antiga residência, inclusive com um certificado de propriedade emitido pela Zeladoria e assinado por Heitor. Arrumou a sala de estar e montou estantes por toda parte, as quais pretendia encher de livros assim que fosse possível.

Ocuparia a nova residência por pouco tempo. Na semana seguinte, embarcaria como tripulante no *Firmamento*, que seria conduzido por Ricardo Reis para o Além-mar. Iria seguir o seu destino e unir-se ao pai. Depois, retornaria e ficaria com Maya.

★ ★ ★

O momento da partida do *Firmamento* chegou muito mais rápido do que Martin esperava. Era o início de um horário de descanso; a lua cheia acabara de nascer e já pintava de prateado a rua do Porto. O céu estava pontilhado de estrelas que emolduravam a noite e pareciam se esparramar por sobre a forma orgulhosa do navio. O vento era suave e as velas do *Firmamento* já estavam prontas para serem içadas.

A população tinha comparecido em peso para assistir à partida do *Firmamento*. A multidão se espalhava pela rua do Porto e no próprio cais. Alguns admiravam o navio em meio a um silêncio respeitoso; outros apenas sorriam e ainda outros se aproximavam e tocavam com as mãos no casco de madeira. Pais se agachavam ao lado de crianças pequenas e apontavam para o navio, enquanto sussurravam em seus ouvidos: "Filho, é este o navio...". Homens, mulheres e crianças estavam lá para se despedir dos heróis e do querido navio que havia lhes devolvido a autoestima e a fé em si mesmos.

Martin escolheu o seu local favorito de observação para se despedir de Maya. Estavam os dois sentados na mureta de pedra, abraçados. Apesar da despedida, Martin estava feliz: Maya estava mais forte e recuperava lentamente o peso que havia perdido. Olharam para o horizonte prateado, depois para o *Firmamento* e, por fim, fitaram um ao outro.

– Não é uma despedida, Maya. Vou voltar tão rápido que você nem perceberá.

– Mentiroso – disse ela, beijando-o. – Já sinto a sua falta.

Martin a abraçou com força.

– Ainda não entendi por que você precisa ir.

– Preciso encontrar meu pai, ajudá-lo a resolver o mistério que ele quer resolver e depois pretendo trazê-lo de volta à Vila.

– Eu ainda não me conformo.

– O tempo que ficaremos separados só vai aumentar a intensidade daquilo que existe entre nós. Você vai ver.

Com o canto dos olhos, viu Ricardo Reis se aproximar e parar atrás deles, junto ao banco de pedra.

Beijaram-se uma última vez.

– Trate de voltar! – disse ela, enquanto Martin se afastava.

– Eu prometo – disse Martin, guardando consigo o sorriso que Maya tinha no rosto.

Martin embarcou no *Firmamento* junto com o capitão Ricardo Reis. Logo em seguida, as amarras foram soltas e derivaram para longe do cais. As velas içadas se enfunaram com o vento e escutou-se o farfalhar das ondas sendo cortadas pela proa, enquanto o navio ganhava velocidade. Manobraram em direção ao horizonte e o *Firmamento* ganhou o mar.

Olhou para trás e viu a Vila iluminada pelo luar perder-se em meio ao oceano prateado. Ainda podia adivinhar a silhueta de Maya sentada na mureta, observando o *Firmamento* se afastar. Martin sorriu.

Ao seu lado estava o capitão Ricardo Reis; juntos, viraram-se na direção oposta e fitaram o horizonte distante em meio a noite sem fim. O Além-mar.

NOITE SEM FIM

Este livro foi composto em Alegreya (corpo) e Cheap Pine (títulos) para a AVEC Editora em setembro de 2021, e impresso em papel Pólen Soft 80g/m² (miolo) e Supremo 250g/m² (capa).